www.bbulmedia.com

www.bbulmedia.com

Rough
려프

러프

초판 1쇄 찍음 2016년 1월 18일
초판 1쇄 펴냄 2016년 1월 22일

지은이 | 이지안
펴낸이 | 정 필
펴낸곳 | (주)뿔미디어

기획 · 편집 | 안리라

출판등록 | 2002년 9월 11일 (제1081-1-132호)
주소 | 경기도 부천시 원미구 소향로 17, 303(두성프라자)
전화 | (032)651-6513 / 팩스 | (032)651-6094
E-mail | dahyangs@naver.com
블로그 | http://blog.naver.com/dahyangs
홈페이지 | http://bbulmedia.com

값 9,000원

ISBN 979-11-315-6949-8 03810

Rough
러프

이지안 장편 소설

DAHYANG ROMANCE STORY

c
o
n
t
e
n
t
s

자신이 그려진 그림을 본 잔느가 모딜리아니에게 물었다.
"왜 눈동자는 그리지 않았어?"
모딜리아니가 연인의 눈동자를 바라보며 대답했다.
"내가 당신의 영혼을 알게 되면, 그때 눈동자를 그리게 될 거야."

—영화 '모딜리아니' 중에서

Prologue

"아윽. 아아아앗!"

여자의 질퍽한 신음 소리가 귓가에서 시끄럽게 앵앵거렸다. 태준은 마지막으로 거칠게 허리를 쳐올리며 자신의 밑에 깔린 여자를 무심히 내려다봤다. 붉게 달아오른 여자의 몸이 파정과 함께 몰아치기 시작한 쾌락의 파도 속에서 부르르 떨렸다. 정사가 끝나자 여자는 숨을 고르듯 힘을 뺀 채 거친 숨을 뱉어 냈다. 사르륵, 하얀 시트 위로 여자의 검은 머리칼이 넓게 펼쳐졌고, 그 순간 조각처럼 단정하던 태준의 미간엔 잘게 금이 갔다.

순백의 캔버스가 순식간에 검은 물을 머금은 듯한 느낌이다. 검은 물감을 왕창 쏟아내 모든 그림을 뒤덮어 버린 것만 같은, 그런…… 마음 깊숙한 곳에서부터 불쾌한 감정이 스멀스멀 기어

올라왔다.

그는 자신 앞에서 다리를 넓게 벌린 채 숨을 고르는 여자의 팔을 잡아당겼다. 갑작스러운 태준의 행동에 여자의 몸이 힘없이 딸려 왔다. 여자가 눈을 동그랗게 뜨며 태준을 돌아봤다.

"태준 씨?"

"엎드려."

더 이상의 대화가 귀찮다는 걸 여실히 보여 주는 단호한 태도. 그가 자기중심적 성향이 강하다는 걸 잘 아는 여자는 더 이상의 반문 없이 그의 요구대로 몸을 뒤집어, 그의 앞에 통통한 엉덩이를 내밀었다. 늘 그랬던 것처럼, 그가 쉽게 자신 안으로 들어갈 수 있도록 다리를 살짝 벌렸다. 그녀의 표정에는 앞으로의 행위에 대한 감출 수 없는 기대감이 가득 차 있었다.

이제야 좀 만족스러운 자세가 나오자, 태준은 여자의 엉덩이를 꽉 붙잡은 채로 자신의 것을 만지기 시작했다. 이미 한 번 사정한 뒤임에도 불구하고 그의 것은 단숨에 고개를 빳빳이 들었다. 다시 준비가 다 된 것을 확인한 태준이 곧바로 여자의 엉덩이 사이로 보이는 음부에 자신의 것을 찔러 넣었다.

그의 것이 별 무리 없이 그녀의 안으로 단번에 미끄러져 들어가 뿌리까지 박혔다. 여자의 안은 이미 그녀가 흘린 애액으로 잔뜩 젖어 있는 상태였다.

"좋아…… 아앗!"

여자가 신음을 내뱉으며 허리를 비틀었다. 자신이 굳이 허리를 움직여 박을 필요도 없이, 여자는 알아서 허리를 흔들며 감각을 자극했다. 이미 한 번 자신의 것을 맛본 여자의 내벽이 좀 전보다 더 쫀쫀하게 그의 것을 조여 왔다.

"으윽."

태준의 입에서 본능처럼 억눌린 소리가 새어 나왔다. 무표정했던 그의 얼굴에 조금씩 쾌락이 깃들었고, 그는 아예 여자의 가냘픈 허리를 붙잡아 말의 고삐를 잡는 것처럼 여자의 오른팔을 끌어당겼다.

여자의 상체가 들리면서 그의 것이 그녀 안으로 더 깊게 파묻어졌지만, 태준은 아직도 만족스럽지가 않았다. 그는 지금 더 큰 자극을 갈망하고 있었다. 온몸을 마비시킬 만큼 강렬하고도 자극적인 감각을!

태준의 허리가 빠르게 움직이기 시작했다. 퍽, 퍽, 퍽. 두 살이 마주 부딪치는 소리가 방 안 가득 울려 퍼져, 이내 모든 소리를 잡아먹었다. 여자가 허리를 흔들 때보다 더 격렬한 피스톤 운동이었다. 거칠게 휘몰아치는 그 움직임에, 여자의 몸이 그의 아래에서 힘없이 나부꼈다.

"아앗, 으응. 응."

마지막으로 태준은 허리를 세게 튕겨 내며 여자의 안에 깊게 파묻었다.

"하아. 하아……."

그제야 그나마 성에 찬다는 듯 태준이 거친 숨을 몰아내며 몸을 떼자, 그의 것이 여자의 안에서 쑥 빠져나왔다. 투명한 막 사이로 가득 찬 하얀 액체가 보였다. 긴 섹스 끝에 남은 흔적들. 그가 콘돔을 제거하려는데, 어느새 몸을 돌린 여자가 그의 행동을 막았다.

"태준 씨. 내가 할게."

그녀는 혹시라도 태준이 거부할까, 곧바로 그의 손을 치워 내며 그의 것에서 조심스레 콘돔을 빼냈다. 얇은 벽을 벗겨 내자 드러난 그의 것엔 군데군데 사정의 흔적이 묻어 있었다. 태준은 어디 한번 해 보라는 오만한 표정으로 여자가 하는 것을 잠자코 지켜봤다. 그런데 기껏해야 티슈로 닦을 거라는 태준의 생각과 달리, 그녀는 혀로 그의 것을 샅샅이 핥아 내기 시작했다.

"으응……."

여자의 붉은 혀에 이끌리듯 정액이 그녀의 입안으로 들어가는 것이 보였다. 그녀는 그러면서 교묘하게 그의 것을 자극하고 있었다. 여자의 부푼 입술이 그의 것에 키스하고, 그 사이로 나온 혀가 맛있는 사탕을 빠는 것처럼 채 가라앉지 않은 남자의 것을 쪽쪽 빨아 댔다. 사내를 홀리는 요부 같은 모습에 저절로 아랫배에 힘이 들어갔다. 숙이고 있던 그의 것이 다시 고개를 들려 했다.

그 뻔히 보이는 유혹에 한번쯤 넘어가 줄까 고민하는 사이, 여자가 마지막으로 자신의 곳을 진하게 빨아내며 은근하게 물어 왔다.

"태준 씨. 나, 그림 하나만 그려 주면 안 돼?"

"뭐?"

순간 태준의 눈썹이 꿈틀거렸고, 본능적으로 제법 사나운 목소리가 튀어나왔다.

"태준 씨 그림이 갖고 싶어서……."

태준의 날 선 반응에 여자는 당황한 듯 말끝을 흐렸지만, 이미 그의 기분은 나락으로 떨어진 뒤였다. 뜨거운 열기는 어느새 흔적도 없이 사라져 있었고, 이 모든 행동은 순식간에 의미를 잃었다. 태준의 기분은 이미 섹스를 하기 이전보다 더 나락으로 떨어졌다. 그가 곧바로 여자를 거칠게 밀어냈다.

"비켜."

"태, 태준 씨!"

그동안 자신들의 사이는 퍽 좋았다고 자부했다. 한번쯤 부탁해볼 수 있다고 판단해 은근히 운을 뗀 건데……. 그가 이렇게까지 정색할 줄은 몰랐다.

애절한 여자의 외침에도 태준은 아랑곳하지 않고 침대에서 일어나 옷을 챙겨 입었다. 여자가 급하게 침대에서 뛰어 내려와 붙잡으려 했지만, 태준은 그녀의 손을 냉정히 쳐 냈다. 상황이 잘못 돌아가고 있었다. 여자는 양손을 비비며 어떻게든 그의 마음을 풀려 노력했다.

"내가 잘, 잘못했어!"

하지만 그런 그녀를 바라보는 태준의 표정엔 더 이상의 미련도, 자비도 남아 있지 않았다. 차가운 한기가 서린 눈동자만이 그녀를 마주할 뿐이었다. 방금까지 섹스를 한 사이라는 게 믿기지 않을 정도였다.

"아니. 오늘로 끝이야. 앞으로 내 눈에 띄지 마."

이별의 순간은 단호했고, 또 짧았다. 그는 애처로이 굵은 눈물을 뚝뚝 떨어뜨리는 여자에게, 신경질적으로 지갑에서 수표 몇 장을 꺼내 내밀었다.

"받고 나가."

"태준 씨!"

"나가라고!"

여자는 어떻게 내게 이럴 수 있느냐며 원망스러운 눈빛을 했지만, 태준의 표정엔 변함이 없었다. 지독하게 차가웠고, 그렇기에 더더욱 모멸감이 느껴졌다. 더 이상 되돌릴 방법이 없다는 걸 깨달은 여자는 결국 단념하고 말았다. 이미 그의 마음은 돌아선 뒤다. 한순간의 실수가 한순간에 이별을 낳았다.

태준이 내민 수표들을 바라보던 여자는 처연한 표정으로 고개를 저었다. 그녀의 마지막 자존심이었다.

"돈…… 필요 없어."

재빨리 자신의 옷을 챙긴 그녀가 그의 시야에서 사라지자, 태준은 제 손에 들린 돈을 집어 던졌다.

"하, 씨발."

낮게 욕설을 내뱉은 태준은 화를 참지 못한 채 눈앞에 보이는 모든 집기를 다 부수기 시작했다. 전기스탠드, 컵, 화분. 종류를 가리지 않고 집어 던지는 그로 인해, 방 안은 순식간에 난장판이

됐다. 날카로운 소리가 방 안에 가득 찼다. 그러길 삼십 분. 태준은 튕겨 나온 유리컵의 파편이 손을 긁고 나서야 멈출 수 있었다.

"하아, 하아……."

간신히 잊고 있었는데, 여자의 말로 인해 또다시 생각나 버렸다. 단 한 번 있었던 의사와의 상담, 그 짧디짧은 시간에 건넨 의사의 소견이 그의 이성을 잠식했다. 벗어나고 싶지만 이미 다시 붙잡힌 뒤였다.

"외상 후 스트레스 장애입니다. 박태준 씨의 경우, 과거의 트라우마가 몸속 깊숙이 내재되어 있는 상태였습니다. 그런 상태에서 갑작스럽게 발생한 혈육의 죽음이 무의식중에 계속해서 큰 정신적 스트레스로 작용하고 있는 것 같습니다. 계속되는 악몽과 갑작스레 그림을 그릴 수 없게 된 것도 같은 연유로 보이고요."

"왜?"

'도대체 왜? 뭐 때문에 그림을 그릴 수가 없는 건데?'

스스로에 대한 의문. 이미 십 년도 더 된 죽음이었다. 이제 그를 구속할 건 아무것도 없는데, 왜 이제 와서 아무것도 할 수 없는가. 그러나 의사의 말은 그의 의문을 무시하며 계속해서 이어졌다. 그의 마음에 똬리를 틀고 앉아, 그를 도무지 놔주질 않았다.

"자연 치유가 되는 경우도 많지만……. 글쎄요, 확답을 드리기 어렵겠네요. 무엇보다 환자 본인의 의지와 주변 사람들의 도움이 가장 절실합니다. 이대로 장애가 계속된다면 해리 현상이나 환각, 심하게는 공황장애로까지 이어질 수 있습니다."

한 번 떠오른 말은 아무리 지우고 싶어도 지워지지 않았다. 그림을 그리지 못한다는 불안감과 그에 따른 불면증이 심해질 때마다, 의사의 말은 족쇄처럼 그를 더욱더 옭아맸다.

'언제 치유가 될지 모른다고? 그럼 난? 이대로 계속 그림을 못 그리는 건가? 아니, 이대로 그림을 놓을 순 없어. 그럴 수 없다고!'

태준이 핏발 선 눈으로 무언가를 찾기 시작했다. 늘 그와 함께 했던 그것. 그림과 자신의 연결고리.

그는 잔뜩 망가지고 어질러진 방에서 간신히 펜 하나를 찾아냈다. 룸 안에 비치되어 있던 값싼 펜에 불과하지만 상관없었다. 그에게 중요한 건 도구가 아니었다. 그림의 가치를 정하는 건 그의 손, 그리고 박태준이란 존재 자체였다.

오른손에선 여전히 굵은 핏방울이 뚝뚝 떨어지고 있지만, 그는 아픔을 전혀 느끼지 못하고 있었다. 펜을 쥔 태준이 침대 위 하얀 시트를 캔버스로 삼았다. 이제 그의 손만 움직이면 된다.

'움직여라, 손아. 뭐라도 제발 그려. 제발, 제발, 제발, 제바아알!'

하지만 아무리 노력해도 그의 손은 아무런 미동도 없었다. 여전히 얼어붙어 있었고, 오히려 잔뜩 힘을 준 탓에 상처가 더 벌어졌다. 핏줄기가 펜을 타고 내려와 시트를 붉게 적셨다. 원치 않는 붉디붉은 그림이, 아무것도 할 수 없는 그를 비웃는 것만 같았다.

'꺼져. 꺼져. 꺼져 버려!'

지이이익! 펜의 날카로운 촉에 얇은 시트가 비명을 지르며 찢겨 나갔다.

"아아아악!"

처절한 고통과 참을 수 없는 절규가 해일처럼 그를 덮쳤다. 영혼이 갈기갈기 찢겨 나가는 것 같았다.

'왜, 왜, 도대체 왜 못 그리는 건데!'

이성을 잃은 태준이 펜을 집어 던졌다. '퍽!' 하는 소리와 함께 펜이 벽에 부딪혀 산산조각 났다. 펜에 묻어 있던 그의 핏방울이 흔적을 증명하듯 좌르륵 벽에 번졌다.

"핫, 하하, 하아……."

헛웃음이 터져 나왔다. 이 상황이 우습고 우스워 참을 수 없었다. 내가 그리고 싶었던 건 그딴 게 아니었는데. 침대 앞에 주저앉은 태준이 이제는 온통 붉게 물들어 버린 자신의 손을 멍하니 쳐다봤다.

진정되지 않은 채 여전히 잘게 떨리는 손. 상처 말고도 어딘가 경직되어 있는 느낌이었다. 가장 소중했는데, 이젠 영혼을 잃은 것처럼 아무것도 하지 못했다. 그림을 그리지 못한다면 더 이상이 손은 무의미하다.

그가 손을 꽉 움켜쥐자, 벌어진 상처 사이로 붉은 피가 흘러나와 그의 손바닥을 타고 침대 위로 뚝, 뚝, 뚝 떨어져 내렸다. 태준은 그것을 감정 없는 눈으로 지켜볼 뿐이었다.

01

"이혜야. 이대로 계속 갤러리를 비워 놓을 순 없단다."

안타깝지만 어쩔 수 없다는 어투로 은근히 속내를 내비치는 작은아버지의 말에, 이혜는 입술을 꾹 깨물었다. 갑자기 찾아와 한다는 소리가 고작 이거라니. 아버지가 쓰러지신 지 벌써 한 달이 넘었다. 그동안 아버지의 병원비를 부담해 주시던 일가친척 역시 한계에 다다랐다는 것은 이해하지만, 원망스러운 건 어쩔 수 없다. 아버지는 당신들에게 평생을 베풀었건만.

"네 아버지가 회복 중이라고는 하지만, 언제 다시 경영을 할 수 있을지도 모르고 말이지. 너도 어리고."

이혜의 눈치를 살피던 그가 인자하게 웃어 보이며 본심을 꺼냈다.

"그래서 말이다. 갤러리를 이 작은아버지에게 넘기는 게 어떻 겠니? 시세는 섭섭지 않게 쳐 주마. 목이 좋은 건물이니, 차라리 이번 기회에 업종 변경을 하는 게 어떨까 싶구나."

"그건 안 돼요!"

순간 이혜는 고개를 번쩍 들어 본능적으로 외쳤다. 아버지의 평생이 담겨 있는 곳이다. 아버지의 청춘이, 꿈이, 희망이 담겨 있던 우리 가족의 소중한 곳인데, 그곳을 넘기라니!

강경하게 거절을 내뱉는 이혜의 모습에, 부드러운 표정을 짓던 태성의 얼굴에 금이 갔다. 태성은 이혜가 이렇게까지 나올 줄 몰 랐던지 난처한 표정을 지었다. 튀어나오는 목소리에 짜증이 묻어 났다.

"그럼 그곳을 계속 비워 두겠다는 게냐? 그 건물 시세가 얼만 지 알기나 하는 거야?"

몇 년 전, 아버지가 동생들을 위해 갤러리 건물의 지분을 나눠 준 호의가 결국 이런 식으로 되돌아왔다. 아버지가 쓰러지신 이후 제대로 된 운영이 힘들어졌고, 그사이 작은아버지는 다른 것을 원 하게 되셨나 보다.

'업종 변경……? 갤러리를 없애고 그 자리에 다른 걸 세우겠다 고?

아니, 그것만큼은 절대 용납할 수 없다. 이혜가 간절한 목소리 로 호소했다.

"계속 비워 두지 않으면 되잖아요. 방법을 찾아볼게요."

"형님이 멀쩡했을 때부터 이미 적자가 나고 있던 곳이다. 네 딴에 방법을 찾은들, 되살릴 수 없을 게다. 차라리 이번 기회에……."

"아니에요! 할 수 있어요! 그러니 조금만 기다려 주세요."

서로 언성이 커져 가다 보니 사람들 이목이 이쪽에 쏠렸다. 시선을 의식한 그는 방법을 바꾸기로 했다.

어차피 어린애다. 제까짓 게 아무리 방법을 찾겠다고 외친들 그리 쉽게 해결될 문제가 아니다. 차라리 한발 물러나는 척, 기한을 주고 후일을 도모하는 게 나을 것이다. 셈을 끝낸 태성이 속마음을 숨기며 단호한 어조로 내뱉었다.

"세 달. 딱 세 달 주마."

"세…… 달요?"

"그 안에 형님이 일어나든, 아님 정말 네 말대로 해결 방법을 찾든 하지 않으면 더 이상 널 존중해 줄 수 없다는 걸 명심해라."

"……알겠습니다."

"쯧."

더는 거짓 웃음도 지어 주지 않겠다는 듯이, 마지막으로 짧게 혀를 찬 그가 옷을 털며 자리에서 일어났다. 자리를 뜨는 그 마지막 순간까지, 그의 모습에선 형제를 걱정하는 모습은 전혀 찾아볼 수가 없었다. 홀로 남게 된 이혜는 터져 나오려는 눈물을 꾹 참기 위해 스스로에게 주문을 걸었다.

'이런 걸로 울지 말자, 윤이혜. 아직 뺏기지 않았어. 그 안에

어떻게든 방법을 찾으면 되는 거야. 그래, 그러면 돼.'

간신히 울음을 참아 낸 이혜는 뭐라도 해 보기 위해 가방을 챙겨 자리에서 일어났다. 이렇게 축 처져서 아무것도 안 하는 건 시간 낭비였다.

❖　❖　❖

갤러리 사정은 생각보다 훨씬 더 좋지 않았다. 적자가 꽤 오래 전부터 이어졌던 건지 빚의 규모가 컸고, 경영난으로 아버지까지 쓰러지신 탓에 조만간 문을 닫을 거라는 소문이 공공연히 퍼져 있었다.

작은아버지와 약속한 세 달 중, 일주일이 지났다. 그동안 아버지와 친분 있는 곳에 가 도움을 요청했지만, 막연한 그녀의 부탁에 그들도 잔뜩 미안한 얼굴로 고개를 젓는 게 전부였다. 이젠 더이상 도움을 요청할 곳도 없었다. 그만큼 오늘의 약속이 마지막 희망이었는데…….

"죄송합니다. 관장님께서 급한 약속이 생기셔서 오늘은 이만 돌아가라고 하십니다."

관장실로 들어가려는 이혜를 여비서가 막아섰다. 생각지도 못한 이유로 앞이 막힌 이혜는 당황스럽다.

"이미 약속이 되어 있었어요."

"죄송합니다. 다음에 찾아오라고 하십니다."

완강한 태도, 단호한 표정에 이혜는 당혹스러움을 넘어 말을 잃었다. 관장실 안에 사람이 있는 소리가 들리는데 가라니······. 그는 지금 그녀를 피하고 있는 거다. 허탈하고, 또 매정한 그가 원망스럽다.

　어떻게 이러실 수가 있나. 그는 아버지의 십년지기였다. 아버지가 쓰러지시기 전까지 늘 아버지의 갤러리를 찾아와 차를 마시던 분이셨다. 그런데 어떻게 이렇게 한순간에 태도가 바뀔 수가 있는가.

　'도와주시겠다고 하셨잖아요. 이야기라도 들어 주시겠다고 그러셨잖아요······!'

　"······알겠습니다. 다음에 찾아뵙죠."

　원망은 차마 입 밖으로 튀어나오지 못했고, 이혜는 결국 등을 돌렸다. 더는 매달릴 방법이 없었다. 힘없이 느린 발걸음으로 자리를 떠나려는데, 등 뒤로 사람들의 수군대는 소리가 들려왔다.

　"백상 갤러리 딸이라던데, 고생이 많네."

　"관장님도 참, 도와주기 싫으면 싫다고 말씀을 하시지."

　"듣기론 백상 갤러리 회생가능성이 적대. 이미 적자가 심해서 관장이 깨어나도 별 소용없다더라."

　"어휴, 불쌍해라. 그래도 꽤 전통 있는 갤러리였는데."

　"그럼 뭐 하니? 실속 없이 무명작가들 챙기다가 결국 이 사달이 난 건데."

　'아니야!'

그들의 이야기에 이혜는 튀어나갈 것 같은 몸을 애써 억누르며 대신 입술을 꽉 깨물었다. 그녀를 만나는 사람들마다 모두 저 이야기를 꺼냈다. 그때마다 이혜는 울컥하는 마음을 다잡아야 했다.

'아무것도 모르면서 함부로 말하지 마. 내겐 자랑스러운 갤러리라고.'

그곳은 가난한 작가들의 쉼터였고, 그들의 성장을 돕는 요람이었다. 그곳을 지키기 위해 아버지가 30년 넘게 얼마나 고생하셨는데……! 방법을 찾아야 한다. 어떻게든 아버지의 갤러리를 지킬 수 있는 방법을.

'어떻게?'

이혜는 계단을 내려가며 생각하고 또 생각했다. 이미 아버지와 친분이 있으신 분들에겐 다 거절당한 뒤였다. 그리고 자신은 갤러리 경영도, 하다못해 전시회 개최에 대해서도 아는 것이 없었다. 그저 아버지 곁에서 어깨너머로 배운 것이 전부였다. 자신은 고작해야 미술학도일 뿐이었다. 작품 보는 눈은 있다고 자부하지만……. 아니, 아니야. 그건 차후의 일이다. 우선 어떻게든 유명 작가의 그림을 입수해야 한다. 미발표작의 독점 전시권만 가져올 수 있다면!

"어?"

갤러리를 빠져나가던 이혜의 발걸음이 문득 무언가를 발견하곤 멈춰 섰다. 그녀가 서 있는 곳은 한창 전시회가 진행 중인 제1 전시장. 그런데 한 직원이 벽에서 그림 하나를 조심히 떼어 내고 있었다. 이혜의 시선이 그 그림에 꽂혔다.

"저, 저기요! 잠시만요!"

이혜는 자신이 무슨 짓을 하고 있는지 미처 생각하지도 못했다. 직원의 행동을 막는 그녀의 다급한 모습은 마치 본능과도 같은 거였다. 낭떠러지 끝에서 간신히 찾은 희망을 어떻게든 쟁취하고자 하는……. 이혜가 직원의 팔을 붙잡았다.

"네?"

"잠시만, 잠시만요! 잠깐만 그림을 볼 수 있게 해 주세요."

이혜의 부탁에선 간절함이 뚝뚝 떨어졌다. 어쩌면 마지막 희망이 될 수도 있는 것. 이혜는 직원이 허락하기도 전에 직원의 손목을 붙잡고 그림을 살폈다.

처음 그녀의 눈에 보인 것은 어둠이었다. 먹을 그대로 내리부은 듯한 흑의 세계. 그 위로 거친 선들이 마치 러프처럼 어지럽게 똬리를 틀고 있었다. 꼬리에 꼬리를 물고, 어디가 처음이고 어디가 끝인지 알 수 없는 미로. 그 속에 흐릿한 형체 하나가 잠을 자고 있었다.

이혜는 한참을 보고 나서야 그것이 사람과 비슷하다는 것을 깨달았다. 그것의 얼굴은 어둠에 물들어 윤곽 하나 제대로 보이지 않았다. 단지 회색빛을 머금은 탁한 하얀 선 하나가 가슴 중앙에 몇 겹의 원을 그리고 있을 뿐이었다.

"아!"

이혜는 저도 모르게 탄식 섞인 탄성을 흘렸다. 어둡다. 탁해.

그리고 거칠었다. 모든 선들이 소용돌이처럼 휘몰아쳤고, 이내 그것을 보고 있던 이혜의 가슴으로 파고들었다. 차갑고, 허무하고, 공허해. 그런데도 이혜는 눈을 뗄 수가 없었다. 어쩐지 슬픈 감정이 들었다. 안타까웠고, 또 애잔했다. 스스로도 이해할 수 없는 감정. 아버지 곁에서 늘 그림을 보아 왔지만, 평생 처음 느껴 보는 감각이었다. 이혜가 잔뜩 곤두선 감각을 힘겹게 억누르며 물었다.

"혹시 이 작가님 누군지 아세요?"

"아……. 박태준 작가님이에요. 데뷔한 지 3년차 신인 작가시죠."

"박태준…… 작가님이오?"

박태준. 박태준. 박태준. 혹시라도 바람처럼 사라져 버릴까 이혜는 몇 번이고 그의 이름을 입안에 굴렸다.

낯설지 않은 이름. 이혜는 기억의 저편에서 그에 대한 정보를 떠올렸다. 신인임에도 불구하고 데뷔와 동시에 스타가 된 젊은 천재작가. 어릴 적 미국으로 입양 갔던 그가 3년 전, 다시 고향의 품으로 돌아왔다. 종종 그에 대한 기사를 보며 언젠가 꼭 그의 전시회를 열어 보고 싶다던 아버지가 떠올랐다.

'이 남자가 그, 박태준…….'

어째서 이 순간 그가 자신의 눈에 들어온 걸까. 왜 하필, 지금 이 순간에. 아니야. 어쩌면, 그래 어쩌면 이 남자라면 가능할지도 몰라.

"저, 죄송한데 좀 비켜 주시겠어요? 지금 그림을 내리고 있는 중이라서요."

아무리 기다려도 이혜가 놓아주지 않자 직원이 귀찮다는 표정을 지었다. 그제야 자신이 그녀를 붙잡고 있었음을 상기한 이혜가 미안한 얼굴로 한 발짝 물러났다.

"죄송해요. 그런데 왜 그림을 내리고 있으세요? 아직 전시 중 아닌가요?"

전시장을 둘러보니 박태준 작가의 그림만 내리고 있는 듯했다.

"그건 저도 잘 모르겠네요. 전 그저 명령받아서 하는 거예요."

"그럼 혹시 이 작가님, 어디 가서 만날 수 있는지 아세요?"

"그걸 제가 어떻게…… 아, 저기 마침 박 작가님 매니저분 오시네요."

짜증이 밴 말투로 대꾸하던 여자가 이혜의 등 뒤로 고개를 돌렸다. 이혜는 이끌리듯 그녀의 시선을 따라갔다. 붉은색의 곱슬곱슬한 머리칼을 내려뜨린 성숙한 여자가 그들에게로 다가오고 있었다.

"그림 다 내렸어요?"

"네, 이게 마지막입니다."

"수고했어요."

작게 고개를 끄덕인 해인의 시선이 잠시 이혜에게 닿았다. 그녀를 바라보는 해인의 갈색 눈동자엔 호의 섞인 의문이 담겨 있었다.

"무슨 용건이라도 있으신가요?"

이혜는 그 순간, 마지막 기회라 생각하며 그녀를 붙잡았다.

"박 작가님을 만나고 싶어요. 부탁드립니다."

❖   ❖   ❖

해인은 지금 이 상황이 자못 당황스러웠다. 박태준 작가가 갑자기 잘 전시하고 있던 그림을 내려 달라 요구한 탓에, 급하게 그림을 내리러 간 곳에서 생각지도 못한 인물을 만났기 때문이다.

그녀는 마주 앉은 어린 아가씨를 바라봤다. 일단은 사무실로 데려는 왔는데.

'이 아이가 백상 갤러리 따님이라고?'

들어 본 적이 있었다. 갤러리 관장이 갑자기 쓰러진 탓에 갤러리가 문을 닫았고, 외동딸인 그녀가 갤러리를 살리기 위해 동분서주한다고 했던 것 같았다. 그 이야기를 들었을 땐, 어린아이가 혼자서 얼마나 힘들까 싶어 안타까웠었다. 하지만 그렇다고 그녀가 자신에게 이런 부탁을 해 올 줄은 몰랐다.

"매니저님, 제발 박 작가님을 만나게 해 주세요. 그분의 작품이 필요해요."

해인의 얼굴엔 곤란한 기색이 역력했다. 웬만해선 그녀의 부탁을 들어주고 싶지만, 지금은 정말 난처하다. 무엇보다 지금 박태준 작가는 제정신이 아니다.

"이혜 씨, 저도 이혜 씨를 돕고 싶은 마음은 굴뚝같은데, 지금 작가님 상태가 정말 안 좋아요. 현재 그림을 그릴 수 있는 상황도 아니고요."

하지만 이혜는 해인의 말을 들으려고도 하지 않았다. 아니, 그럴 수 없었다. 어떻게 찾은 기회인데, 이대로 놓칠 순 없었다. 어쩌면 정말 마지막이 될지도 모른다. 사람의 마음을 끌어당기는 그림, 아버지가 꿈꾸셨던 작가. 그걸 지금 이 순간 찾게 된 건, 마치 운명과도 같다. 이혜는 마치 울 것 같은 표정으로 절박하게 매달렸다.

"부탁드릴게요. 저에겐 더 이상 방법이 없어요. 박태준 작가님이 아니면 갤러리를 살릴 수가 없어요!"

"미안해요, 이혜 씨. 하지만……."

"매니저님, 제발요. 전 정말 그분의 그림이 필요해요! 무슨 일이든 할게요. 제발, 제발요……."

벼랑 끝에 선 이혜의 간절함. 원한다면 무릎이라도 꿇겠다는 이혜의 의지에 결국 해인이 졌다며 고개를 흔들었다. 긍정의 대답이 한숨처럼 흩어졌다.

"후. 좋아요. 하지만 기대하지 않는 게 좋을 거예요."

가까스로 떨어진 승낙에 이혜의 얼굴이 환해졌다. 이혜가 해인이 내민 연락처를 조심히 받아 들었다. 아주 조금이나마 희망이 보이는 것 같다. 어떻게든 박태준 작가의 그림만 받을 수 있다면! 가능해. 어쩌면 정말 아버지의 갤러리를 지킬 수 있을지도…….

❖　❖　❖

　그로부터 이틀 뒤, 이혜는 떨리는 가슴을 애써 부여잡으며 긴장감이 역력한 모습으로 입을 열었다. 흘러나오는 말 한 글자 한 글자엔 힘이 실려 있었다.

　"작가님의 신작이 필요해요. 아직 세상에 공개되지 않은 미발표작의 독점 전시권이오."

　고작 한 문장에 지나지 않건만 왜 이렇게 떨리는지 모르겠다. 긴장감에 숨이 턱 막혀 왔다. 잠시 숨을 고르며 말을 멈춘 그녀는 이윽고 다짐한 듯 말을 이었다. 목소리엔 작은 떨림이 묻어났지만, 태준을 올려다보는 그녀의 검은 눈동자엔 망설임이 없었다.

　"부디 저희 갤러리에서 작가님의 전시회를 열어 주세요."

　하지만 긴장한 그녀와 달리, 태준은 갑자기 자신을 찾아와 당돌한 요구를 하는 이 작은 아이로 인해 어처구니가 없었다. 해인이 소개해 줬다는 말에 결국 문을 열어 주고 말았지만, 그렇다고 이런 용건을 들고 왔을 줄은 몰랐다.

　가슴까지 찰랑이는 검은 머리칼, 동글동글한 하얀 얼굴에 순한 눈매. 고작해야 스무 살쯤 되었을 법한 아이는 점점 가라앉는 태준의 표정을 읽지 못한 채 계속해 제 할 말을 이었다.

　"대가는 얼마든지 지불할게요."

　잠시 아이의 말을 듣고만 있던 태준이 멈칫했다. 거슬리는 한 단어에 순간 그의 눈동자가 날카롭게 빛났다.

"……대가를 얼마든지 지불하겠다고?"

"네."

처음으로 입을 연 태준의 모습에 꽤나 호의적이라 생각한 이혜가 고개를 크게 끄덕였다. 이대로 그의 그림을 받을 수 있지 않을까 싶어 얼굴이 점점 밝아지지만, 그것은 이어서 내뱉어지는 태준의 말에 흔적도 없이 사라지고 말았다.

"네가 지불할 대가가 뭔데?"

"네?"

두 눈을 크게 뜨며 반문하는 이혜의 모습에 태준은 실소를 흘렸다. 저 아이는 지금 자신이 얼마나 위험한 표현을 쓰고 있는지에 대한 자각조차 없다. 역시 이래서 애들이 싫다. 떼쓰면 제 원하는 것을 다 가질 수 있다고 생각하는 거겠지.

"설마 단순히 돈일 거라 생각했나? 미안하지만 돈은 나도 넘치도록 많아."

"아…… 그럼 무엇을……."

생각지도 못한 대답에 이혜는 당황해 말을 더듬었다. 그 부분에 대해선 아무런 생각도 하지 못했다. 물론 유명한 작가인 그에게 돈이 많을 수도 있겠지만, 그렇다고 이렇게 단번에 거절을 하다니. 이래선 곤란하다. 자신은 어떻게든 그의 그림을 얻어야 했다.

태준은 속마음이 여실히 드러나는 이혜를 바라보며 입매를 비틀었다.

"그건 내 마음이겠지."

"작가님, 전 정말 작가님의 그림이 필요해요."

이혜가 다시 한 번 진심을 담아 부탁했다. 태준의 그림만이 그녀에게 남은 유일한 희망이었다. 이것조차 실패하면 이젠 다른 걸 찾을 시간도, 방법도 없었다. 하지만 그녀의 바람과 달리 태준은 조소를 흘릴 뿐이었다.

'그림. 내 그림이 필요하다고…… 하!'

가소롭기 짝이 없었다. 태준이 간절한 이혜의 부탁을 냉정하게 잘라 냈다.

"그건 네 상황일 뿐, 내 알 바 아냐."

아무리 애원해도 돌아오는 건 무정한 대답뿐이다. 이혜는 벽에 가로막힌 것과 같은 느낌이었다. 넘어갈 수도, 부술 수도 없는 두꺼운 벽.

그래, 안다. 잘 알고 있다. 자신이 지금 얼마나 큰 무례를 범하고 있는지를. 하지만 이대로 이 소중한 기회를 날려 버릴 수는 없었다. 지푸라기라도 잡고자 하는 절박한 심정이었다. 그래서 저도 모르게 문득 입 밖으로 생각지도 못한 말이 튀어나오고 말았다.

"……혹시…… 그림을 그리지 못하는 상황이라 그러시는 건가요?"

"뭐?"

의도하지 않은 질문이었다. 다만 갤러리에서 만난 해인이 말한 게 생각났을 뿐이다. 태준을 만나고 싶다는 자신의 부탁에 해인은 지금 그는 제정신이 아니라고, 그림을 그릴 수 없는 상황이라고 말했었다. 그림을 그릴 수 없는 상황, 그건 무엇이었을까. 생각해 보니 그의 신작이 안 나온 지도 꽤 된 것 같았다.

그리고 그 순간, 거짓말처럼 태준의 표정이 흔들렸다. 어딘가 꽁꽁 숨겨 놓았던 좌절과 절망이 깨진 가면 속으로 살짝 모습을 보이는 것도 같았다.

갑자기 변한 태준의 분위기에 이혜는 순간 자신이 큰 실수를 저질렀음을 본능적으로 깨달았다. 건드려선 안 되는 것을 건드려 버린 것 같았다. 죄송하다고 사과하려 하는데, 태준이 먼저 입을 열었다. 이를 악문 그가 잇새 사이로 한 글자 한 글자 씹어 먹을 듯 내뱉었다.

"……그 어떤 대가라도 지불하겠다고 했나?"

갑작스러운 질문에 이혜가 놀란 눈으로 태준을 바라봤다. 순진한 그녀의 모습에 태준은 속이 비틀리는 느낌이다. 망가뜨리고 싶다는 어긋난 욕구가 그를 점차 잠식한다. 저 아이의 얼굴이 일그러지는 것이 보고 싶다. 진심으로 강렬하게. 아이를 향해 태준이 차갑게 입꼬리를 끌어당겼다.

"네 말이 맞아. 네 말대로 난 지금 그림을 그리지 못하고 있어. 그래서 내가 지금 필요한 건 돈도, 그 무엇도 아니지."

"그럼…… 무엇을……."

"자극. 내가 다시 창작할 수 있는 강렬한 자극이 필요해."

"자극……요?"

"그래, 자극 말이야."

생각지도 못한 단어인지 이혜의 동공이 크게 흔들리는 게 보였다. 아이는 직감적으로 무언가를 예측한 듯 혼란스러워하는 눈치였다. 태준은 그런 그녀에게 쐐기를 박듯 단호하게 자신이 원하는 것을 밝혔다.

"그러니 내가 원하는 건 단 하나야. 내 요구가 뭐든 군말 없이 다 할 수 있는 노예. 알아들어? 그게 섹스든, 누드모델이든, 뭐든지 할 수 있는! 네가 침대 위에서 밤 시중까지 들어서라도 내가 창작할 수 있게끔 만들어 준다면, 나 또한 네가 원하는 게 뭐든 다 들어주지."

이혜는 그의 말에 아무런 대답도 하지 못했다. 충격으로 말을 잃은 모습이었다.

'역시.'

태준은 묘한 쾌감을 느끼면서도, 그런 스스로를 비열하다 비난했다. 자신은 지금 이 작은 아이에게 너무 과한 것을 요구하고 있었다. 한심하다, 한심해. 고작 이 정도밖에 안 되다니.

하지만 화가 난다. 화가 나서 참을 수가 없었다. 태준은 이 소모적인 대화가 얼마나 영양가 없는지를 계산했다. 가뜩이나 불면증으로 나빠진 컨디션이 저 말도 안 되는 말을 내뱉는 아이 탓에 끝없이 가라앉고 있었다.

제 손끝만 만지작거리는 아이는 어떻게 해야 할지 모르는 불안과 당황 속에서 고민에 빠진 게 보였다. 인내심의 한계를 시험하는 지루한 상황 속에서 태준이 먼저 입을 열었다.

"할 수 없나? 그럼 당장 나가."

그는 팔을 뻗어 출입문을 가리켰다.

"거래 결렬이야."

그러니 빨리 내 눈앞에서 사라져. 그의 축객령은 단호했고, 또 시렸다. 이 어린 여자가 할 수 있는 일은 고작 그의 요구에 따라 그의 공간에서 나가는 것, 그뿐이다. 빨리 그녀가 나가길 원하는 마음을 여실히 드러내듯 태준은 아예 자리에서 일어나 버렸다.

이대로 그녀를 내보내고 다시 혼자만의 안식을 찾고 싶다. 이 정도 했으면 저 아이도 가겠지. 그래, 분명 그의 상식과 생각대로라면 그게 맞았다.

그런데 이혜는 그의 공간에서 나가는 대신 꾹 깨물고 있던 붉은 입술로 절박함을 토해 냈다. 작게 튀어나오던 음성은 이내 그의 귓가에 분명히 들릴 정도로 또렷해졌다.

"……할게요."

"뭐?"

"한다고요, 섹스든 뭐든! 당신이 원하는 건 뭐든 할 테니 제발, 제발…… 그림을 그려 줘요."

미쳤다. 태준은 순간 저도 모르게 미쳤다고 생각했다. 분명 자신은 노예라고 표현했다. 자신의 요구에 아무런 의문 없이 순순히 따라 주는 의지 없는 인형.

'그런데 그걸 하겠다고? 네가?'

하지만 이혜는 이 미친 상황을 수긍할 만큼 절박했고, 그것만큼은 태준조차도 차마 부정할 수 없었다.

이성이 점점 마비되는 것 같다. 마치 브레이크가 고장 난 것 같은 모양새다. 둘 중 하나는 이 브레이크를 붙잡아야 하는데, 그러질 못하고 있다. 이대로 가다간 폭주기관차처럼 미쳐 날뛰고 말 것이다. 하지만 멈출 수 있는 건 자신이 아닌 것 같다. 일어서 있던 그가 앉는 것 대신 나른한 모습으로 창가에 몸을 기대며 입을 열었다.

"……그럼 증명해 봐."

이혜의 시선이 태준에게로 딸려 온다. 태준은 입술을 깨무는 이혜를 내려다보며 다시 한 번 요구했다.

"뭐든 하겠다며. 네가 뭘 할 수 있는지 보여 봐. 증명할 수 있다면 그 부탁 들어주지."

사람의 잔인함은 어디까지인지 알 수 없다. 태준 자신조차도 지금 자신이 무엇을 요구하는지 모를 정도였다. 이성에 억눌려 있던 잔인한 본능이 눈을 뜨는 것 같았다. 상대방을 괴롭히고 망가뜨려 애처로운 눈물 한 방울이라도 기어코 빼내고 싶었다. 그렇지 않으면 도저히 이 더러운 기분이 해소되지 않을 것 같았다.

찰나의 침묵이 지나갔다. 얼어붙은 것처럼 아무런 행동도 하지 못하던 이혜의 손이 움직이기 시작한 건 그가 지루함을 느끼는 순간이었다.

똑.

이혜의 블라우스 단추 하나가 풀어졌다. 그 사이로 그녀의 가녀린 목 줄기와 쇄골이 드러났다. 입술을 깨문 이혜가 잘게 떨리는 손으로 또 다른 단추를 풀었다. 살짝 미끄러지는가 싶더니 정확하게 풀렸다. 그 손엔 그녀의 결단이 배어 있었다. 덕분에 이젠 꽁꽁 숨겨 놓았던 하얀 가슴골이 태준 앞에 모습을 드러냈다.

불과 일 분도 안 걸렸지만, 이혜에겐 아주 긴 시간이 지난 느낌이었다. 하나, 둘, 셋······. 상체를 가리던 블라우스가 서서히 열리고, 어느새 마지막 단추를 남겨 놓고 있었다. 숨을 들이켠 이혜가 마지막 단추를 풀려는데, 그만 긴장감으로 손이 미끄러지고 말았다.

"아!"

작은 신음성이 터졌다. 그 속엔 어쩔 수 없는 절망이 담겨 있는 것 같기도 했다. 손의 떨림은 더더욱 심해졌다. 입술을 깨문 이혜가 손을 한 번 꽉 쥐더니 다시 단추를 잡았다. 찰나의 시간 동안 얼마나 입술을 꽉 깨물고 있었던지, 그녀의 입술은 상처 난 것처럼 붉어져 있었다.

마침내 손가락을 살짝 튕김과 동시에 마지막 단추가 풀렸다. 완전히 열린 블라우스 사이로 소담히 부푼 뽀얀 가슴과 그것을 감싸 안고 있는 마지막 저지선인 연한 분홍색 브래지어가 처음으로 타인의 눈앞에 펼쳐졌다.

이혜의 손이 차마 떨어지지 못하고 블라우스 끝에 걸렸다. 진정되지 않는 마음을 표현하듯 여전히 잘게 떨리는 손으로 블라우

35

스 밑동을 부여잡은 이혜가 태준을 향해 물었다. 흘러나오는 음색엔 원망과 긴장, 그리고 체념 등이 뒤엉켜 있었다.

"……이 정도면 됐나요? 이제 그림을 그려 주실 수 있으신가요?"

새하얗게 질린 얼굴에 붉어진 눈을 하고 어떻게든 눈물을 참는 것을 보고 있자니, 태준은 마치 자신이 강간이라도 하고 있는 듯해 기분이 더러워졌다.

이해가 되질 않았다. 도대체 뭐가 저 아일 이렇게까지 절박하게 만드는 건지. 세상에 그림은 널리고 널렸다. 굳이 자신의 그림일 필요가 없을 텐데, 도대체 왜 아무것도 할 수 없는 날 찾아와서 구태여 내 상황을 각인시키는 건가! 왜, 왜, 왜! 순간 그가 간신히 부여잡고 있던 이성이 끊어졌다.

"아니, 그 정도로는 안 돼."

창틀에 기대고 있던 태준이 몸을 일으켜 이혜 쪽으로 성큼성큼 걸어갔다. 이혜가 흔들리는 시선으로 그를 올려다보는 순간, 태준이 이혜가 도망가지 못하게 그녀의 뒷덜미를 강하게 움켜잡으며 입을 맞췄다.

예고되지 않은 키스였다. 사랑을 나누는 듯한 달콤한 입맞춤이 아닌 상대를 굴복시키기 위한 복종의 행위. 태준의 혀가 이혜의 입안으로 미끄러지듯 들어가자 그제야 상황을 깨달은 이혜가 그를 밀어내려다 멈칫했다. 이 모든 행위의 이유가 생각나서였다. 대신 그녀는 부들부들 떨리는 손으로 주먹을 쥐며 숨을 참는 것을 선택했다. 어떻게든 참아 내야 했다. 지금 그를 밀어내면 더는 방법이 없었다.

잠시 후, 마침내 그의 입술이 떨어져 나갔다.

"하아, 하아……."

강압적인 키스의 끝은 처참했다. 이혜가 참고 있던 숨을 급하게 몰아쉬었다. 그런 그녀를 내려다보는 태준의 입가에 싸늘한 조소가 그려졌다.

"그렇게도 그림을 받고 싶었어? 억지로 참아 낼 만큼?"

구역질이 났다. 뜨겁다 못해 차가운 무언가가 치밀어 오르는 느낌이었다. 이젠 이 모든 상황이, 지금 이 여자로 인해 벌어진 모든 것들에 대해 진절머리가 쳐졌다.

"나가."

"작가님!"

이혜의 고개가 튕기듯 들려졌다. 원하는 대로 해 줬는데 어떻게 이럴 수 있느냐는 그녀의 눈빛을 바라보며 태준은 오히려 거친 분노를 토해 냈다.

"고작 그런 걸로는 절대 내 자극이 될 수 없어! 그러니까 당장 꺼져. 꺼져 버리라고!"

이혜는 얼어붙은 것처럼 차마 반박하지 못하고 멍하니 그를 바라봤다. 차갑던 미소가 한순간에 깨져 나가고, 그 틈새로 고통과 비명이 언뜻 보였다. 이혜는 마치 짐승의 울부짖는 소리라고 생각했다. 순간 제정신이 아니라는 해인의 말이 떠올랐다.

그래, 맞다. 지금의 그는 어딘가 망가져 있었다. 그러나 지금은 그게 어딘지 알 수 없었다. 결국 이혜는 이번만큼은 한 발짝 물러서기로 했다.

"……증명하면, 제 요구를 들어주시겠다고 약속하셨어요. 그 약속 지켜 주세요. 후에 다시 찾아뵙겠습니다."

공포와 비참함으로 몸이 덜덜 떨리면서도 이혜는 태준을 똑바로 응시하며 강조했다. 그녀가 이 모든 수치를 견뎌 낸 이유이자 목적이기 때문에. 나는 당신이 원하는 대로 내 의지를 증명했다. 그러니 당신도 약속을 지켜야 한다.

02

    그에게 찾아오는 악몽은 한결같았으며, 또 지독히 고통스러웠다. 악몽은 도망치려는 그를 잡아 깊은 늪 아래로 끌어당겼다. 그가 숨을 쉬지 못하게 되는 그 순간까지.

    흐릿한 하늘, 짙게 쏟아져 내리는 비, 검은 정장, 구슬피 우는 사람들. 그 속에서 갓 성인이 된 태준은 땅속으로 모습을 감추는 관에 눈을 뗄 수 없었다. 그녀의 관. 나의 소라, 사랑하는 내 동생. 그녀가 죽었다. 자신으로 인해 죽었다.

    『제이, 그건 사고였어.』

    그의 마음을 알았는지 누군가 그의 어깨를 두들기며 물기가 배어나는 목소리로 속삭였다.

『네 잘못이 아니란다.』

태준은 여인의 말에 동의할 수 없었다. 아니, 아니다. 그건 자신의 잘못이었다. 소라가 그날 자신을 따라오지만 않았어도. 아니, 자신이 일정을 말하지만 않았어도 지금 그녀는 살아 있었을 거다. 차가운 시신이 되어 나무관 속에 누울 일은 절대 없었을 거다.

그는 멍하니 자신의 양손을 내려다봤다. 이게 뭐길래. 이 손이 도대체 뭐길래 이젠 소라까지 빼앗아 가는 거지? 돌려줘. 제발 소라를 돌려줘. 내 동생, 내 가족, 그녀를……! 소라아아아!

"으아아악!"

마침내 태준이 비명을 지르며 잠에서 깼다.

"허억, 허억."

태준은 침대에서 몸을 일으켜 숨을 골랐다. 숨이 막혀. 누군가가 자신의 목을 조른 느낌이었다. 차가운 식은땀이 척추 선을 타고 등 뒤를 주르륵 흘러내렸다. 아직까지도 과거의 잔상에서 완전히 벗어나지 못한 태준의 등 뒤로 보드라운 여체가 안겨 왔다.

"태준 씨, 악몽이라도 꿨어?"

얇은 란제리 하나만 걸친 여자가 태준의 허리에 팔을 감았다. 그녀의 뜨거운 체온이 마주한 등을 타고 그의 몸 전체로 퍼져 나갔다. 보드라운 살결, 달콤한 냄새, 그리고 36.5도 보다 약간 더 달궈져 있는 체온. 그 체온에 비로소 정신이 드는 것 같았다. 살아 있다. 너도, 그리고 나도 살아 있다. 태준은 자신의 배를 장난스럽게 간질이고 있는 여자의 손을 붙잡았다.

"응?"

여자가 의문을 표하기도 전에 태준이 빙글 몸을 돌려 순식간에 여자 위에 올라탔다. 갑자기 태준의 아래에 깔린 여자가 퍽 놀란 얼굴로 태준을 올려다봤다. 차가운 땀 한 방울이 그의 머리칼을 타고 내려 여자의 가슴 위로 또르륵 떨어졌다.

"아! 태준 씨……."

"해야겠어."

무엇을 해야겠다고 언급하지 않았지만, 눈치 빠른 그녀는 그의 말을 단번에 알아들었다. 그녀는 동의 대신 입꼬리를 살짝 끌어당기며 콧소리를 흘렸다.

"흐응."

이어 왼쪽 다리를 살짝 접어 란제리 속 은밀한 숲을 보일듯 말듯 가리며 태준을 유혹했다. 애초에 속옷 따윈 입고 있지 않아 얇은 란제리 위로 검은 수풀과 봉긋한 유두가 은근히 비치고 있는 상태였다.

태준은 망설임 없이 바로 자신의 양 무릎으로 여자의 다리를 벌렸다. 란제리가 위로 말려 올라가며, 그 사이로 검은 숲이 그의 눈앞에 오롯이 펼쳐졌다. 숱 많은 곱슬곱슬한 음모가 보기 좋게 가지런히 정리되어 있었다. 그것을 다 음미하기도 전에 태준은 이미 발기한 자신의 것을 그녀의 수풀 앞에 댔다. 태준이 자신의 것으로 여자의 음부를 몇 번 비벼 대자, 그의 밑에 깔린 여자가 몸을 배배 꼬았다. 이윽고 그의 것이 그녀의 안으로 찔러 들어갔다.

"아흑!"

여자가 몸을 비틀며 교태 어린 소리를 냈다. 태준이 거칠게 그녀 안에 허리를 박아 대며, 란제리 안으로 손을 넣어 여자의 둥근 가슴을 움켜잡았다. 잔뜩 부풀어 있는 여자의 가슴이 그의 손에 가득 찼다. 손안 가득 찬 말랑말랑한 살덩이. 하지만 그가 지금 느끼는 것은 왼쪽 가슴 아래에 숨어 있는 심장이다. 빠르게 뛰는 것으로 생명력을 표현해 내는 여자의 심장. 그래, 이 여잔 살아 있다.

퍽, 퍽, 퍽.

태준은 더 힘껏 허리를 움직였다. 마주한 두 음부가 거친 마찰음을 내며 묘하게 색스러운 소리를 자아냈다. 점점 더 크게 밀려오는 쾌락에 여자가 태준의 목에 팔을 감았다. 그녀가 잔뜩 열기에 취한 얼굴로 그의 이름을 연신 불러 댔다.

"아아, 태준 씨. 태준 씨. 태준 씨……!"

그를 갈구하는 여자의 가녀린 미성. 하지만 태준의 귀엔 음소거된 무음에 불과했다. 자신의 밑에 깔려 정염을 토해 내는 여자의 얼굴도 그의 눈엔 들어오지 않았다.

그에겐 지금의 여자도, 이전번에 만난 여자도 다 똑같다. 그가 있는 곳은 암흑. 눈먼 자의 세상. 그 속에서 그가 들을 수 있는 거라곤 손안에 잡힌 여자의 살아 있는 심장 소리뿐이다. 쿵쾅쿵쾅

쿵쾅. 리듬을 자아내며 일정하게 움직이는 심장 소리에 안정을 찾아 가는 것도 잠시, 순간 불순물이 섞인다.

　『제이, 앞으론 네가 원하는 그림을 그렸으면 좋겠어.』

　이제는 들을 수 없는 소라의 목소리가 어디선가 나타나 그의 집중을 흔들었다. 그녀의 구슬픈 목소리가 그의 심장에 칼을 꽂았다.

　『사랑해, 제이. 부디…… 네가 행복하기를…….』

　태준의 표정에 금이 가더니 이내 일그러지고 말았다. 행복? 웃기지 마. 내가 어떻게 행복할 수 있지? 닥쳐. 차라리 그 입을 다물어. 닥쳐. 닥쳐. 닥쳐! 저도 모르게 여자의 가슴을 쥔 태준의 손에 힘이 들어갔다. 여자가 아픔에 미간을 찡그렸다.
　"태준 씨, 아파!"
　하지만 태준은 듣지 못했다. 아니, 듣지 않았다. 지금 그를 버티게 하는 건 그 손아귀 안에서 퍼지는 고동 소리뿐이다. 여자를 탐하는 그의 몸에 힘이 들어갔다. 그녀 안을 꿰뚫을 듯이 태준이 거칠게 박아 댔다. 좀 더 느끼게 해 줘. 살아 있다는 걸 외쳐! 더, 더, 더!

❖   ❖   ❖

해인은 태준 대신 문을 열어 주는 여자의 모습에 잠시 당황했지만, 곧 언제 그랬냐는 듯 표정을 정리했다.

"고마워요."

짧게 인사를 건넨 해인은 그림 한 점을 들고 집 안으로 들어왔다. 거실엔 술병이 잔뜩 어질러져 있었고, 사방에서 술 냄새가 진동했다. 독하다는 양주가 몇 병씩이나 빈 병으로 굴러다녔다.

'또 술을 마신 건가.'

도대체 이게 몇 번째인지. 때마침 태준이 욕실에서 나왔다. 가운을 걸친 채 젖은 머리칼을 털던 그가 거실에 서 있는 해인을 발견하곤 눈매를 찌푸렸다.

"어떻게 들어온 겁니까?"

"저 아가씨가 열어 줬죠."

거실 한구석에 가져온 그림을 놓은 해인이, 고갯짓으로 등 뒤에 있는 여자를 가리켰다. 그녀는 긴장감이 감도는 상황 속에서 둘의 눈치를 보고 있었다.

"태준 씨. 나 먼저 가 볼게."

분위기가 심상치 않음을 파악한 여자는 잽싸게 자리를 피했다. 해인이 그런 그녀를 보며 피식 웃음을 흘렸다.

"그래도 꽤 눈치 빠른 여자랑 놀고 있어 다행이네요."

해인이 자연스럽게 소파에 앉으며 아직 서 있는 태준을 올려다봤다.

"뭐해요? 앉지 않고?"

마치 주객전도된 듯한 상황이었다. 제 집처럼 편안하게 움직이는 해인의 모습에 태준의 표정이 좋지 않았지만 결국 그도 그녀의 맞은편에 앉았다.

"용건이 뭡니까."

"참 뻔뻔하네요. 사고는 혼자서 다 쳐 놓으시고요."

며칠 전, 갑자기 잘 전시하고 있던 그림을 내려 달라는 그의 요구에, 전시하던 갤러리에선 작은 소동이 났었다. 결국 자신이 가서 상황을 정리하고 나서야 무마가 됐지만, 그 사건 이후 태준을 바라보는 시선이 좋지 않았다. 젊은 작가의 변덕은 쉽사리 오만으로 비춰지곤 한다.

다리를 꼰 태준이 턱을 괴며 대꾸했다. 어딘가 피곤함이 묻어나는 모습이었다.

"원한다면 계약을 해지해도 된다고 했습니다. 위약금도 물어 드리죠."

"박 작가님!"

순간 정말 화가 난 해인의 표정이 잔뜩 일그러졌다. 그는 지금 자신을 한낱 장사치로 표현했다. 돈 몇 푼이면 떨궈 낼 수 있는 그런 장사치! 그와 에이전시 계약을 맺은 이상, 자신은 그의 매니저로 존재한다. 단순히 계약에 얽매인 것이 아닌, 작품 활동을 함께하는 상호보완적인 관계다. 최대한 차분한 목소리로 그를 달래고 싶지만, 이미 마음이 상한 뒤라 쉽지 않다.

"전 당신의 매니저입니다. 당신의 모든 걸 함께할 수 있는 존재예요. 지금 당신은 계약해지가 아닌 당신의 상태를 털어놔야 하는 게 맞습니다. 슬럼프! 그래요, 괴롭겠죠. 힘들겠죠! 하지만 지금 당신은 너무 심하게 휘둘리고 있어요. 지금 당신의 상태를 봐요. 폐인에 가깝잖아요!"

순간 태준의 눈동자가 흔들렸다. 이내 그의 표정이 차갑게 얼었다.

"그쯤 하시죠."

잔뜩 날이 선 태준의 반응, 하지만 그 사이로 언뜻언뜻 보이는 상처에 해인은 입을 다물었다. 그가 무엇 때문에 그림을 그릴 수 없는지는 알 수 없다. 다만 해인은 그의 심경에 무슨 문제가 생겨 슬럼프에 빠졌다는 것만 짐작할 뿐이었다. 어쩌다 이렇게 된 걸까. 2년 전 그에게는 추락이란 단어조차 어울리지 않았는데.

박태준. 불과 3년 전 혜성처럼 갑자기 등장한 남자.

서른이라는 젊은 나이에 제목조차 없는 단 하나의 작품으로 순식간에 미술계를 휩쓴 괴물. 가공되지 않은 거친 붓선 사이로 느껴지는 여린 섬세함, 그 괴리 속에 담겨 있는 지독한 공허. 감정을 자극하는 본원적 감각은 그의 트레이드마크였다.

게다가 태준의 수려한 외모뿐 아니라, 어릴 때 부모를 잃고 미국으로 입양돼 화가 양아버지 밑에서 탄생한 천재 작가라는 드라마틱한 스토리는 그의 주가를 높이는 데 단단히 한몫하고 있었다.

그는 정말 대중들이 열광할 요소를 모두 갖고 있다 표현해도 과언이 아니었다.

그런 그가, 그렇게도 미래가 유망하던 그가, 지금 자신의 눈앞에 있는 남자와 동일인물이 맞는가. 어떻게 사람이 이 정도로 망가질 수가 있지?

해인은 입술을 깨물었다.

'안 돼. 더 이상 이 사람을 절벽으로 밀지 말자.'

그는 정말로 위태위태해 보였다.

'어떡하면 그를 끌어올릴 수 있을까. 어떡하면……'

그 순간 해인은 불현 듯, 며칠 전 찾아온 한 아이를 떠올렸다. 태준의 그림이 필요하다며, 간절히 매달리던 아이. 뭐라도 좋아. 제발 이 안쓰럽도록 위태로운 남자를 붙잡아 줘.

"삼 일 전에 한 아이가 당신을 찾아왔었죠?"

순간 태준의 표정이 잠시 흔들렸다. 그답지 않게 동요를 내보이는 모습에 해인은 사뭇 놀라고 말았다.

"어땠어요?"

"……것보다 그 아일 왜 제게 보낸 겁니까."

태준의 질문에 해인은 잠시 대답을 망설였다. 어째서 보냈느냐고? 해인의 머릿속에 이혜를 만났던 일들이 파노라마처럼 스쳐갔다. 찰나의 고민 끝에 해인은 한 단어로 표현했다.

"그 아이, 정말 절박해 보였거든요."

'당신처럼……'

해인은 애써 뒷말을 삼켰다. 지금 그를 자극할 말을 하는 건 좋지 않다. 그를 위한 자극제는 자신이 아니다. 그에게 의지할 만한 사람이 되고 싶지만 아직은 아님을 잘 안다.

"어떻게 하실 거예요?"

"뭐를?"

"그 아이의 부탁, 들어주실 건가요?"

의외로 태준은 대답이 없었다. 침묵, 그것은 명백한 회피.

'어라?'

해인의 표정에 잠시 의문이 생겼다 사라졌다. 그는 좋고 싫음이 단호한 남자다. 마음에 들지 않았으면 분명 아니라고 말했을 텐데…….

이틀 전, 다시 자신을 찾아온 이혜는 태준이 그림을 그리기 위해서는 도와줄 사람이 곁에 있어야 한다고 했었다. 그게 태준의 요구였다고. 그땐 일종의 뮤즈라고 생각했지만, 실은 그게 끝이 아니었던 건가? 둘 사이에 무슨 일이라도 있었던 걸까? 제 욕심이란 건 알지만, 그게 제발 어찌 됐든 긍정적인 상황이길 바란다.

해인은 침묵을 고수하는 태준에게 진심으로 조언했다.

"당신 곁엔 사람이 필요해요. 그런 의미에서 그 아이의 부탁은 어쩌면 서로에게 잘된 일인지도 모르죠."

"……."

"잘 생각해 봐요. 전 이만 가 볼게요."

해인이 자리에서 일어났다. 이 이상 그와 함께 있어 좋을 게 없다. 공허한 그의 눈빛을 더 이상 마주하기 힘들다. 모든 걸 다 놓아 버린 예술가. 그의 눈 안에서 더 이상 불꽃을 찾아볼 수 없다. 그래, 지금 그는 바람이 불면 날아가 버릴 한 줌의 재와 같다. 하지만 그녀는 믿고 싶다. 아직 다 타 버린 것은 아니라고, 아직 그에겐 다시 활활 타오를 순간이 남았다고 믿고 싶다.

해인은 뒤돌아 태준을 바라봤다. 그는 여전히 소파에 앉아 있었다.

'윤……이혜라고 했던가, 그 아이.'

백상 갤러리의 딸. 아버지의 갤러리를 지키기 위해 고군분투하던 아이. 이미 미술계에 그 아이에 대해 이야기가 돌았을 정도로 그 아인 간절했다. 절박함과 절박함. 과연 둘 중 누가 승리할 것인가.

"밥은 제때 챙겨 먹어요. 잘 있어요."

해인이 가고 난 뒤, 태준은 또다시 홀로 남았다. 여전히 소파에 앉아 있던 그의 눈에 문득 그녀가 놓고 간 그림이 보였다. 집으로 가져와 달라고 태준이 부탁한 그림이었다.

그가 이끌리듯 소파에서 일어나 그림 앞으로 향했다. 포장지로 안전하게 싸여 있는 그림. 천천히 포장지를 하나하나 찢어 내니, 마침내 안에 숨겨져 있던 그림이 보였다. 그가 마지막으로 그린 그림. 이브Eve.

태준은 천천히 손가락으로 그림을 쓸었다. 울퉁불퉁한 표면이 손끝을 타고 느껴졌다. 비록 그림을 그리지 못하고 있지만, 지금

이 순간만큼은 그림과 공명한다. 그림을 그리던 그 당신의 자신이 생생히 구현된다.

자신이 마지막으로 쏟아 낸 열정. 자신의 전부. 아마 앞으로도 나오지 못할 그림이다. 소라를 잃은 슬픔에 자아를 잃은 것처럼, 머리보다 손으로 그 감정을 오롯이 토한 유일무이한 것이니까.

전날 그를 찾아온 아이의 목소리가 스쳐 지나간다.

"당신이 원하는 건 뭐든 할 테니 제발, 제발…… 그림을 그려 줘요."

'네가 뭔데 그런 소리를 하는 거지? 뭐든 다 하겠다고? 네가 그런다 한들 내가 다시 그림을 그릴 수 있게 될 거라 생각하나?'

아니, 그럴 일은 절대 없을 것이다. 소라가 그렇게 바랐음에도 불구하고 결국 하지 못한 일이다. 일순 밀려드는 처참한 심정에 그림을 만지던 그의 손이 '툭!' 하고 밑으로 떨어졌다.

03

"아빠. 저 왔어요."

언젠간 아버지가 대답해 주길 바라며, 그녀는 늘 같은 인사를 건넸다. 누워 있는 제 아버지의 옆에 앉은 이혜가 그의 손을 꼭 붙잡았다. 그녀의 아버지이자 백상 갤러리 관장인 장석은 쓰러진 이후 아직까지도 의식을 회복하지 못하고 있었다. 갑자기 쓰러지셨다는 연락을 받았을 때의 그 기분이란…… 차마 말로는 다 표현할 수 없다.

이혜가 급하게 병원에 도착했을 땐 이미 그는 응급수술에 들어간 뒤였다. 병명은 급성 뇌출혈. 갤러리에서 쓰러지신 뒤 곧바로 병원에서 수술을 받았지만 아직 그는 눈을 뜨지 못하고 있었다.

하지만 꼭 일어나실 거다. 다행히 수술은 성공적이었으니까.

의사는 그녀에게 그저 지금은 깊은 잠에 빠진 거라고, 그동안 너무 피곤해서 밀린 잠을 자고 있는 거라고 생각하라 했다.

아버지가 이렇게 아프실 때까지 자신은 눈치 하나 못 챘다는 것이 너무 마음 아팠다. 엄마가 돌아가시고 그가 자신과 갤러리를 지키기 위해 얼마나 노력했던가. 왜 미처 알아채지 못했을까. 바보같이 꼭 이렇게 아버지가 쓰러지시고 나서야 깨닫고 만다. 그러니 이젠 자신이 노력할 때다.

"저, 박태준 작가님께 그림을 그려 달라 부탁했어요. 언젠가 아빠가 외부 미팅 다녀오신 뒤 잔뜩 들떠서는 천재를 만났다고 신이 나서 말씀하셨잖아요."

나이에 걸맞지 않은 감성을 가진 천재 작가. 운명이 만들어 낸 화가. 불우한 환경 속에서 그 당시 유명하던 화가를 양아버지로 만난 건 운명이었을까, 아님 우연이었을까?

무엇이 됐든, 스승이자 아버지를 뛰어넘는 화가 아들이 탄생했다는 것에, 한국이 잃어버린 줄만 알았던 보석이 다시 돌아왔다는 것에, 아버지는 미술계의 한 사람으로서 기쁨을 주체하지 못하셨다.

"운명인가 봐요. 아빠가 좋아하셨던 것처럼, 저도 그분의 그림을 본 순간 매료되고 말았어요."

그의 그림을 마주한 그 순간, 저도 모르는 사이 거짓말처럼 홀려 버리고 말았다. 아아, 어쩌면 그 끝을 알 수 없는 거친 선의 소용돌이 속으로 자신도 휩쓸려 버린 것일지도 모른다. 본능이 그라면 가능하다고 무섭도록 아우성쳤다. 그러니 이젠 단 하나의 희망인 만큼, 간신히 붙잡은 만큼 놓을 수 없었다. 비록 아직도 그날의 공포에 몸이 저절로 떨려 왔지만, 이혜는 어떻게든 버텨 내겠다 다짐했다.

아무리 무모한 짓이라도 이미 주사위는 던져졌고, 이혜는 앞으로 나아가야만 했다. 장기 말에게 스스로 뒤돌아갈 수 있는 방법이란 없다. 그래, 할 수 있다. 그만 약속을 지켜 준다면, 그게 무엇이든 해내고 말 거다. 비록 그것이 몸을 바치는…… 것일지라도. 그랬기에 이혜는 어쩔 수 없이 대답 없는 질문을 토로했다.

"당신만 그림을 그려 주면 되는 건데. 도대체 왜……?"

문제는 자신이 아닌 그. 갑자기 떠오른 그의 장애물에 이혜의 얼굴이 삽시간에 어두워졌다.

'슬럼프…….'

예술가에게 슬럼프란 깊고 짙은 늪과 같다. 온 살이 뜯기는 것처럼 괴롭고, 빙하 속에 갇힌 것처럼 마음이 얼어붙는다. 그런 그들이 할 수 있는 거라곤, 지옥의 불구덩이에 빠진 것처럼 활활 타오르는 화염 속에서 구원을 갈망하는 것뿐이다.

때로는 누군가의 도움으로, 또 때로는 정말 운 좋게도 갑자기 찾아온 영감을 통해 벗어나기도 하지만, 많은 이들은 지독한 고통 속에서 자멸한다. 그대로 붓을 놓고 마는 거다.

며칠 전, 그의 모습이 떠올랐다. 큰 감정기복, 순간 내보인 고통과 절망, 어딘가 망가진 듯한…….

'아니야.'

불길한 생각이라며 이혜는 고개를 저었다. 일단 그를 지켜봐야 한다. 무엇이 문제인지, 그는 어째서 그림을 놓아 버린 건지, 또 어떻게 하면 그가 다시 그림을 그리도록 할 수 있을지. 분명 그에게서 해답을 얻을 수 있을 거다. 따라서 지금 자신이 할 수 있는 일은 그의 곁을 지키는 것뿐이다. 우리의 거래를 견고히 할, 그가 자신을 필요로 하는 그 순간이 올 때까지…….

❖　❖　❖

작은아버지와 약속한 시간이 하루가 다르게 흘러갔다. 이혜에게는 더는 멀뚱멀뚱 앉아 흘려보낼 여유가 없었다. 하릴없이 흘러가는 시간을 어떻게 해서든 붙잡아야 했다. 그날 이후 태준에게선 단 한 번도 연락이 없었다. 잊은 건가, 아님 무시하는 건가. 이혜는 고민 끝에 태준이 문을 열어 줄지 아닐지 모르겠지만 일단 그의 집으로 무작정 향했다.

띵동.

태준의 집 앞에 도착한 이혜가 초인종을 눌러 보지만 안에선 아무런 대답이 없었다. 다시 한 번 더 눌러 보지만, 여전한 침묵. 집에 없는 건지, 아님 일부러 열어 주질 않는 건지 알 길이 없다.

이대로 계속 기다려야 하나 고민하는데, 우연찮게 문의 살짝 벌려진 틈새가 그녀의 눈에 띄었다. 혹시나 하는 마음으로 조심스레 문고리를 돌리는데, 거짓말처럼 문이 스르륵 열렸다. 잠금도 되지 않은 상태로 그는 도대체 뭘 하고 있는 걸까.

이혜가 천천히 집 안으로 들어섰다. 때마침 태준은 화병 앞에서 캔버스를 늘어놓고 있었다. 평소 그가 즐겨 그리던 인물화가 아닌 가벼운 스케치부터 시작하려는 모양인지, 그의 손에 들려 있는 것도 붓이 아닌 목탄이었다. 크로키부터 하나씩 해 보려는 시도인 듯했다.

자신이 왔음을 말하려던 이혜는 대신 조용히 그의 뒤에 서서, 그가 하는 행동들을 말없이 지켜봤다. 그의 집중을 자신으로 인해 흐트러지게 만들고 싶지 않았다.

시간은 계속해서 흘러갔다. 하지만 한 시간이 지나고, 두 시간이 지나도록 태준의 손은 도무지 움직일 기색이 없었다. 목탄을 잡았지만 캔버스는 여전히 백지 상태였다. 선 하나라도 그릴 수 있다면 좋으련만, 아무리 노력해도 그림은 그려지지 않았다. 지독한 침묵의 순간, 어느새 한 남자의 망령이 찾아와 그의 손을 옭아맸다.

『제이, 어서 그림을 그려야지? 자아, 어서 저걸 그려 보렴. 제대로 그리면 저녁을 먹게 해 줄게.』

귓가에서 시끄럽게 울리는 남자의 목소리. 다정히 속삭이는 것과 달리 태준의 어깨를 붙잡은 그의 손아귀엔 강한 힘이 들어갔다.

'시끄러워! 저리 꺼져 버려!'

순간 태준이 맹렬한 눈빛으로 캔버스를 쏘아봤다. 테이블 위에 올려놓은 정물은 관심도 없다는 듯, 그의 시선은 오롯이 캔버스 위로 향해 있었다. 그는 백지에 마치 자기가 그려놓은 망작이라도 있다는 듯이 원망스러운 표정이었다. 이어서 원망스럽던 마음은 분노의 포효가 되어 흉폭하게 터져 나왔다.

"왜! 어째서!"

벌써 이 짓만 몇 번째인지 헤아릴 수 없다. 2년이 넘는 시간 동안 매일 이렇게 캔버스 앞에 앉았지만, 단 한 번도 그림을 그려낸 적이 없었다. 선 하나라도! 아니, 작은 점 하나라도 그릴 수 있길 그토록 바랐는데, 도대체 왜!

"으아아악!"

태준이 이젤을 발로 강하게 차 쓰러뜨렸다. 힘없이 쓰러지는 이젤과 함께, 캔버스가 땅으로 떨어졌다. 우당탕 소리와 함께 캔버스가 부서졌지만, 태준은 그것으로는 성에 차지 않았다. 그가 부서진 캔버스의 잔해 속에서 긴 목재 하나를 집어 들었다. 이어 그는 그 목재로 화병을 세게 내리쳤다. '쾅!' 하는 날카로운 파열음과 함께 화병이 조각조각이 되어 후두둑 떨어졌다.

쾅! 콰쾅! 쾅!

이성을 잃은 채로 이젠 테이블까지 부수는 태준의 모습에, 이혜는 흠칫 놀라고 말았다. 이혜는 제 마음을 들키지 않기 위해 양손을 꽉 잡았다. 당황스럽고 또 놀랍다. 하지만 그녀가 놀란 건 그의 폭력적 모습이 아닌, 이렇게라도 하지 않으면 살 수 없는 그의 슬픔을 엿보고 말았기 때문이다. 지금 그의 모습은 어떻게든 지독한 늪에서 벗어나고자 하는 발악과도 같았다.

"아……."

이혜의 입에서 탄식이 흘러나왔다. 자신의 말을 들었을 때 싸늘하게 일그러져 갔던 그의 얼굴이 떠올라 마음이 아팠다. 그래, 그 가소롭다는 표정이 맞았다. 그가 어떤 상태인지 지켜보겠다고? 아니. 지금 자신은 그를 지켜보는 게 아니다. 지켜볼 수밖에 없는 상황이다. 어쩌면 자신은 그의 상처를 건드린 건지도 모른다.

그의 비명이, 슬픔에 가득 찬 고통이 그녀의 귓가에서 지독히도 오랫동안 맴돌았다.

한동안 이어지던 둔탁한 파열음은 어느 순간부터 잦아드는 듯했다. 이미 화병도, 캔버스도, 테이블도 제 형태를 잃은 지 오래였다. 엉망이 된 거실 한가운데 서 있던 태준이 거친 숨을 몰아쉬며 손에 쥐고 있던 목재를 떨어뜨렸다. 얼마나 휘둘렀던지, 그의 손은 상처투성이가 되어 있었다. 손바닥을 가득 메운 붉은 흔적들이 그의 상태를 짐작하게 했다.

"하아, 하아……."

정신이 든 그의 눈앞에 펼쳐진 건 또다시 엉망이 되고 만 바닥이다. 벌써 이게 몇 번째인지 이젠 셀 수도 없었다. 문득 참을 수 없는 무언가가 목구멍으로 넘어오는 그 순간마다, 그는 이렇게 정신을 잃었다. 요즘은 그 주기가 더더욱 짧아져 가는 중이었다.

정말 자신은 미쳐 버린 건가. 이렇게 매 순간 고통받으며 죽어 가는 걸까. 이렇게 이성을 놓으며…….

무섭다. 그래, 이건 공포다. 나 자신을 잃어 가고 있음을 깨닫는 매 순간순간이 등골이 오싹해질 정도로 섬뜩했다. 태준이 또다시 상처가 난 자신의 손을 흐릿한 시선으로 바라봤다. 불과 며칠 전까지만 해도 깨끗했던 손이, 이젠 상처가 하나둘 늘어가 어느새 손 전체를 가득 메우고 있었다.

"작가님."

문득 들리는 목소리에 태준이 고개를 돌렸다. 그사이, 언제 와 있었는지도 몰랐던 이혜가 천천히 그에게로 다가왔다.

"손에 피가……."

나무 조각과 깨진 유리 파편 사이를 건너 마침내 그의 앞에 선 이혜는 상처 난 그의 손을 조심히 살펴봤다. 다행히 상처가 깊진 않다. 응급처치만 잘 하면 될 것 같다.

한시름 걱정을 던 이혜가 말없이 태준에게 연고와 붕대를 내밀었다. 그가 한참 집 안을 난장판으로 만드는 사이, 몰래 밖에 나가 사 온 것이다. 하지만 태준은 그녀가 내민 연고와 붕대를 받을 생각도 안 했다. 싸늘한 눈빛으로 그녀를 무시할 뿐이었다. 이어 그가 그녀에게 붙잡힌 손을 빼내려는데, 이혜가 먼저 그의 손목을 잡아끌고는 그나마 부서지지 않은 의자에 그를 앉혔다.

"이게 무슨 짓이야. 여긴 어떻게 들어온 거지?"

"문이 열려 있었어요. 멋대로 들어온 건 죄송해요."

"하! 그 꼴을 당했으면서도 정말 계속하겠다는 건가?"

태준이 눈썹을 치켜세우며 물었지만, 이혜는 대답 대신 그의 앞에 쪼그려 앉았다. 이어서 응급조치를 시작한 그녀의 손놀림이 바빠졌다. 상처 부위를 깨끗이 소독한 뒤, 연고를 바르고 마지막으로 붕대까지 감고 나서야 이혜는 그의 손에서 시선을 뗐다. 다행히 이 정도면 금방 나을 거다. 마지막으로 붕대가 잘 감겼는지 확인한 이혜가 여전히 자신을 뚫어질 듯 노려보는 태준과 눈을 마주하며 마침내 입을 열었다.

"네. 작가님을 위해 무엇이든 할 거라고 말씀드렸잖아요."

순간 거슬리는 단어에 태준의 눈썹이 꿈틀거렸다.

"웃기지도 않은 소리. 내가 아닌 내 그림을 위해서겠지."

태준이 차갑게 일갈하면서 그녀의 손에 잡힌 손을 빼냈다. 잠시 이혜의 표정이 흔들렸지만, 곧 표정을 정리하며 이혜가 온 마음을 다해 진심을 전했다.

"……아니요. 제겐 같은 거예요. 작가님과 그림 모두."

태준의 손을 치료하며 본 것이 머릿속에서 떠나질 않았다. 화가에게 목숨과도 같은 손. 그런 당신의 손이 크고 작은 상처로 가득한 것을 보고 말았다. 손의 상처는 비단 오늘 난 상처만 있는 것이 아니었다. 다른 몇몇은 아물어 가던 게 터진 것이었다. 그 의미는 그의 이런 행동이 이미 처음이 아니라는 것.

이혜는 제 손으로 자해를 할 정도로 고통스러운 그의 마음을 엿본 것 같아 마음이 무겁다. 정말로 건너지 말아야 하는 강을 건너고 만 것일까. 하지만 이제 되돌아가기엔 너무 늦어 버렸다. 자신은 어떻게든 이 남자에게서, 이런 상태인 그가 다시 그림을 그릴 수 있도록 해야 했다.

이혜는 깊게 잠긴 태준의 검은 눈동자를 바라보며 진심을 담아 속삭였다.

"그러니까 절 내치지 말아 주세요. 작가님이 절박한 만큼, 저 역시 간절해요. 작가님의 그림에 한 사람의, 아니 한 가족의 인생이 걸려 있다면, 믿으시겠어요?"

태준의 눈썹이 휘었다.

'내가 절박한 만큼 너도 간절하다고?'

순간 소라의 모습이 스쳐 지나갔다. 평생을 자신을 위해 양보했고, 결국엔 자신으로 인해 죽어 버린 가엾은 내 동생. 그와 함께 잃어버린 영감, 더는 움직이지 않는 손. 소라와 함께 자신의 영혼도 죽어 버렸다. 그런 내게……

'웃기지 마. 넌 나만큼 절박할 수 없어.'

여전히 이혜는 태준을 응시하며 열렬한 눈빛을 보낸다. 그 어딘가엔 정말로 믿음이 담겨 있는 것 같다. 비로소 태준이 그런 그녀와 얼굴을 마주하며 낮게 으르렁거렸다. 차가운 조소와도 같았다.

"네가 한 선택이야. 절대 후회하지 마."

후회해도 소용없을 테지만. 도망갈 기회를 날려 버린 건 너다. 난 분명 기회를 줬어. 그의 가슴 안에 웅크리고 있던 비틀린 무언가가 작게 미소 짓는 이혜를 향해 이를 내보이며 이죽거렸다.

04

　"그럼 이제 저와 작가님의 거래는 완벽히 성립된 건가요?"

　소파에 그와 마주앉은 이혜가 천천히, 또 조심스럽게 말을 꺼냈다. 폭풍이 휩쓸고 지나간 폐허. 이혜가 할 수 있는 것은 그저 묵묵히 흔적을 지워 마치 멀쩡하다는 착각을 만들어 내는 것뿐이었다. 길고 긴 청소 끝에 이혜는 이제야 정리된 거실에서 그를 마주할 준비가 되었다.

　그녀가 청소를 하는 시간이 그에게는 마음을 진정시킬 시간으로 쓰였다. 그러나 간신히 진정된 태준의 표정에 다시금 금이 가고 말았다.

　"거래가 아닌 계약이지. 넌 아직 내가 원하는 것을 주지 못했으니."

그 말은 네가 먼저 제공하지 않으면 돌아갈 것도 없다는 뜻이다. 시린 대꾸에 이혜가 마른침을 삼켰다. 그래, 그의 말대로 계약이 더 어울릴 것 같았다. 뭐든 좋았다. 그저 자신은 이 변덕스러운 남자의 확답을 원했다.

"뭐, 좋아. 네가 다시 날 그리게 만든다면, 네가 원하는 게 뭐든 다 해 주겠어."

"제가 원하는 건 단 하나예요. 작가님 신작의 독점 전시권을 제게 주세요."

"소소하군."

이혜는 다시 한 번 강조했고, 태준의 입가엔 조소가 그려졌다. 이 모든 걸 감수하고, 무슨 짓을 해서든 얻어 가겠다는 것이 그림도 아닌 고작 독점 전시권이라니.

"네가 먼저 나가떨어지면 그걸로 끝인 거야. 두 번의 기회는 없어."

"알겠습니다."

그에겐 소소한 것일지 모르나 이혜에겐 그 무엇보다 중요했다. 그의 그림 하나에 자신과 아버지, 그리고 갤러리 전부가 걸려 있으니까. 잠시 말을 멈춘 이혜는 그동안 그에게 묻고 싶었던 것을 묻기로 했다. 꼭 알고 넘어가야 했기에.

"그럼 먼저 작가님의 상태에 대해 말씀해 주세요. 전 당신의 상태에 대해 알 권리가 있어요."

상호 간의 계약이었다. 동등한 위치라 생각했고, 당연 그 기본

배경에 대해선 알 권리가 있다 생각했다. 하지만 순간 태준의 눈동자엔 불쾌감이 감돌았다. 그의 표정이 한순간 싸늘해졌다.

"건방지게 굴지 마. 넌 내게 요구할 권리 따위 없으니까. 요구는 나만이 할 수 있어. 알아들어?"

계약이라 표현했지만, 이혜는 사실상 을이었다. 아무리 약속이라 할지라도 갑의 의지에 좌지우지되는. 그는 지금 정말로 그녀를 노예 따위로 보고 있었다. 자신보다 아래를 내려다보는 듯한 멸시와 천대.

"……네."

"그런 태도는 절대 내게 자극이 될 수 없다는 걸 명심해."

일방적이지만 이혜는 받아들일 수밖에 없었다. 이제야 고분고분해진 이혜를 보며 태준은 퍽 흡족해졌다. 그녀의 기를 죽인 것에서 묘한 쾌감이 돌았다.

"좋아. 그럼 당장 나가. 사라져 버려."

당당한 그의 첫 요구. 이혜는 말없이 그를 바라봤다. 태준의 얼굴엔 지친 기색이 엿보였다. 정신적으로 소모가 많았던 거겠지. 지금 그에겐 휴식이 필요할 때다. 결국 이혜는 다시 한 발짝 물러서는 것을 택했다. 이것이 그녀가 할 수 있는 최선이었다.

"알겠습니다. 쉬세요."

❖   ❖   ❖

그의 공간은, 그와 함께하는 시간은 이혜에게도 똑같이 고통이었다. 손끝이 날카로운 송곳에 찔리는 것 같았고, 가슴은 묵직한 돌에 억눌리는 것 같았다. 태준에게서 벗어난 이혜는 발길이 이끄는 대로 움직였다. 아무 생각 없이, 그저 마음이 이끄는 대로. 그녀에게도 진정과 휴식의 시간이 필요했다.

문득 그녀의 발걸음이 멈췄을 땐, 그 끝에 집이 아닌 갤러리가 닿아 있었다. 그녀는 굳게 닫혀 있는 갤러리를 올려다보며 희미하게 웃었다. 그녀에게 있어 이 낡은 갤러리가 곧 집이었다. 그래, 집. 갤러리는 홀로 외로이 남아 있어야 했던 집과는 달리 조용하고도 편안한 공간이었다.

이혜가 가방을 뒤적거렸다. 이윽고 가장 깊숙한 곳에 위치한 주머니에 잘 넣어 두었던 열쇠 하나를 꺼냈다. 그동안 겁이 나 한 번도 와 보지 못했다. 그런데 오늘 같은 날은 왜 이렇게도 생각이 나는 것인가.

끼이익. 이혜가 문고리를 잡아 돌리자, 타인의 방문을 거부했던 철문이 긁는 소리를 내며 서서히 열렸다. 마치 오랜만에 방문한 제 작은 주인에게 투정을 부리는 것 같았다.

이혜의 발걸음이 천천히 안으로 향했다. 문을 닫자, 처음 자신을 맞이한 것은 곳곳에 가득한 먼지였다. 늘 활기와 감동으로 가득 찼던 공간은 케케묵은 냄새와 짙은 어둠에 잠식되어 있었다. 어둠이라도 쫓고자 불을 켜자, 이젠 텅 빈 공간이 그녀를 맞이했다.

"……그렇구나."

이혜가 슬픈 목소리로 중얼거렸다. 비로소 현실과 마주하고 만다. 네가 처한 현실이 지금 이것이라고 그녀에게 속삭이는 것 같다.

이혜가 천천히, 또 조심스럽게 손으로 벽을 쓸며 걸었다. 갤러리 문을 닫음과 동시에 그림은 다 내려졌다. 지금은 텅텅 빈 공간들. 그녀는 본디 그림이 있었어야 할 공간 대신 짝을 잃고 허망하게 붙은 이름표를 하나하나 읊었다.

"짝을 잃은 건 그만이 아니었구나. 나도, 너희도 모두 짝을 잃었어."

어린 시절의 그녀와 성인이 된 그녀까지 모든 순간들이 스쳐 지나간다. 작가님들이 아버지와 마주하며 담소를 나누곤 했다. 때로는 갤러리 뒤편 작은 관장실에서 그림을 그렸다. 많이는 없었지만 관람객이 올 때마다 아버지는 그들 곁으로 가 그림에 대해 설명을 해 주셨다. 그럴 때마다 그녀는 조용히 아버지의 뒤에 서 귀를 기울였었는데. ……이젠 없다. 마치 그 모든 게 신기루라는 듯이 소리 없이 사라져 버렸다.

마침내 그녀의 발걸음이 한 곳에 멈춰 섰다. 이 갤러리에 남은 마지막, 단 하나의 그림 앞에.

"……엄마."

어머니가 생전에 그리셨던 그림. 처음 이 갤러리를 보곤 흥분돼 안 그릴 수가 없었다고 어머니는 종종 입버릇처럼 말씀하셨다. 지금은 남루하지만, 그림 속 갤러리는 그 무엇보다도 거대해 보인다.

우리의 갤러리, 우리의 꿈.

순간 이혜는 이곳에 처음 왔던 그때 그 시간으로 되돌아갔다. 스물셋의 숙녀는 여섯 살짜리의 꼬마 숙녀로 작아졌다. 이혜가 한 손엔 어머니의 손을, 다른 한 손엔 아버지의 손을 꼭 붙잡고 이 갤러리 앞에 섰다. 그땐 이곳이 왜 이렇게 커 보였는지 눈이 휘둥그레졌었다.

"엄마! 이제 여기 우리 갤러리예요?"

"그럼. 이제 우리의 보금자리야."

어머니가 환하게 웃었고, 아버지는 기뻐서 방방 뛰는 자신의 머리를 쓰다듬었다.

"아아……."

순간 이혜의 눈꼬리에서 눈물이 또르륵 흘렀다. 그동안 꾹꾹 참아 왔던 것이 마침내 터지고 만 것이다. 갤러리는 우리에게 있어서 집이었다. 집이 마음의 휴식을 취하는 공간을 칭하는 것이라면, 그곳이 바로 여기였다. 편안하고 안락했던 공간.

어머니가 병으로 죽어 가시면서도, 비싼 병원비 탓에 변변한 치료조차도 제대로 받지 못하면서도 끝끝내 팔지 못했던 곳. 남들에게는 낡디낡은 작은 갤러리에 불과하겠지만, 여긴 우리 가족의 보금자리였고, 희망이었고, 삶이었다.

이곳을 정말 지키고 싶다. 부모님이 그러하듯, 자신 역시도 이곳만큼은 지키고 싶다. 이혜가 울먹이는 목소리로 중얼거렸다. 마치 제 곁에 있을 엄마의 영혼에 대고 속삭이는 것 같았다.

"해낼게요. 지켜 낼게요. 그러니까 걱정하지 마세요."

절대 다른 사람에게 넘기지 않을 거예요. 무슨 짓을 해서라도 지켜 내고 말 거예요. 우리의 추억을, 아버지를……. 이혜가 두려움을 삼키며 스스로에게 다시 한 번 다짐했다.

"빼앗길 수 없어."

이곳까지 빼앗기고 나면, 아버지가 돌아올 곳이 없어져 버려. 그럼 아버지는…… 정말…….

'제발 내게서 빼앗아 가지 마. 더 이상 잃게 하지 마.'

정적 속에서 태준의 핸드폰이 찌르르 울렸다. 수십 초가 흘러도 받지 않은 주인을 향해 항의하듯 계속해서 울려 대는 핸드폰. 포기를 모르는 그 끈질긴 행동에 결국 태준의 손이 움직였다.

전화를 받고도 아무 말 없는 태준을 대신해 해인이 먼저 입을 열었다.

―박태준 씨.

"……."

―박태준 씨, 듣고 있어요?

"……듣고 있습니다."

그제야 해인이 안도의 한숨을 옅게 내뱉었다. 그녀는 늘 이렇게 그를 마주할 때면 긴장하고 만다. 혹시라도 그에게 무슨 일이 생겼을까 봐, 혹은 그가 무슨 짓이라도 했을까 봐.

예술가들은 어디로 튈지 모르는 존재라서, 특히나 슬럼프에 빠진 예술가들은 무슨 짓을 할지 모르는 존재라서 늘 두렵다. 그 옛날, 고흐가 제 귀를 잘라 냈던 것처럼……. 그래, 마치 언제 터질지 모르는 시한폭탄과도 같다.

목소리를 듣고 나서야 해인은 비로소 안도했다. 다행히 아무 일도 없는 건가. 그제야 그녀가 조심스럽게 본론을 꺼냈다.

—태준 씨. 미안한데, 일 하나만 해 줘요. 월간 아트에서 다음 주에 인터뷰하길 원해요.

찰나의 정적. 그 순간 태준의 눈썹이 불만을 표현하며 찡그려졌다.

"인터뷰? 그런 거 안 한다 하지 않았습니까."

—어쩔 수 없었어요. 지난번 갑자기 전시회에서 그림 내린 걸로 걸고넘어지는데 어떡해요. 정말 내키지 않는 거 알지만, 이번만 부탁할게요.

"싫습니다."

—태준 씨, 저도 정말 내키지 않았어요. 지금 상황만 아니었다면 받아들이지 않았을 거라고요. 지금 미술계에 태준 씨 소문 돌고 있는 거 알아요? 건방지고 아주 무례하다는 게 지금 당신에 대한 평가예요.

"상관없습니다."

하아. 전화 너머로 해인이 한숨 쉬는 게 들렸다. 답답하다는 목소리로 해인이 그를 달래듯 다시금 입을 열었다.

　—태준 씨는 상관없을지 모르지만, 이 세계는 그렇지 않죠. 이번 거, 정말 중요해요. 정말 이대로 영원히 안 돌아오고 싶어서 그래요? 태준 씨가 다시 그림을 그려도 그땐 당신의 그림을 받아 줄 갤러리가 없을 수도 있다고요.

　하필 태준이 그림을 내린 갤러리가 국내 톱3에 드는 대형갤러리였다. 그런 곳에서 아무리 스타작가라 하나 고작 신인이 갑자기 그림을 내렸으니, 좋게 봐 줄 리 없다. 폐쇄적이고 자존심 강한 미술계에선 이때다 하고 그를 물어뜯고 있었다.

　—미안해요. 이번 한 번만 해 줘요. 질문은 이미 정해져 있으니 어려워할 것 없어요. 자세한 사항은 메일로 보내 줄게요.

　"하!"

　태준이 짜증스러운 손길로 핸드폰을 소파 위로 던졌다. 뜻대로 되는 것이 없다. 모든 것이 자신을 잡고 놓아주질 않는다.

　거칠게 머리칼을 쓸어 올린 태준이 소파 옆 작은 탁자의 두 번째 서랍을 열었다. '데굴' 구르는 소리와 함께 작은 약병이 나타났다. 태준은 익숙하게 약병을 꺼내 그 속에서 약을 한 알 집어 입안에 넣었다. 받아 온 약이 얼마 남지 않았다. 아니, 사실 이게 그리 중요한 걸까. 먹으나 안 먹으나 차이가 없는 것을.

　어둠이 녹눅히 내려앉은 공간에서 그는 홀로 남아 서서히 지쳐 가고 있었다. 모든 것이 지긋지긋하다. 헛웃음이 나오기도 했다. 돌아왔을 땐 받아 줄 갤러리가 없다고? 돌아올 수나 있을까. 애초에 자신은 여기서 끝이 아닌 걸까.

그림. 그게 도대체 뭐길래. 그림을 그려 달라는 어린 계집이나, 이 모든 것이 싫증 난다. 그러면서도 그는 또 포기하지 못한다. 지치고 지쳐도 또 붙잡고, 또 실망하고, 또 좌절한다.

태준이 자신의 손을 내려다봤다. 어린 계집이 치료랍시고 붕대를 감아 놓고 간 손. 태준이 작게 중얼거렸다.

"거지 같군."

약을 먹었음에도 불구하고, 잠시 잊고 있던 과거의 망령이 그를 타고 스멀스멀 기어 올라왔다. 어느새 나타난 아버지가 그의 어깨를 꽉 쥐었고, 어린 소라가 자신의 앞에서 그림을 그리고 있었다.

어둠, 그를 무척이나 좋아하는 것. 그 속에서 태준은 서서히 잠겨 갔다. 잔뜩 지친 눈이 결국 굴복하듯 느릿느릿하게 감겼다. 도대체 언제쯤이면 자신을 놔줄 것인가. 지금으로도 충분하잖아. 끝끝내 자신을 산산조각 내서야 비로소 만족할 건가.

'아아. 꺼져 버려. 사라져 버리라고.'

제발 날 이제 그만 놓아줘…….

05

"오랜만이에요, 이혜 씨."

집주인 대신 문을 열어 주는 이혜의 모습에 해인은 아닌 척하면서도 놀라고 말았다. 또 여자가 문을 열어 주길래 지난번과 같은 상황인가 했더니, 그때 그 아이라니. 백상 갤러리의……. 그녀가 여기에 있다는 건, 태준이 그녀를 받아들였단 건가?

그녀의 인사에 이혜가 작게 수줍은 미소를 지으며 고개를 숙였다.

"네, 매니저님. 들어오세요."

"잘 지냈어요?"

"덕분에요."

"여긴 어떻게 있는 거예요? 박 작가님이 그 제안, 수락하신 건가요?"

해인이 집 안으로 들어오며 묻자, 잠시 머뭇거리던 이혜가 고개를 끄덕였다. 그녀에게 자세한 걸 말할 필요는 없었다. 어쨌든 결과만 놓고 봤을 땐, 그가 수락한 건 맞으니까.

"네."

"다행이군요. 정말…… 다행이에요."

대답하면서도 어딘가 어색함이 배어났다. 정말 그가 받아들였단 건가? 의외다. 그녀가 가진 건 정말 혹시나 하는 작은 기대였는데.

해인의 머릿속이 빠르게 돌아갔다. 긍정적인 상황이지만, 이건 이거대로 미심쩍다. 그는 무슨 생각으로 받아들인 걸까. 평소 그의 성격상 그는 제 옆에 누군가가 있는 것을 받아들일 리가 없는데. 그 순간 태준의 날 선 목소리가 해인의 생각을 끊었다.

"잡담 나누러 온 겁니까?"

그제야 해인은 방에서 옷을 갈아입고 나온 태준을 발견했다. 깔끔하게 정리된 수염과 머리칼, 그리고 몸에 딱 맞는 정장까지. 흐트러지지 않은 모습은 정말 오랜만이었다. 그가 이렇게 멀쩡한 모습으로 밖에 나가는 게 얼마 만인지. 해인이 싱긋 웃었다.

"박 작가님. 준비 다 끝났나요?"

"가죠."

짧게 응수한 태준이 마침내 집을 나섰다.

❖   ❖   ❖

"만나서 반갑습니다. 전 월간아트 기자 이석우라고 합니다."

"박태준입니다."

석우는 자리에 앉는 태준의 얼굴을 유심히 살폈다. 인터뷰 자체를 꺼리기로 유명한 작가다. 그런 작가를 마침내 이 자리에 이끌어 냈다는 사실에 흥분이 감돌았다. 이어 자리에 앉은 석우가 자연스럽게 노트와 함께 녹음기를 꺼냈다. 녹취를 위해 녹음기를 트는데, 순간 태준과 눈이 마주친다.

"아, 괜찮으시죠?"

"괜찮습니다."

"그럼 인터뷰 시작하겠습니다."

이혜와 해인은 태준의 옆 테이블에 앉아 그들을 지켜봤다. 해인의 시선이 태준에게 꽂혀 떨어지질 않는다. 이미 질문은 정해져 있다. 걸리는 시간도 고작해야 십 분 내외. 짧은 문답만 끝내고 가면 될 것이다.

하지만 해인은 어쩐지 조마조마한 심정이다. 태준의 상태는 불안정하고, 하필 석우는 때때로 돌발행동을 하는 기자로 유명하다. 그녀가 그들의 대화에 촉각을 곤두세웠다.

"첫 번째 질문입니다. 일단 역시 지난번 갑자기 그림을 내리신 이유를 안 물을 수 없군요. 무슨 이유라도 있으신 겁니까?"

이미 합의가 되어 있던 질문인 만큼 대답도 정해져 있었다. 태준이 나른한 목소리로 대답했다.

"그건 전적으로 제 불찰입니다. 완성 후에도 그림이 계속해서 마음에 들지 않았고, 결국 그런 상태로는 대중에게 차마 내보일 수가 없다고 판단해 부득이하게 다시 그림을 내리게 되었습니다."

거짓말. 내뱉는 말 한 마디 한 마디가 전부 다 거짓에 불과했다. 태준은 그런 자신의 모습이 우스워 조소를 삼켰다. 다행히 석우는 고개를 끄덕이며 다음 질문을 던졌다.

"그렇군요. 그런 그림에 대한 완벽함 추구는 역시 아버님이신 레이든 씨의 영향을 받으신 건가요?"

"……그렇습니다."

"역시. 레이든 씨의 그림에 대한 열정은 대단하시죠. 그걸 아드님이신 박 작가님께서 물려받으신 건가 봅니다. 하긴, 워낙 유명한 부자 아니십니까."

'아버지' 란 단어에 태준이 한 박자 느리게 대답했지만, 석우는 그 미묘한 차이를 눈치채지 못했다. 인터뷰는 계속해서 순조롭게 진행되는가 싶었다. 마지막 질문을 끝으로 이제 인터뷰가 끝났다고 생각한 순간이었다. 석우가 재빨리 돌발 질문을 던졌다.

"그럼 마지막으로 하나만 더 묻겠습니다. 신작이 늦어지는 이유가 있습니까? 평소 작가님 작품 완성 기간보다도 훨씬 늦어지시고 계신데요."

평온하던 태준의 표정에 금이 간 건 한순간이었다. 해인이 퍼뜩 고개를 들며 자리에서 일어나 그들에게 향했다. 심상치 않은 분위기에 이혜도 그녀를 따라서 일어섰다.

"잠시만요. 이건 질문에 없지 않습니까."

"왜 이렇게 유난스럽게 구십니까. 어려운 질문 아니지 않습니까. 이유, 말씀해 주실 수 없으신가요?"

해인의 저지에도 석우는 꿋꿋이 태준의 대답을 기다렸고, 해인은 입을 다물 수밖에 없었다. 여기서 잘못했다간 또 꼬투리 잡히기 십상이었다. 역시나 그들의 유난스러운 반응에 석우의 눈이 가늘어졌다.

"……아직 준비 중에 있습니다."

태준이 가까스로 입을 열었다. 이 한 마디 꺼내는 데 그는 정말로 많은 인내를 필요로 했다. 재빨리 이때다 싶은 석우가 그의 말을 덧붙였다.

"역시. 심혈을 기울이고 계신가 보죠? 기대해도 되겠습니까?"

"질문 다 끝났으니 인터뷰는 이것으로 끝내도록 하죠."

이번만큼은 태준이 대답하지 못할 것을 알기에 해인이 재빨리 그들 사이에 껴 상황을 정리했다. 짜게 구는 해인의 반응이 영 이상했지만, 결국 석우도 이쯤에서 물러섰다.

"알겠습니다. 수고하셨습니다, 박 작가님. 이 인터뷰는 제가 잘 정리해 드리겠습니다."

"그럼 이만."

태준이 자리에서 일어났다. 역시, 이런 인터뷰 따위에 나오는 게 아니었는데. 그의 기분은 이미 잔뜩 가라앉아 있었다. 그가 자리를 뜨려는데, 순간 녹음기를 끄던 석우가 갑자기 생각난 듯 고개를 들었다.

"아! 그러고 보니 레이든 씨가 곧 방한하신다는데, 정확한 일정을 알고 계십니까?"

"뭐라 했습니까, 지금?"

순간 태준의 움직임이 멈췄다. 튀어나오는 태준의 목소리가 제법 사나웠다. 석우가 어색하게 웃으며 대꾸했다.

"모르셨습니까? 국내에서 짧게 특별 전시회를 여신다고 하시던데요."

아버지의 방한 소식. 세간에는 양아버지 레이든과 양아들 태준의 사이는 매우 돈독하다고 알려져 있었다. 하지만 그 순간 이혜는 보고 말았다. 태준의 눈이 하염없이 흔들리는 것을. 그는 지금 잔뜩 동요하고 있었다.

❖   ❖   ❖

다시 집으로 돌아가는 길은 고요했다. 운전을 하는 해인부터 밖을 응시하는 태준까지, 그 누구도 쉽사리 입을 열지 않았다. 조수석에 앉은 이혜는 백미러를 통해 계속해서 뒷자리에 앉은 태준을 곁눈질했다. 깊은 생각에 빠진 그. 그는 무슨 생각을 그렇게 하는 걸까.

가장 먼저 이 어색한 정적을 깬 건 해인이었다.

"수고했어요, 태준 씨."

"……."

"이젠 루머도 곧 없어지겠죠."

"앞으론 이런 걸로 더 이상 귀찮게 하지 마십시오."

그것은 경고였다. 더는 루머든 뭐든 신경 쓰지 않겠다는 그의 결정이기도 했다. 해인은 입을 다물었고, 대화는 그걸로 끝이었다. 태준은 다시 생각에 빠졌다. 분명 그는 창밖을 응시하고 있지만, 눈엔 아무것도 들어오지 않았다.

'그가 온단 말인가. 대체 왜? 단순히 방한 목적? 특별 전시회?'

그의 입가에 비릿한 미소가 그려졌다. 웃기지 마라. 그는 절대 그런 사람이 아니다. 별 볼 일 없는 나라라고 무시하던 남자였다. 그런 그였는데 왜 하필, 왜 이 시기에 오는 거지? 머리가 지끈지끈 아파 오던 찰나, 띠리링 문자가 왔다.

[오늘 2시. 박태준 환자 내원 예약되어 있습니다.]

그게 오늘이었던가. 지난번 진료 이후 아무 생각 없이 잡아 놓은 예약이었다. 그랬기에 그는 완전히 잊고 있었다. 한참 동안 문자를 바라보던 태준이 다시 창밖으로 고개를 돌렸다.

이혜는 태준의 인터뷰 내용을 곰곰이 되새겨 보고 있었다. 어쩌면 중요한 정보가 될 수도 있었기에.

그에 대한 정보를 얻는 것은 생각보다 꽤 어려웠다. 그는 평소 인터뷰를 좋아하지 않았고, 자신에 대해 이야기하는 것을 극도로 꺼렸다. 세간에 도는 그에 대한 이야기들은 전부 그의 양아버지

레이든의 입을 통해서 나온 것들뿐이었다.

운명적 만남, 돈독한 부자 사이, 수재가 만들어 낸 천재 화가……. 그러다 문득 이혜는 의문이 생겼다. 레이든은 인터뷰 때마다 입버릇처럼 태준을 사랑한다 했지만, 그러기엔 오늘 태준의 반응은 이상했다. 묘한 이질감이 이혜의 감각을 건드렸다.

'도대체 어디가 어긋난 거지?'

이혜가 서서히 무언가에 도달하려던 찰나였다. 핸드폰이 잘게 진동하며 그녀를 강제로 상념에서 끄집어냈다. 발신인을 확인한 이혜의 눈동자가 커졌다. 두근거리는 마음을 애써 삼키며 재빨리 전화를 받았다.

"여보세요."

긴장된 손끝. 전화기 너머로 들리는 다급한 목소리. 이혜는 전화를 미처 끊기도 전에 외쳤다.

"매니저님! 저 좀 여기서 세워 주세요!"

"네?"

"제발, 빨리요!"

다급한 이혜의 목소리에 해인이 급하게 갓길에 차를 세웠다. 이혜는 인사도 잊고 사색이 된 얼굴로 차에서 뛰어 내렸다. 바로 택시를 잡아탄 그녀의 모습이 곧 사라졌다.

"무슨 급한 일이 있나? 표정이 안 좋은데."

해인이 걱정 어린 목소리로 중얼거렸지만 태준은 여전히 바깥을 응시할 뿐, 그들에게 아무런 관심도 두지 않았다. 해인은 속으로 태준을 향해 인정머리 없는 인간이라고 혀를 차며 다시 차를 돌리려 했다. 침묵을 고수하던 태준이 그제야 입을 열었다.

"집 말고 세운병원으로 가죠."

아버지가 위급하다는 전화에 이혜는 미친 듯이 뛰었다. 택시를 잡아타 병원으로 향하는 그 짧은 시간 동안 얼마나 하늘에 빌었는지 모른다. 제발 아버지를 살려 달라고, 이대로 데려가지 말아 달라고. 자신의 하나뿐인 가족을 제 곁에 남겨 달라고.

다급히 병실로 올라왔을 때, 이미 의사들이 아버지의 병실에 몰려와 있었다. 의사가 재빨리 심폐소생술을 시도하지만, '삐이이익' 거리는 소리만이 이혜의 귓가에 가득할 뿐이었다.

"안 돼! 안 돼, 아빠!"

"안 됩니다, 보호자분!"

이혜가 아버지에게 달려가려 하자, 간호사가 그녀를 가로막아 저지했다. 이혜가 어떻게든 아버지에게 닿기 위해 팔을 뻗었지만, 여전히 그에게 닿지 않았다. 귓가가 웅웅 울렸다. 모든 것이 꿈인 것처럼 괴리감이 느껴졌다.

길게 이어지는 기계음. 다급한 의사의 목소리. 계속해서 아버지의 가슴에 가해지는 충격.

숨이 멎는 것 같다. 안 돼. 이대로 가지 말아요, 아빠. 제발, 제발, 날 이대로 홀로 남겨 두지 말아요! 제발, 제발, 제발, 제발……!

삐이이이이이이이이…… 삑, 삐익, 삐익!

"됐어. 돌아왔어!"

누군가가 밝아진 목소리로 외쳤고, 아버지의 가슴을 누르던 의사의 손 역시 멈췄다. 그제야 이혜는 아버지의 심장 소리가 다시 들린다는 것을 깨달았다.

"하, 하아……."

안도의 한숨을 내뱉음과 동시에 다리에 힘이 풀렸다. 간호사가 그녀의 몸을 지탱해 주지 않았으면 그대로 땅에 주저앉고 말았을 거다. 의사가 이마에 송골송골 맺힌 땀을 닦으며 이혜를 돌아봤다.

"고비는 넘기셨습니다."

"왜 갑자기……. 자고 계신 거라면서요……."

"혼수상태가 오래 지속된 환자에게 가끔 일어나는 일입니다. 다행히 심장박동이 돌아온 상태니까 좀 더 지켜보죠."

짧게 인사한 의사들이 지친 모습으로 그녀를 지나쳐 갔다. 멍하니 병실을 나서는 의사들을 바라보던 이혜가 퍼뜩 복도로 달려가 그들을 붙잡았다. 이혜가 아버지 주치의의 팔을 꼭 붙잡으며 잘게 떨리는 목소리로 물었다.

"선생님, 그럼 이런 일이 또 있을 수 있다는 건가요?"

의사는 잠시 대답을 망설였다. 그 찰나가 이혜에겐 영겁의 시간에 가까웠다.

"……그럴 가능성도 있습니다."

"그럼 그때는 어떻게 되는 건데요?"

"그땐…… 회복이 어려우실 수도 있습니다."

이혜의 팔이 힘없이 툭 떨어졌다. 의사는 안타까운 눈으로 이혜를 바라보곤 다시 발걸음을 옮겼고, 기댈 곳을 잃은 이혜의 몸이 비틀대며 밑으로 허물어졌다.

❖ ❖ ❖

"지난번에 처방받은 약이 다 떨어졌습니다."

의사를 마주한 태준이 마침내 굳게 다물려 있던 입을 열었다. 오지 않으려 했다. 약은 그저 찰나의 진통제밖에 되지 않았기에, 그는 여전히 지독한 악몽과 환청에 시달렸기에 소용없다고 생각했다. 약을 먹어도 결국엔 변한 게 없었으니까.

하지만 결국 다시 오고 말았다. 그에겐 남은 선택지가 없었다. 이것에라도 의지하지 않으면, 정말 그는 미쳐 버리고 말리라.

의사가 진료기록을 확인하며, 안경을 위로 추어 올렸다.

"처방해 드린 약은 어떠셨습니까? 현재 증상은요?"

"전과 별반 차이 없습니다."

하지만 의사는 의심쩍은 듯 태준의 얼굴을 살폈다. 그런 것 치곤 태준의 안색이 지난번보다 훨씬 좋지 않았다. 그는 이런 환자의 유형을 퍽 잘 꿰뚫고 있었다. 이런 환자는 제대로 된 치료가 필요함을 인지하고 있음에도, 의사를 완벽히 신용하지 않는다. 그것 역시 일종의 방어기재에 의한 강박 장애.

"박태준 환자. 다시 묻겠습니다. 현재 증상이 어떤지 정확히 말씀해 주십시오. 정확한 증세를 말씀해 주셔야 제대로 된 처방이 가능합니다."

안경 사이로 비치는 의사의 눈동자가 사뭇 날카로워졌다. 환자의 상태를 낱낱이 파헤치려는 듯한 그 시선에, 결국 태준은 낮게 한숨을 내쉬며 지친 얼굴로 설명하기 시작했다.

"……점점 스스로를 제어하기가 힘들어집니다."

"정확히 어떻게 말입니까?"

"갑자기 제어할 수 없는 폭력성이 보이는가 하면, 또 어느 순간엔 지독한 우울과 무기력함에 빠지기도 하죠. 제 자신이 전혀 컨트롤되지 않고 있습니다."

"불면증은 어떻습니까? 여전히 변함없는 상태입니까?"

"네. 계속해서 수면 장애를 겪고 있습니다."

"그럼 그 외에는요?"

"요즘 들어 유독 환청과 환각에 시달리고 있습니다. 과거의 것들이 때때로 찾아와…… 제 목을 옭아매는, 그런 느낌입니다. 마치 기어코 자신들이 있는 밑바닥까지 붙잡아 끌어내리고 싶어 하는 것처럼 느껴질 정도로 말이죠."

짙은 염원, 혹은 끝없는 집념처럼……. 태준은 묵묵히, 그러나 때때론 혼란과 동요를 내보이며 자신의 증세를 설명했다. 그의 말이 끝났을 때, 의사의 표정은 썩 좋지 않았다. 불과 몇 달 사이,

환자의 상태가 **빠른** 속도로 악화되고 있다. 이 이상 방치하게 되면 정말로 위험해질 수가 있다.

"박태준 씨. 저번에도 말씀드렸다시피, 단순한 약물 치료로는 외상 후 스트레스 장애가 낫기 힘듭니다. 특히나 특정한 환청이나 환각에 시달린다는 것은, 과거의 일에 대한 죄책감과 자기 경멸, 그로 인한 강박 증세라는 건데, 현재 환자분 상태로는 심리 치료와의 병행이⋯⋯."

"아니요, 괜찮습니다. 약만 처방해 주십시오."

의사의 진단이 끝나기도 전에, 태준은 자신의 의견을 강경하게 내보였다. 단호한 그의 대답에 의사가 답답함을 토해 내듯, 짙은 한숨을 내뱉었다.

"환자분. 이대로 계속 치료를 미룰 경우, 해리 현상이나 자살 시도로까지 이어질 수 있습니다. 지금 환자분의 상태는 결코 가볍지 않아요. 스스로도 느끼고 있지 않나요, 이다음은 뭐가 될지를?"

"⋯⋯."

"현재 환자분은 스스로의 의지와 주변분들의 도움이 절실합니다. 그것이 힘들다면, 입원도 하나의 방법이고요. 다시 한 번 진지하게 고민해 보십시오. 일단 약은 처방해 드리겠습니다."

의사의 당부를 끝으로 태준은 딱딱하게 굳은 얼굴로 진료실을 나왔다. 머리가 복잡했다. 안다. 의사의 말은 전부 맞았다. 그럼에도 그는 지금 과거의 사실조차도 부정하고 외면하고 있는 상태다. 그것은 아마 짙은 죄책감에서 스스로를 보호하기 위해 만든 방어기재일 터. 어쩌면 손이 안 움직이는 것도 같은 연유에서일지도 모른다. 외면과 부정이 쌓이고 쌓여 스스로에게 벌을 주고 있는 것일지도…….

복도를 지나 엘리베이터로 향하던 태준의 발걸음이 무언가를 발견하곤 잠시 멈칫했다. 무의식중에 벽에 기대어 주저앉아 있는 한 여자를 보고 말았다. 그의 미간에 주름이 옅게 잡혔다. 익숙한 얼굴의 어린 여자가 눈물을 뚝뚝 흘리며 울고 있었다. 순간 자신을 향한 시선을 눈치챘는지 여자가 고개를 들어 자신을 바라본다.

"아……."

이혜가 흐릿한 시선으로 태준을 바라보며 멍하니 말을 흐렸다. 범람한 슬픔을 주체하지 못하는 그녀의 모습. 짧은 정적 속에서 둘의 시선이 뒤엉켰지만, 이내 그것은 얼마 지나지 않아 깨지고 말았다.

먼저 시선을 돌린 건 태준이었다. 그의 표정은 시렸고, 그의 고개가 냉정히 돌아갔다. 그녀가 왜 이곳에 있는지조차 궁금치 않았다. 멈췄던 그의 발걸음이 흔들리는 시선으로 자신을 바라보는 이혜를 무시하며 다시금 움직였다. 그가 복도를 지나 엘리베이터를 타고 사라지는 그 순간까지, 이혜의 처연한 시선이 그의 등 뒤로 길게 이어졌다.

06

 그가 한국에 오는 게 사실이라면, 분명 제일 먼저 아들인 자신을 찾을 게 뻔했다. 대외적으론 무척 자랑스럽기만 한 아들이니까. 하지만 그의 행보를 예상했음에도 불구하고, 태준은 한참을 망설인 끝에야 전화를 받았다.

 ―『제이.』

 전화기 너머로 나직이 들리는 그의 목소리에 태준은 그제야 현실을 인식했다. 단 한 번도 이 소름 끼치는 목소리를 잊어 본 적이 없었다. 어떻게 감히 잊을 수 있을까. 비로소 그와 떨어져 살게 되었음에도 불구하고 그는 늘 매일 밤, 아니 이제는 시시때때로 자신을 찾아와 그렇게 괴롭히는데!

 ―『오랜만이구나. 잘 지냈니? 왜 그동안 그렇게 연락이 없었

던 게야?』

레이든이 퍽 자상한 목소리로 태준의 안부를 물었다. 평범한 부모라면 분명 애정을 기반으로 한 걱정과 불만이었을 테지만, 우리의 관계에서 일상적인 대화는 오히려 어긋난 것이었다.

태준은 낮게 조소했다. 그는 여전했다. 이런 대화가 과연 우리에게 가당키나 한 것인가. 모두 위선에 불과한 건데. 태준이 아무런 말도 하지 않자 인내심이 다했는지, 레이든이 짧게 혀를 차며 곧바로 본론을 꺼냈다.

―『답답한 녀석. 아비가 다음 주에 한국에 간단다. 잠깐 보자꾸나.』

"……."

―『시간은 내가 정해서 보낼 테니, 늦지 말고 오렴. 그럼 끊는다.』

늘 그랬듯 레이든은 짧은 통화조차도 자신의 요구를 당연하다는 듯이 상대방에게 관철시켰다. 그는 '그날' 이후 단 하나도 변하지 않았다. 자신과 소라를 이렇게 만들어 놓고도, 그 무엇도! 태준의 손톱이 꽉 쥔 주먹 사이로 붉은 혈흔을 내며 깊게 파고들었다.

웬일로 집 밖으로 나서는 태준의 모습에 이혜의 얼굴에 의아함이 떠올랐다. 늘 밖에 나가길 꺼렸던 그인데……. 해인에게선 그 어떤 이야기도 전해 받은 게 없었다. 이혜가 거실을 지나쳐 가는 그를 따라나서며 물었다.

"작가님, 어디 가시는 거세요?"

"알 거 없어."

태준이 차갑게 일갈했다. 더 이상의 관심은 용납하지 않겠다는 뜻이지만, 이혜는 문득 지난번 인터뷰 내용을 떠올렸다. 그러고 보니, 레이든 씨께서 곧 방한을 하신다고……. 기억이 맞다면, 분명 이맘때쯤이었던 것 같다.

"혹시 아버님 뵈러 가시는 거예요?"

별생각 없이 던진 말이었다. 그런데 마치 거짓말처럼 태준의 움직임이 멎었다. 무시를 고수하던 그의 고개가 그녀에게로 향했다. 순간 불꽃처럼 튀어 오르는 격렬한 감정이 이혜를 옭아맸다. 마치 증오와 살의를 뿜어내는 것처럼.

"아……."

태준은 나갔지만, 이혜는 그 자리에 서 움직일 수가 없었다. 그저 그가 나간 현관문만을 바라볼 뿐이었다.

'방금 그 시선은 뭐였을까. 평소와는 달랐어.'

그림이 아닌 일로 그가 이렇게까지 격렬한 감정을 토해 낸 적은 여태껏 단 한 번도 없었다. 그것도 자신의 가벼운 질문 하나에. 오히려 과할 정도의 반응. 그래서 더더욱 의심스러울 수밖에 없다.

비록 지금은 정확히 알 수 없지만, 분명 자신이 모르는 뭔가가 존재한다. 어떤 부자연스러움이 이혜의 신경을 계속 자극하고 있다.

'세간에 알려진 다정한 부자 관계가 진실이 아닐지도 몰라.'

식당에 들어서자, 안쪽 테이블에 홀로 앉아 있는 레이든이 보였다. 그를 발견한 태준의 표정이 딱딱하게 굳어 갔다. 3년 만에 마주한 그는 여전해 보였다. 제 아들을 만나러 오면서도 자로 잰 듯 반듯하게 머리를 올리고, 온몸엔 일반인들은 엄두도 내지 못할 값비싼 명품을 둘러 우월감을 표시했다.

이십 년 전이나 지금이나 그는 늘 한결같다. 자신의 지위와 명예를 내보이고 싶어 하는 과시욕, 그리고 속물적 근성. 그 쓸데없는 불변에 이젠 구역질까지 날 것 같았다.

'당신은 조금이라도 변했어야 했는데.'

『여기다.』

태준을 발견한 레이든이 그를 향해 손짓했다. 퍽 반가운 듯 미소 짓는 그의 모습에 태준은 잠시 멈칫하다 다시 발걸음을 움직였다. 그에게로 다가갈수록 숨이 턱 막히는 것 같았다. 태준은 신경질적으로 자신의 넥타이 매듭을 밑으로 잡아당겼다.

그는 늙었고, 자신은 컸다. 이젠 그 무엇으로든 그에게 구속당하고 억압당할 이유가 전혀 없는데도, 벗어날 수가 없었다. 오랜 시간 학습되어 버린 것. 그래, 이 감정은 두려움이었다.

마침내 태준이 그의 맞은편에 앉자, 레이든이 그런 그를 위아래로 훑으며 입을 열었다.

『오랜만이구나. 근 4년 만인가? 네가 한국에 가고 처음 만난 거니까 말이다.』

『네.』

『잘 지냈니?』

『잘 지냈습니다.』

대화는 계속해서 끊겼다. 의미 없고 지루한 문답들. 언제부터 우리는 이렇게 된 거지? 아아. 태준은 어렵지 않게 그 경계를 떠올렸다. 자신이 그의 집에 입양되고 얼마 지나지 않아, 소라를 따라 처음 그림을 그렸던 그 순간. 그래, 바로 그 순간부터였다.

『식사 먼저 하자꾸나. 먼저 주문해 놨는데, 입에 맞을지 모르겠다.』

이어서 나온 음식을 확인한 태준은 그가 정말 하나도 변하지 않았음을 실감했다. 그가 주문한 음식 중엔 자신이 평소 좋아하던 요리는 단 하나도 없었다. 아니, 아마 그는 자신이 무엇을 좋아하는지조차 모를 것이었다. 관심 밖일 테니. 그래, 레이든이 자신에게 강요하는 건 늘 똑같았다. 그가 원하는 풍경, 그가 원하는 데생, 그리고 그가 원하는 아들의 인생까지.

묵묵히 식사하던 레이든이 요리를 음미하다 툭 물어 왔다. 자연스럽게, 이질감이 전혀 배어 나오지 않도록 의도한 질문.

『그림은 잘 그리고 있니?』

하지만 태준의 움직임은 그 순간 멎고 말았다.

『요즘 활동이 뜸한 것 같구나. 한 2년 정도 신작이 안 나온 건가?』

레이든의 말 속에선 은근히 태준에 대한 정보를 캐는 것이 느껴졌다. 태준은 이런 그가 제법 우스웠다. 이걸 위해 자신을 불러낸 건가. 이제 보니, 그가 한국에 온 이유도 알 것 같았다. 자랑하고 싶었겠지. 비교하고 싶었겠지. 그에게 있어 태준은 처음부터 끝까지 경쟁자일 뿐이니.

『……아직도 제 그림에 관심이 많으신가 보군요.』

태준의 싸늘한 대꾸에 순간 레이든의 얼굴엔 불쾌한 감정이 감돌았지만, 이내 언제 그랬냐는 듯 가라앉았다.

『그럼. 넌 내 아들인데.』

아들, 아들이라. 아니, 난 당신에게 있어 그저 자랑스러운 장식품이자 또 하나의 경쟁자였을 뿐이다. 비교할 대상, 부러워할 대상, 자랑할 만한 대상. 어쩌면 기준이었을지도 모르지. 자신의 그림과 비교할 기준.

『그래서, 그림은 왜 안 그리고 있는 거니?』

그는 꿋꿋이 물어 왔다. 대답을 들을 때까지 포기하지 않을 생각인 듯했다. 그래서 태준은 그가 그토록 원하는 대답을 들려주기로 했다.

『딱히 그리고 싶은 게 없습니다.』

『이런, 내가 언제 널 그렇게 가르쳤니? 그림은 꾸준히 그려야 한다고 하지 않았니.』

그러면서도 그의 입가엔 비로소 만족스러운 미소가 그려졌다. 입맛이 사라진 태준이 손에서 수저를 놓았다.

『벌써 다 먹은 거니?』

『네.』

『그럼 잠시만 기다리렴.』

그 말을 끝으로 레이든은 다시 묵묵히 자신의 식사를 이어 갔다. 그의 시선은 더 이상 태준에게 닿아 있지 않았다. 잠시 후, 식사를 다 끝낸 레이든이 냅킨으로 입가를 닦으며, 품속에서 자신이 준비해 온 티켓을 태준 앞에 내밀었다.

『다음 주에 내 특별전시회가 있단다. 네가 그래도 명색이 내 아들인데, 당연히 와야지.』

그의 속내가 훤히 들여다보였다. 어릴 땐 관심과 사랑이라 헷갈렸던 것들이 이제는 미치도록 너무나 잘 보였다. 장식품. 그에게 있어 자신은 그 이상도, 이하도 아닐 것을. 그토록 원한다면, 어디 한 번 봐 주겠다. 비릿하게 입매를 비튼 태준이 그에게서 티켓을 받아 들었다.

『가 보겠습니다.』

그를 두고 돌아선 태준의 얼굴엔 차디찬 냉기만이 남아 있었다. 그를 제외한 모든 것이 변했는데, 그는 그 무엇도 변하지 않았다.

태준의 운전은 매우 거칠었다. 고급 SUV가 마치 브레이크가 고장 난 것처럼 도로 위를 질주했다. 태준은 스스로가 우스워져 참을 수가 없었다. 이럴 줄 뻔히 알았으면서, 도대체 왜 그를 만나러 온 것인가.

기대했나? 그가 조금이라도 변했기를, 나와 소라에게 참회라도 하고 있기를? 아니, 애초에 그는 그럴 수 있는 인간이 아니다. 지독한 인간이니까! 바뀔 수 있었다면 진즉에 바뀌었겠지! 그걸 뻔히 알면서도, 도대체 왜!

"멍청한 새끼."

태준이 이를 갈며 낮게 내뱉었다. 운전대를 잡은 손등에 핏줄이 우뚝 섰다. 그가 신경질적으로 귀에 이어폰을 꽂으며 한 여자에게 전화를 걸었다. 얼마 지나지 않아, 여자가 전화를 받았다.

—태준 씨?

"지금 당장 내 집으로 와."

—알았어. 금방 갈게.

퍽 기분이 나쁠 수도 있을 만한 명령조였지만, 여자는 그를 거부하지 않았다. 아니, 애초에 여자의 의사는 별로 중요하지 않다. 중요한 건 그가 지금 그녀를 불렀다는 사실뿐.

원하는 대답을 들은 태준이 거칠게 이어폰을 잡아당겨 보조석 쪽으로 던졌다. 그는 이 여자가 자신에게 뭘 원하는지 아주 잘 알고 있다. 자신의 타이틀, 그림, 그리고 돈.

뭐든지 좋아. 오히려 나쁘지 않았다. 그까짓 것 자신에게 차고

넘쳤다. 이 모든 것은 거래. 원하는 것을 주고받는 행위. 그리고 지금 그가 원하는 것은 이 더러운 기분을 해소시켜 줄 인형이었다. 차가 끼이익 소리를 내며 빠르고 거칠게 집으로 향했다.

❖　❖　❖

"오셨어요?"

태준이 들어오는 소리에 이혜가 재빨리 현관으로 달려가 그를 마중하지만, 태준은 거칠게 넥타이를 풀며 그런 그녀를 지나쳤다. 집에 돌아와 그가 가장 먼저 찾은 것은 진열장에 진열되어 있던 보드카 중 하나였다. 손에 잡히는 대로 아무거나 꺼낸 그가 뚜껑을 열자마자 입안에 들이부었다.

"작가님!"

놀란 이혜가 그를 말리려 했지만, 태준이 그녀를 냉정히 쳐 냈다.

"비켜."

"그렇게 갑자기 마시면 위험해요. 독주라고요."

저 독한 보드카를 저렇게 한번에 마시다니. 걱정과 당혹스러움이 뒤섞인 이혜의 목소리에, 그제야 태준의 시선이 이혜에게로 향한다.

"왜? 걱정이라도 돼?"

질문을 해 놓고 나서도 말 같지 않아 태준이 낮게 비소를 내뱉었다.

"아아. 그렇지. 정확히는 이 손을 걱정하는 거겠지."

그가 제 오른손을 펼쳤다. 그날 이후, 자해는 없었다. 덕분에 깨끗해진 손. 하지만 그는 여전히 불안한 상태였고, 정확히는 자해만 하지 않는 것뿐이다.

"봐. 멀쩡하잖아. 그러니까 옆에서 얼쩡대지 좀 말고 꺼져."

태준이 이혜를 '팍!' 하고 밀어내자, 이혜의 몸이 힘없이 뒤로 밀려났다. 그는 곧바로 다시 보드카를 들이마셨다.

이혜는 직감적으로 밖에서 그에게 무슨 일이 있었음을 깨달았다. 한동안 잠잠하다고 생각했는데. 도대체 또 뭐가 문제인 걸까. 역시, 정말로 아버지인 레이든 씨가 관련된 일인가? 이혜가 떨리는 마음을 가다듬으며 물었다.

"작가님. 무슨 일이 있으신 건가요?"

"아니, 전혀."

거짓말. 이혜는 그가 거짓을 내뱉고 있음을 깨달았다. 하지만 그는 또 말해 주지 않겠지. 늘 그랬던 것처럼 자기 혼자만 삭이고, 토해 낼 것이다. 이렇게 끝없이 밀어내는 그에게 그녀가 할 수 있는 일은 없다. 자해하지 않는 것만으로 다행이라 해야 하나.

이혜가 더 이상 말리지 못하고 그를 바라만 보고 있는데, 때마침 누군가가 현관문을 열고 들어왔다.

"태준 씨."

여자가 애교 섞인 목소리로 나긋나긋하게 태준을 불렀다. 이혜의 시선이 자연스레 그녀에게로 돌아갔다. 처음 보는 아름다운 여자가 몸에 딱 달라붙는 짧은 미니 원피스를 입고 검은 긴 생머리를 부드럽게 흩날리며 들어왔다.

"이제 왔나?"

"태준 씨가 오라 해서 바로 달려온 건데? 빨리 오려고 얼마나 노력했는데."

비음 섞인 목소리로 대꾸한 여자가 곧바로 태준에게로 다가갔다. 그녀는 재빨리, 또 퍽 자연스럽게 태준의 품속에 안겼다. 커다란 그의 품에 안겨 얼굴을 몇 번 비빈 여자가 옆에 멀뚱히 서 있는 이혜를 쳐다봤다.

"어머, 얘는 누구야?"

"글쎄. 일종의 노예?"

태준은 말해 놓고도 웃긴지 낮게 웃음을 터뜨렸다.

"그래? 흐응. 난 또, 색다른 놀이라도 하자는 건 줄 알았지."

여자가 이혜를 아래위로 훑었다. 뱀처럼 옭아매는 그 시선에 이혜는 지독한 모멸감을 느꼈다. 여자는 태준이 들이켜려는 술을 살짝 뺏으며, 대신 그의 품속에 더 깊숙하게 안겨 들었다.

"이런 거 이제 그만 마시고 나랑 놀자."

술을 뺏긴 그가 이혜에게 화를 냈던 것과 달리, 오히려 그녀의 허리에 팔을 감으며 속삭였다.

"좋지."

그러면서도 그의 시선은 얼어붙어 있는 이혜에게로 향해 있었다. 마치 네 감상을 말해 보라는 듯한 시선이었다. 그 은밀한 행위에 이혜가 얼굴을 붉히자, 태준이 입꼬리를 끌어올렸다.

"눈치가 없나?"

"네?"

"아님 끝까지 보고 싶어서 그래? 그게 아니면 당장 나가."

그의 말 속엔 그녀를 향한 조소가 담겨 있었다. 이혜는 그제야 상황을 파악했다. 자신은 지금 이곳의 방해자였다는 것을. 그의 말은 오히려 다행스러웠다. 덕분에 이곳에서 벗어날 수 있으니까.

"내일 뵐게요."

이혜가 재빨리 가방을 챙겨 집을 나왔다. 등 뒤로 여자의 신음 소리가 점점이 들려왔다. 문을 닫자마자 이혜는 문에 기대 주저앉았다. 힘이 빠져서 걸을 수가 없었다.

"하아."

이혜가 깊게 숨을 몰아쉬었다. 성인이지만 그런 장면을 직접 눈으로 목격한 건 처음이었다. 가슴이 당혹스러움과 민망함으로 빠르게 뛰었다.

그는 정말 매 순간 자신의 선택이 옳았는지를 갈등하게 만들었다. 도대체 뭐가 문제이기에 사람이 그 정도로 이상한 거지? 단순히 '예술가이기에' 라고 치부하기엔 때때로 그는 도를 넘고 있었다. 그러면서도 자꾸 그에게 무슨 일이 있었던 건지 계속 신경이 쓰였다. 이건 뭘까. 단순한 궁금증? 관심? 그도 아님, 연민과 동정인가. 아아, 이젠 그것도 잘 모르겠어.

마지막으로 숨을 깊게 들이마신 이혜가 자리를 털고 일어났다. 그의 집을 벗어나는 그녀의 발걸음이 어쩐지 착잡해 보였다.

❖ ❖ ❖

태준은 여자를 침대에 눕히자마자 그녀의 입에 성급하게 키스했다. 여자는 그럴 줄 알았다는 듯 자연스럽게 그의 키스를 받아주며 그의 목에 팔을 감았다. 진한 키스 끝에 잠시 태준이 떨어지자, 그때를 틈타 여자가 은근한 목소리로 물었다.

"태준 씨. 난 아까 자기 취향이 어린애로 바뀐 줄 알았잖아."

태준은 여전히 그녀의 몸에 입을 맞출 뿐 아무런 대답이 없었다. 여자는 몸이 점점 달아오르는 것을 느꼈다. 성감대를 간질이는 태준의 모습에 여자가 쿡쿡 웃으며 몸을 비틀었다.

"앗, 간지러워. 있잖아, 걘 진짜 왜 당신 곁에 있는 거야?"

자꾸만 이혜를 언급하는 여자로 인해 태준은 점점 짜증이 치밀었다. 결국 태준의 움직임이 잠시 멈췄다.

"뭐가 궁금한 건데?"

"아니, 그냥. 뭔가 원하는 게 있으니까 당신 곁에 있는 거 아니야?"

달궈진 몸이 다시금 빠르게 식어 갔다. 태준의 입매가 차갑게 비틀렸다.

"왜, 너처럼 돈을 원하는 걸까 봐?"

"태준 씨!"

어떻게 그럴 수 있느냐며 여자가 새된 목소리로 그를 불렀다. 순식간에 여자의 체온은 모든 의미를 잃어 갔다. 애무를 멈춘 태준은 대신 그녀의 위에 올라타 그녀의 양손을 강하게 위로 움켜잡았다. 미처 여자가 상황을 파악하기도 전에 일어난 일이었다.

"기어오르지 마. 난 말 많은 여자는 싫다고 하지 않았나?"

그의 눈이 짐승의 것처럼 빛났다. 여자는 비로소 자신의 실수를 깨달았다. 그를 화나게 하고 말았다. 여자가 다급하게 자신의 잘못을 시인했다.

"잘, 잘못했어. 화 풀어."

"뭔데 네가 걔를 판단하려 해. 그 애를 판단할 수 있는 건 오직 나뿐이야. 알아들어?"

"알, 알겠어."

하지만 여자의 수긍에도 태준의 손아귀엔 점점 더 힘이 들어갔다. 마치 손목을 부술 것만 같은 강한 악력에 여자가 공포에 질린 눈으로 비명처럼 그를 불렀다.

"아파. 아프다고, 태준 씨!"

"하, 젠장. 꺼져. 흥이 식었어."

마치 더러운 것을 보듯 그가 손을 뗐다. 간신히 해방된 그녀가 재빨리 옷을 정리하며 침대에서 내려왔다.

"미안해. 나중에 연락할게."

여자는 도망치듯 황급히 자리를 떴다. 홀로 남은 태준은 침대에서 일어나 안락의자에 앉았다. 그의 손엔 다시 보드카가 들려 있었다. 이 모든 상황이 우스웠다.

모두가 자신에게 원하는 것이 있다. 모두가 자신에게 원한다. 그런데 어쩌지? 자신은 아무것도 할 수 없는 쭉정이인 것을. 겉만 번지르르할 뿐, 속은 텅텅 빈 쭉정이.

"지긋지긋해."

그가 술을 들이켰다. 하지만 술을 마실수록 정신은 오히려 또렷해졌다. 혼자만의 공간은 생각이 많게 만들었다. 언제 나타난 건지 모르는 그녀가 다리 밑에서 슬금슬금 기어 올라왔다.

『제이. 내 오빠, 제이.』

그의 등 뒤론 아버지가 나타났다. 등 뒤에서 그의 어깨를 꽉 쥐었다.

『제이. 자랑스러운 내 아들, 제이.』

그러자 소라가 그의 발치에 매달렸다. 새하얀 얼굴에 눈물을 뚝뚝 흘리며 퍽 간절한 목소리로 속삭였다.

『제이. 네가 행복했으면 좋겠어.』

아버지가 그의 어깨를 꽉 잡았다.

『제이, 자. 어서 그림을 그려야지? 그래, 오늘은 풍경화가 좋겠어. 정원의 꽃이 아주 흐드러지게 피었더구나.』

'시끄러워. 시끄러워. 제발 사라져. 사라져. 사라지라고!'

『제이. 이젠 네가 원하는 그림을 그려.』

소라는 어느덧 그의 무릎까지 타고 올라왔다. 그의 무릎이 축축해지는 것 같았다. 소라의 손이 그를 놓쳐 밑으로 흘러내렸다. 아픔에 그녀의 얼굴이 자연스레 찡그려졌지만, 그러면서도 애써 태연한 척을 했다.

하지만 안타깝게도 태준은 그 이유를 이미 잘 알고 있었다. 그녀가 무엇 때문에 아파하는지를 너무나도 잘 알고 있었다. 그녀의 손바닥에 가득한 상처. 그것은 매질로 인한 붉은 흔적이었다. 태준은 모든 것을 부정하기 위해 눈을 질끈 감았다. 어둠 속에서 아버지가 그의 귓가에 속삭였다.

『제이. 자꾸 이렇게 말을 듣지 않으면, 네 대신 소라가 매를 맞을 거야. 네 손은 그림을 그려야 하는 손이지만, 안타깝게도 쟤는 아니거든. 그래도 되겠니?』

07

"아빠, 저 왔어요."

병실에 들어서자마자 이혜는 아버지의 상태부터 확인했다. 지난번 쇼크 이후, 아버지의 코끝에 손가락을 가져다 대는 게 이젠 습관이 되어 버렸다. 그의 옅은 숨이 손가락을 간질이자, 이혜는 그제야 조금 안심됐다. 그러면서도 그것으론 완전히 마음이 놓이지 않아, 노파심처럼 조심조심 아버지의 얼굴을 만졌다. 손끝에서 아버지의 따뜻한 체온이 느껴졌다.

'살아 계셔.'

아버지는 이렇게 멀쩡히 살아 계시다. 심장은 다시 열심히 뛰고 있고, 체온은 여전히 따뜻하다. 굳었던 이혜의 입가에 희미하게 미소가 그려졌다.

'내 곁을 떠나지 않으셨어.'

이혜는 그때의 악몽을 다시 가슴 깊숙이 꾹꾹 내리눌렀다. 깨어나지 않아도, 지금 이 상태만으로도 자신의 곁에 있다는 것이 얼마나 감사한지.

아버지의 뺨을 쓰다듬던 이혜가 손끝에서 느껴지는 까끌까끌한 느낌에 움직임을 멈췄다.

"우리 아빠 수염 많이 자라셨네."

이제 보니, 턱부터 뺨까지 수염이 거뭇거뭇하게 올라와 있었다. 간병인을 두고는 있지만, 역시 이런 세심한 부분까진 케어가 힘들었다. 자신이 진작 챙겼어야 했는데.

"면도해 드릴게요."

이혜가 화장실에 들어가 수건에 물을 묻히고, 서랍장에서 면도기를 꺼냈다. 평소 아버지가 집에서 사용하시던 면도기다. 익숙한 만큼 아버지가 편안해하시지 않을까 싶어 집에서 챙겨 왔다.

'위이잉―' 거리는 소리와 함께 아버지의 얼굴이 점차 말끔해져 갔다. 깔끔하게 면도를 끝낸 이혜가 젖은 수건으로 아버지의 얼굴을 정리했다. 말끔해진 아버지의 얼굴을 보고 있자니, 괜히 자신의 기분도 덩달아 좋아졌다.

"시원하시죠? 깔끔하게 잘 됐어요."

아버지가 보셨다면, 언제 이렇게 잘하게 되었느냐고 좋아하셨을 텐데. 그럼 자신은 '많이 노력했어요.' 라고 작게 투정부리며 아버지의 품에 안길 것이다. 아버지는 분명 잘했다고 낮게 웃음을 터뜨리며 내 머리를 시원스레 흩뜨려 놓으실 게 뻔하다.

"일어나시면, 최고로 깔끔하게 면도해 드릴게요."

애틋한 목소리가 그들의 주변에 머무르다 사라졌다. 주변을 정리한 이혜가 그의 옆에 앉았다. 오늘은 시간이 제법 여유 있어, 한 두세 시간 정도는 아버지 곁에 머무를 수 있었다.

그런데 때마침 누군가 노크하는 소리가 들려왔다. 간호사인가 하고 등을 돌린 이혜의 눈동자가 경직됐다.

"작은아버지."

"이혜야. 형님 소식 듣고 왔다."

태성이 큼큼 기침을 하며 안으로 들어왔다. 이혜는 그런 그의 모습에 우스워졌다. 아버지의 심정지가 언제였는데, 왜 이제야 찾아왔단 말인가. 태성이 장석의 모습을 흘끗 살피며 물었다.

"형님은 좀 어떠시냐?"

"괜찮으시대요. 걱정 마세요."

그가 과연 걱정이나 할까 싶었지만, 이혜는 부러 강조했다. 그러니 추호도 다른 것은 생각하지 말라는 경계를 은연중에 흘리면서.

"너는 요즘 뭐하고 지내는 게냐? 밥은 먹고 다니는 게지?"

"아시잖아요, 계속해서 갤러리를 다시 열 방법을 알아보고 있다는 걸요."

"그래, 잘되어 가긴 하니?"

"……."

이혜는 태준의 이야기는 꺼내지 않았다. 혹시라도 작은아버지가 무슨 짓을 할까 싶은 불안감 때문이었다. 침묵을 고수하는 이혜의 모습에 그제야 태성의 얼굴에 퍽 흡족한 미소가 지어졌다.

"힘들면 언제든지 말해라. 이 작은아버지가 제 값은 톡톡히 치러 줄 테니 걱정 말고."

그는 자신이 포기하는 그 순간만을 고대하고 있었다. 아마도 자신에게 세 달이란 시간을 준 것조차도 후회하고 있겠지. 이혜는 자꾸만 튀어나오려는 분노와 원망을 억누르고자 이를 악물었다.

"그럴 일 없을 거예요."

"글쎄다. 네가 아직 어려서 잘 모르나 본데, 세상살이가 그렇게 녹록지 않아. 그럼 난 바빠서 이만 가 보마. 형님에게 무슨 일 생기면 연락하렴."

"……."

태성은 이미 사라지고 난 뒤였지만, 이혜의 표정은 전혀 밝아질 줄 몰랐다. 사방이 적으로 둘러싸여 그녀를 옭아매고 있었다. 뜻대로 되는 일이 하나 없다. 고작 스물셋의 이혜에게 세상은 너무 가혹했다.

"하아……."

낮게 한숨을 내쉰 이혜가 착잡해진 마음을 애써 추스르며 가방에서 노트북을 꺼냈다. 작은아버지를 마주하고 나서야 비로소 깨닫고 말았다. 그동안 자신이 얼마나 미온적이고 안일했는지.

애초에 박태준, 그 남자는 자신에게 그 어느 것도 해 줄 마음이 없는 남자였다. 밀어내기만 하는 그 남자를 그저 막연히 지켜만 보고 있는 것이 잘못이었다. 이런 식으론 그가 말하는 자극도, 다시 그림을 그리게 만들 촉매제도 되지 못해. 그와 자신 사이에 유대관계는 절대 생성되지 않을 것이다. 이혜가 스스로에게 나지막이 질문을 던졌다.

"자꾸만 왜 이렇게 눈이 가는 걸까."

그의 결함이, 결핍이, 그리고 불안함이 자꾸 자신의 시선을 끌었다. 왜 하필 곁에 아무도 없어서, 왜 홀로 그렇게 위태위태하게 서 있는 걸까.

아아. 윤이혜. 일단은 할 수 있는 일을 해. 그게 우선이다. 그가 말해 주지 않겠다면, 내 스스로 찾아보는 수밖에. 더 이상은 그가 원하는 대로 막연히 지켜만 보고 있을 순 없었다.

'방법을 찾아야 해.'

우선 그에 대한 정보를 최대한 얻어야 했다. 그의 곁에 있으면서 느낀 건, 세간에 알려진 것과 실제 그는 많이 다르다는 것이다. 그녀는 가장 강하게 마음에 걸리는 것들을 써 봤다. 슬럼프, 급격하게 변하는 심리, 그리고 가족.

"가족……."

이혜는 가장 걸리는 것을 다시 한 번 조심스레 읊었다. 특히나 그가 아버지를 만나고 온 날은 유독 이상했다. 단순히 불쾌하다는 감정을 넘어 어딘가 두려워하고 있는 것 같았다. 지독하게 날카로웠던 것도 뭔가 이상했다.

'도대체 무엇을?'

그의 양아버지는 자상한 아버지라 알려져 있었다. 제 아들의 천재성을 가장 먼저 알아봤고, 그런 그를 물심양면으로 키웠다고. 그런데 태준은 도대체 무엇 때문에 그렇게 동요한 걸까.

이혜가 이번엔 검색창에 레이든을 검색했다. 태준으로 정보를 찾을 수 없다면, 그의 아버지로 찾는 수밖에. 그렇게 한참 인터넷 검색을 하던 이혜가 포기하려던 찰나, 수많은 페이지에 숨겨져 있던 오래된 기사 하나를 찾아냈다.

1월 30일 오후 1시, 버스와 트럭이 충돌. 유명 화가 레이든의 양딸 소라(18) 사망. 양아들 제이(19)는 다행히 목숨을 건져……

"사망……."

유독 그 단어에서 이혜의 시선이 떨어질 줄 몰랐다. 가족을 잃었다니……. 설마 그에게 그런 아픔이 있을 줄이야. 이혜의 눈동자가 안타까움에 잘게 흔들렸다. 그녀는 그 아픔만큼은 누구보다도 잘 이해할 수 있을 것 같았다. 자신도 겪었으니까. 사랑하는 사람의 죽음을.

'엄마.'

이혜가 씁쓸히 오래전 떠나보낸 어머니를 떠올렸다. 열다섯의 여름, 속수무책으로 떠나보낼 수밖에 없었던 엄마. 그때 자신의 곁엔 다행히 아버지가 계셔 버틸 수 있었지만, 지금 그에겐……. 그래서 그는 그렇게도 벼랑 끝에 서 있는 것처럼 보였던 걸까.

문득 그녀는 병원에서 그와 마주친 것을 떠올렸다. 그는 그날 왜 왔던 걸까. 뭔가가 손에 잡힐 것만 같았다. 이혜가 급하게 자리에서 일어나 병실 문을 열어, 그를 마주한 방향을 응시했다.

'저 방향은…… 정신과?'

단순히 착각에 불과한 것일지 모르겠지만, 어쩐지 그의 슬럼프가 그녀와 관련이 있을 것만 같았다. 갑작스러운 사고로 사랑하는 사람을 잃었다면, 눈앞에서 그녀의 죽음을 지켜봐야 했다면, 그의 마음은 어땠을까.

이혜에겐 지금 확인이 필요했다. 태준과 소라, 그리고 레이든. 그들의 관계와 세간에 숨겨진 비밀에 대해.

❖ ❖ ❖

태준이 제법 규모가 큰 전시장 앞에 섰다. 이렇게 공식석상에 나선 건 근 2년 만의 일. 자신의 전시회가 있었을 때도 얼굴 한 번 제대로 비추지 않았던 그가 레이든의 그림을 보기 위해 여기까지 왔다.

전시장은 레이든의 이름으로 도배되어, 들어가는 출입구마다 화환들이 진을 치고 있었다. 자신의 위치를 보여 주고자 하는 과시욕과 우월의식. 그리고 아마 그가 가장 보여 주고 싶어 하는 이는 다름 아닌 바로 태준, 자신일 것이다.

'뻔한 수작이군.'

알량한 속내가 다 보여 조소만 나왔다. 그렇게 원한다면 똑똑히 봐 주지. 입매를 비튼 태준이 안으로 발걸음을 옮겼다.

"박태준 작가다!"

태준의 등장을 가장 먼저 알아챈 건 기자들이었다. 그의 등장에 전시장 안이 일순 술렁였다. 이어 레이든이 그를 발견하고는 달려와 덥석 안았다. 그 순간을 기다렸다는 듯이 취재진들이 일제히 셔터를 터뜨렸다.

『오! 제이! 와 줬구나!』

레이든의 말투에선 아들을 향한 애정이 뚝뚝 떨어졌다. 태준이 대답이 없자 레이든이 기자들을 향해 장난스럽게 말을 던졌다. 그 모습에선 이 모든 걸 예상했다는 듯 여유가 넘쳐났다.

『제이는 감정 표현이 적죠. 어쩔 땐 나무토막을 가져다 놓은 것 같다니까요.』

그의 농담에 사람들이 일제히 웃음을 터뜨렸다.

『그럼 아들도 왔으니 이제 다 같이 전시장을 둘러볼까요?』

레이든의 전시회 겸 신작 발표회. 그의 대표작들 행렬 끝엔 새로운 작품 세 점도 함께 전시되어 있었다. 레이든이 작품에 대해 일장연설하면, 그걸 큐레이터가 통역하며 그의 그림과 예술관에 대해 이야기를 덧붙였다. 마지막으로 레이든은 자신의 신작 중 가장 아낀다고 미리 언질해 놓은 작품 앞에 섰다.

『이 작품은 제가 가장 소중히 여기는 작품입니다. 바로 저희 가족이기 때문이죠.』

여태껏 그의 말을 흘려듣던 태준의 표정이 삽시간에 굳었다. '설마' 하는 표정으로 그림을 돌아본 그의 눈동자가 차갑게 얼어붙었다. 태준과 소라 그리고 레이든, 이 셋이 마치 가족사진처럼 다정히 붙어 있었다. 오직 밝은 색으로만 칠해진 그림 속에서 세 명의 형태는 다소 굵은 선으로 진하게 표현되었고, 그중에서도 눈과 입은 일률적으로 환하게 웃는 모습이었다.

『이 그림을 제 자식들의 나라인 한국에 전시할 수 있어 얼마나 기쁜지 모릅니다.』

이야기 끝에 레이든의 눈꼬리에는 작은 물방울이 맺혔다. 군중들이 감탄과 애도를 표하면서도 존경의 눈빛으로 그를 바라봤고, 그 누구도 그것이 악어의 눈물임을 깨닫지 못했다.

그래, 마치 눈먼 추종자들의 모습이다. 지독한 경외. 마치 신성을 바라보고 있다는 듯한 착각이 일 정도다. 태준은 그런 그들의 연극이 역겨워 참을 수가 없었다. 토기가 치밀어 올랐다. 그들 중 누군가가 질문을 던졌다.

『가족 설명 좀 해 주실 수 있으십니까? 저기에 앉은 여아는 혹시 10여 년 전 사고사하신 양따님 되십니까?』

순간 태준의 숨이 멎었다. 온몸이 싸늘하게 식어 가는 것 같았다. 레이든은 슬픈 눈을 하며 고개를 끄덕였다.

『네, 안타깝게도 그렇습니다. 제이와 함께 그림 대회에 나갔다가 그만 불우한 사고를 겪고 말았죠.』

『소문엔 따님이 사고 당시 아드님을 온몸으로 감싸 지키셨다던데요?』

『맞습니다. 덕분에 제이는 마치 거짓말처럼 큰 상처 없이 무사히 발견됐습니다. 특히 제이의 손만큼은 아무런 상처가 없었죠. 이제 와 생각해 보면, 아마 제 오빠의 재능을 지켜 주기 위한 소라의 간절함을 신이 들어주신 게 아닐까 싶군요.』

『정말 슬프고도 안타까운 이야기네요.』

『아직도 그 아이만 생각하면 마음이 아프답니다. 아! 그러고 보니 곧 제 딸의 기일이군요. 그렇지, 제이?』

레이든을 포함한 모든 이들의 시선이 태준에게 향했다. 모두가 일제히 그의 대답을 기다리고 있었다. 태준은 당장에라도 외치고 싶었다.

'그녀가 죽은 건 당신 때문이었어! 당신이 그렇게 그녀에게 나를, 내 손을 지켜야 한다 세뇌시키지만 않았어도 그녀는 그렇게 죽지 않았을 거라고!'

하지만 그 어떤 말도 그의 입 밖으로 튀어나오지 않았다. 목구멍에 가로막혀 그 위로 올라오질 못하고 있었다. 오직 태준의 주먹만이 분노를 참지 못하고 덜덜 떨릴 뿐이다. 레이든이 입꼬리를 말아 올리며 태준의 팔을 붙잡았다.

『제이?』

자, 어서. 내 말을 들어야지. 그가 그렇게 속삭이는 것 같았다. 숨을 옭아매는 갈색 눈동자, 광대처럼 웃고 있는 입매, 그리고 제 팔을 붙잡는 두꺼운 손. 제 팔을 꼭 쥔 그의 다섯 손가락이 뱀처럼 팔 위를 기어 다니는 것 같았다. 벗어나야 하는데, 온몸이 얼어붙은 것처럼 움직이질 않았다.

숨이 가빠졌다. 이대로 곧 폭발할 것처럼 심장이 빠르게 뛰었고, 귀가 멍멍해졌다. 태준의 입에서 '으득' 거리는 소리가 흘러나왔다. 그런데, 그 순간 아주 작은 목소리가 그의 귀에 꽂혔다.

"작가님."

태준의 눈동자가 소리의 근원지를 추적했다. 곧 태준은 군중들 속에서 자신을 바라보고 있는 이혜를 발견했다. 그를 향한 그녀의 눈동자는 어딘가 애틋했고, 또 안타까워 보였다. 평소라면 질색을 했을 그 시선이지만, 태준은 왠지 이 순간만큼은 그녀에게서 눈을 뗄 수가 없었다.

『무슨 생각을 그렇게 하고 있는 거니, 제이?』

이성보다 몸이 먼저 움직였다. 태준이 레이든의 팔을 날카롭게 쳐 냈다. 그러곤 바로 이혜를 붙잡아 그대로 전시장을 박차고 나갔다.

"박태준 씨!"

갑작스러운 행동에 놀란 사람들이 그의 이름을 불러 보지만, 그는 순식간에 전시장에서 모습을 감췄다. 무례한 그의 행동에 사람들이 수군거리기 시작했다. 역시, 그는 무례하고 거만해. 누군가가 그렇게 속삭였다. 불만을 토해 내는 사람들의 모습을 지켜보던 레이든의 입가에 알게 모르게 미소가 지어졌다.

"하아, 하아."

전시장을 나온 태준은 그제야 숨을 들이켰다. 심장이 혈액을 요구하며 빠르게 뛰다 이내 점차 진정되어 갔다. 태준의 시선이 자신이 꽉 쥐고 있던 이혜의 손에 닿았다.

너무 꽉 잡아 피가 통하지 않고 있었다. 퍽 아팠을 텐데, 이혜는 아무것도 느끼지 못하는 듯 보였다. 오히려 그녀의 눈동자는 오직 태준에게만 향해 있었다.

"작가님, 괜찮으세요?"

이혜가 붙잡히지 않은 손을 들어 그의 이마에 흐르는 식은땀을 닦아 내려 했다. 태준이 잡고 있던 그녀의 손을 던지듯이 놓으며, 한 발짝 뒤로 물러났다.

"됐어."

어딘가 혼란스러워하는 눈이었다. 왜 그 순간 네가 보인 걸까. 왜 하필 네가? 잠시 손바닥으로 이마를 짚던 그가 그대로 몸을 돌려 사라졌다.

"아……."

홀로 남은 이혜가 그의 뒷모습을 멍하니 바라보다, 이내 그에게 붙잡혔던 제 손을 내려다봤다. 마주한 손바닥 사이로 느껴졌던 서늘한 감촉이 여전히 머물러 있었다.

'그건 두려움이자 공포였어.'

혹시나 태준이 오지 않을까 해서 찾은 전시회였다. 역시, 그녀의 생각처럼 그는 그곳에 있었고, 이혜는 사람들 속에 몸을 숨긴 채 지켜봤다. 그의 그런 표정을 보지만 않았더라면, 자신은 절대 나서지 않았을 거였다.

불현듯 언급된 동생 소라의 죽음. 그리고 그 순간 태준의 평온은 무참히 깨져 갔다. 서늘하게 식은 표정 아래 보인 것은 지옥과도 같은 고통과 죄책감, 그리고 분노.

그것을 마침내 보고 만 이혜는 곧 후회했다. 차라리 몰랐으면. 그의 아픔도, 그의 아픔을 공감하지도 않았더라면. 자신이 감당하기에 그의 상처는 너무 큰 게 아닐까. 이혜가 잘게 떨리는 눈을 꼭 감았다.

'이제 어떡해야 하지?'

태준은 웬일인지 집 앞마당에 화구를 챙겨 나와 있었다. 몇 시간이고 그는 캔버스 앞에 앉아 갈 곳 잃은 시선으로 새하얀 백지를 응시했다. 그의 발치에는 술병들이 굴러다니고 있었다. 모든 것은 정적 속에 휩싸였고, 그것은 곧 지독한 고독을 낳았다.

이것은 저주다.

태준은 스스로 그렇게 정의를 내렸다. 자신은 왜 그에게 입양을 갔으며, 왜 하필 그림에 재능을 가지고 있었던 걸까. 이렇게 고통스러운 거라면, 차라리 애초에 자신의 손에 아무것도 쥐여 주지 말아야 했을 것을. 그래, 이건 처음부터 잘못된 것이다. 오랫동안 헤매던 문제에 대한 해답을 비로소 얻은 것 같다.

태준이 갑자기 움직이기 시작했다. 흐릿했던 시선은 어두워졌고, 그 깊은 곳에는 광기가 어렸다. 그가 갑자기 주변을 돌아보다 이내 한곳에 시선을 정착했다. 그는 곧바로 집에 들어가 자신이 가진 모든 화구를 꺼냈다. 마치 쓰레기를 마주한 것처럼 집어 던지듯이 땅에 놓았다. 마침내 모든 화구를 꺼낸 그가 이번엔 뒷마당으로 향해 창고에서 낡은 드럼통과 석유통을 꺼내 왔다.

그리고 그때, 때마침 이혜가 나타났다. 병원에 들렀다가 오는 길이었다. 갑자기 모든 화구를 꺼내 놓은 그의 행동에 이혜가 놀란 눈으로 그를 불렀다.

"작가님?"

하지만 지금 태준의 세계에 이혜는 없었다. 그는 완벽히 자신의 세계에 고립되어 있었고, 이혜의 목소리 따위는 전혀 들리지 않았다.

말릴 수 있는 사람이 없기에, 그의 행동도 거침이 없었다. 이혜가 멍하니 그가 하는 행동을 바라보는 사이, 순식간에 모든 화구가 드럼통에 빠졌다. 드럼통 앞에 선 그의 손엔 지포라이터가 들려 있었다. 그제야 상황을 파악한 이혜의 눈동자가 커졌다. 태준이 망설임 없이 드럼통에 석유를 붓고, 그 위로 지포라이터를 던져 버렸다.

"작가님!"

이혜가 마치 비명처럼 외쳤다. 불길이 한순간에 치솟았다. 검은 연기를 내뿜으며 모든 것을 불태우기 시작했다. 그것을 바라보는 태준의 입매가 비로소 미소를 짓고 있다.

"하, 하하하, 하하하!"

우습고 우습다. 이것이 뭐라고. 없애 버리는 데 고작 십 분도 안 걸릴 것을 이제야 하다니. 기름을 머금은 불꽃이 그가 원하는 대로 모든 것을 태우고자 하늘로 치솟았다. 하늘이 검은 연기와 함께 붉게 물들어 갔다.

화염은 마치 태준까지도 태워 버릴 것 같았다. 문득 밀려드는 두려움에 이혜의 몸이 얼었다. 연기가 솟구치는데도 태준은 자리를 피하지 않고 그 앞에 서 있었다. 이대로 그까지도 저 활활 타오르는 불길 사이로 사라질 것 같았다. 그는 지금 제 생명력을 저 불길과 함께 태우고 있었다.

'안 돼!'

불은 점점 더 거세지고 있었다. 이대로 모든 것이 사라지는 것을 지켜만 볼 수 없었다. 이혜가 주변을 돌아보다 구석에 위치한 소화기를 발견했다. 그녀는 재빨리 소화기를 꺼내 드럼통을 향해 뿌렸다. '치이익!' 하는 소리와 함께 불이 점점 가라앉았다. 소화기에서 채 다 나오지 못한 분말들이 바닥으로 우수수 하얗게 떨어졌다. 그제야 이혜가 태준을 향해 외쳤다.

"이게 무슨 짓이세요. 위험하잖아요!"

타다 만 재를 바라보던 태준의 시선이 서서히 이혜에게로 향했다. 맥 빠진 태준과 이혜의 시선이 뒤엉켰다.

"쓰지 못한다면, 차라리 없는 게 나아."

"작가님!"

"왜? 무서워?"

순간 이혜의 팔에 오소소 소름이 돋았다. 그는 마치 죽은 자처럼 사늘한 미소를 짓고 있었다. 언뜻 그의 검은 눈동자 사이로 광기가 엿보였다.

"그럼 도망가. 아무도 뭐라 하지 않으니까."

'위험해.'

이성이 그렇게 외치며 이혜에게 경고했다. 처음 그를 볼 때만 해도 이 정도까진 아니었는데. 시시각각 상태가 나빠지고 있다. 밖으로 보이지 않아 몰랐던 것뿐. 실은 표출하지 않는 대신, 속으로 잔뜩 곪아 가고 있었던 것이었다. 하지만 이혜는 꼿꼿이 고개를 들어 그의 시선을 맞받아쳤다.

"네, 무서워요. 하지만 아직까진 도망갈 생각 전혀 없어요."

무섭다. 이제야 당신에 대해 알아 가고 당신의 아픔에 공감하고 당신을 동정하는데, 당신은 너무 멀리 가 버린 게 아닌가 싶어서. 그렇지만 여기서 포기하고 싶진 않았다.

왜일까? 그 이유에 대해선 자신도 잘 모르겠다. 불과 며칠 전까지만 해도 분명했는데, 이젠 정말 모르겠어. 당신을 연민해서? 아님 그림을 위해? 아아. 자신은 도대체 앞으로 어떻게 해야 하는 걸까. 이혜는 짙은 혼란에 휩싸였다.

08

이맘때쯤이면, 그는 늘 가장 지독한 순간에 점령당하고 만다. 수면제를 한 움큼 먹고서야 간신히 잠에 들려던 찰나, 하필 수많은 고통 속에서도 제일 고통스러운 그날이 악몽이 되어 그를 찾아왔다.

집을 나설 준비를 하는 태준의 곁으로 소라가 쪼르르 달려왔다.

『제이, 대회 나가는 거야?』

『응.』

고개를 끄덕이는 태준의 표정이 어두웠다. 어딘가 불만스러운 모습이었다. 나가기 싫은 그림 대회였다. 막 성인이 되기 직전인 그는 이제쯤이면 아버지에게 거절의 의사를 내보일 수 있다고 생각했지만, 그건 착각에 불과했다.

이번이 마지막이라며, 중요한 대회이니 잘만 하면 앞으로는 더는 그림을 강요하지 않겠다는 레이든의 말에 결국 태준은 그 제안을 받아들이고 말았다. 오늘 하루만 견디면 돼. 그는 막연히 그렇게 생각했던 것 같다.

『다녀올게.』

『제이, 나도 같이 가!』

소라가 재빨리 방에서 겉옷을 챙겨 나왔다.

『괜찮아. 빨리 다녀올게.』

『같이 가. 난 옆에서 구경만 할게.』

거짓말. 그녀는 지금 자신을 걱정하는 거다. 아버지에게 또 한소리를 들은 자신을, 또다시 강요당하고 만 자신을. 그래, 어차피 마지막 그림 대회였다. 태준은 더 이상 그녀의 고집을 말리지 않았다. 나가면서도 그의 머릿속엔 단 하나의 생각만이 존재했다. 이젠 더 이상 이 지긋지긋한 어릿광대짓을 하지 않아도 된다는 사실. 성인이 되면 이제 그에게서 벗어날 수 있다. 그래, 그랬는데, 왜, 어째서?

모든 건 한순간에 벌어졌다. 갑자기 트럭이 신호를 어기고 밀고 들어오는 바람에 타고 있던 버스와 충돌이 일어났다. '쾅!' 하는 소리와 함께 몸을 제대로 가눌 수도 없는 큰 충격이 그들을 가격했다. 버스가 뒤집히고 몸은 버스 어딘가에서 뒹굴었다.

『윽.』

기절했던 태준이 고통을 토로하며 눈을 떴다. 무언가를 발견한 그의 눈동자가 잘게 떨렸다.

『소라?』

『괜찮아, 제이……?』

소라가 자신의 위에 쓰러져 있었다. 섬뜩할 정도로 많은 양의 피가 그녀의 이마에서 흘러내렸다. 태준이 덜덜 떨리는 손으로 그녀의 이마를 만지려 하던 순간이었다. 충돌과 함께 튀어 오른 불씨가 기름에 젖어 빠르게 그들 곁으로 번져 오고 있었다. 모든 것을 삼킬 듯이 거칠게 밀려오는 불꽃이 그들을 노리고 있었다.

언제라도 그들을 다 집어삼켜 버릴 수 있을 만큼 거센 불길이었다. 그런데 소라가 마치 본능처럼 자신의 작디작은 몸으로 태준을 감쌌다. 그 어떤 것도 절대 허용하지 않겠다는 강한 결의.

『제이.』

『소라!』

소라가 그를 향해 희미하게 웃었다.

『제이, 앞으론 네가 원하는 그림을 그렸으면 좋겠어. 사랑해, 제이. 부디…… 네가 행복하기를…….』

그것을 마지막으로 버스가 '쾅!' 하는 소리와 함께 폭발했다. 그가 정신을 차렸을 땐, 이미 병원으로 옮겨진 뒤였다. 레이든이 허겁지겁 놀란 표정으로 달려와 태준의 상태를 확인했다.

『제이!』

그가 가장 먼저 확인한 건 제이의 손이었다. 어디 다친 데가 없는지 이리저리 둘러보곤 상한 곳이 없다는 것을 확인하자 안도의 한숨을 내쉬었다.

『소라, 소라는요……?』

『오, 제이. 소라는…….』

레이든은 말을 아꼈다. 그의 얼굴에 침통함이 맴돌았다. 태준은 뭔가 잘못됐음을 깨달았다. 아픈 몸을 이끌고 급하게 침대에서 일어났다. 레이든이 그런 그를 말리려 했지만, 그때만큼은 태준을 막을 수 없었다.

온몸이 비명을 질렀지만, 그는 다리를 질질 끌고 기어가듯이 그녀에게로 향했다. 제발, 제발, 제발. 신이시여! 제발, 제발, 소라를……! 이때만큼 누군가에게 절실히 빌어 본 적이 있을까. 제발 그녀가 멀쩡하길 바랐다. 이대로 그녀를 데려가지 말라고 빌었다. 그러나 그를 반긴 것은 차갑게 식은 그녀의 몸이었다. 그의 몸은 살았지만, 그 순간 그의 심장은 죽고 말았다.

『소라! 소라! 소라아아아아!』

처절한 절규가 그를, 그리고 지금의 태준을 뒤흔든다. 왜, 왜, 왜 하필 너는 그 순간 나를 구했는가! 차라리 내가 죽게 내버려 둬야 했어! 이런 식으로 날 떠나서는 안 됐었어! 가지 마, 가지 마, 제발! 날 버리고 홀로 떠나지 마. 소라, 소라, 소라!

"소라아아아! 허억!"

고통 속에서 몸을 뒤척이던 태준이 마침내 거친 숨을 내뱉으며 간신히 꿈에서 깨어났다. 온몸은 이미 식은땀으로 축축하게 젖은 지 오래였고, 꿈의 잔상에 온몸이 잘게 떨렸다.

"하아, 하아. 소라……."

태준이 이불을 꽉 쥐었다. 그때 왜 날 구한 거야. 차라리 그 순간 너와 함께 죽었어야 했어. 몇 번이고 생각했던 말. 그 횟수만큼 그녀에게 미안해했고, 또 원망했다. 그의 고개가 힘없이 들렸다. 그의 시선 끝은 째각째각 돌아가는 시계로 향해 있었다.

새벽 2시.

"……그날이군."

태준이 멍하니 중얼거렸다. 시간은 멈추지 않는다. 매 순간 끊임없이 흐른다. 멈춘 것은 오직 너의 시간. 아니, 이제는 내 시간도인가. 머리가 기억하기 전에 몸이 기억했다. 그녀와 함께했던 추억을, 그렇기에 더 절망스러웠던 그날의 순간을. 태준의 눈동자가 슬프게 흔들렸다.

이혜는 하루 종일 태준의 눈치를 살피고 있었다. 태준은 창가 근처에 앉아 바깥을 내다보고 있을 뿐이었다. 어딘가 흐린 눈동자, 위태롭게 흔들리는 행동들, 창백하게 질린 혈색, 그리고 극도의 무기력함. 평소와는 완연히 다른 그의 모습에 이혜는 걱정스러워졌다.

"작가님, 어디 아프세요? 병원 가 보셔야 하는 거 아니에요?"

돌아온 것은 침묵. 또다시 자신만의 세계에 스스로를 가두고 있는 건가? 그가 이럴 때마다 이혜는 자신이 무엇을 해야 하는지 고민하게 된다. 이혜가 작게 한숨을 내뱉었다.

"저 잠깐 나갔다 올게요."

죽이라도 끓일 심산이었다. 이대론 또 그가 식사까지 거르고 말 것이다. 그는 종종 그랬으니까. 이혜가 빨리 다녀올 생각으로 후다닥 장을 보러 집을 나섰다. 문이 닫히는 소리가 분명 울려 퍼졌지만, 태준은 그녀의 부재도 눈치채지 못하고 있었다.

환각이 심해지고 있다. 보고 있는 것은 분명 창밖 세상인데, 그의 눈앞에서 아른거리는 것은 소라다. 그녀가 애달픈 목소리로 그를 불렀다. 슬픈 눈으로 그를 바라봤다. 아아, 이것은 환상이다. 그는 그것을 분명 인지했지만, 마음만큼은 그렇지 못했다. 그래, 그는 지금 점점 미쳐 가고 있었고, 그조차도 스스로 인지할 정도였다.

한참을 굳어 있던 그의 몸이 위태롭게 흔들리며 움직였다. 그가 앉은 자리에서 일어나, 벽면에 고이 걸어 놓았던 그림 한 점을 바라봤다. 해인이 가져다 준 그림, 이브. 그가 꺼끌꺼끌한 목소리로 그림 속 그녀의 이름을 불렀다.

"……소라."

『있잖아, 제이. 우리는 마치 아담과 이브 같아. 아담의 갈비뼈에서 이브가 태어난 것처럼, 비록 피가 섞이진 않았지만 우리도 강한 유대로 이어져 있잖아. 내 마음속 깊숙한 곳에 늘 네가 담겨져 있어. 그건 그 무엇으로도 절대 끊어지지 않아. 그러니까 힘들어도 조금만 참자. 내게 기대도 좋아. 난 강하니까 괜찮아.』

성경을 가져와 환하게 웃던 그녀의 모습이 떠올라 그가 피식 웃었다. 처연하고도 애달픈 미소였다.

"네게 기대면 편해질까?"

그림 속 여인을 어루만지던 그의 손이 힘없이 떨어져 내렸다.

장을 보고 집으로 돌아온 이혜는 텅 빈 집 안을 발견했다. 태준이 사라졌다. 그나마 옅게 스며 있던 사람의 인기척이 이젠 전혀 느껴지지 않았다.

'어디 가신 거지?'

이혜가 태준을 찾기 위해 집 안 구석구석을 돌아다녀 보지만, 그는 그 어디에도 없었다.

'도대체 어디 가신 거야?'

평소라면 그러려니 했겠지만, 오늘 그의 상태는 좋지 않았다. 그대로 사라져 버려도 이상할 것 없는 아슬아슬함과 위태로움이 계속 마음에 걸렸다.

"작가님! 박태준 작가님!"

공허한 외침. 그 누구도 그녀의 부름에 대답하는 이가 없었다. 거실을 빙 돌던 이혜는 바닥에 널브러진 그의 그림 한 점을 발견했다.

'분명 이 그림은 벽에 걸려 있었을 텐데?'

이혜가 허리를 숙여 그림을 집으려는데, 순간 그 옆을 굴러다니는 작은 약병 하나를 발견했다.

"이건……."

그녀는 본능적으로 깨달았다. 그가 정신과에서 처방받은 약이라는 걸. 순간 이혜는 등골이 오싹해졌다. 모든 아귀가 톱니바퀴가 맞물리듯 서서히 맞춰져 갔다. 병원에서 마주친 그, 죽었다던 동생, 오늘 그의 이상한 상태. 불안감이 엄습했다. 그녀의 머릿속이 빠르게 움직였다. 며칠 전, 발견한 그의 기사를 가까스로 떠올려 봤다.

"1월 30일……."

'30일…… 오늘? 설마!'

그 생각을 끝으로 이혜가 그를 찾기 위해 튀어 나가듯 집 밖으로 뛰쳐나갔다.

❖ ❖ ❖

태준이 위태로운 모습으로 옥상 난간에 서 있었다. 더는 아무런 생각도 하고 싶지 않았다. 그저 지금 그의 머릿속을 점령한 건 당장 이 지옥에서 벗어나고 싶다는 간절한 염원뿐이었다. 그 순간 또다시 소라의 목소리가 들렸다.

『제이, 앞으론 네가 원하는 그림을 그렸으면 좋겠어.』

원하는 그림? 그게 뭐지? 아무것도 생각나질 않는다. 이젠 그림을 어떻게 그리는 것인지조차 기억나질 않아. 오직 고통뿐. 그림을 그릴 때도, 그리지 못할 때도, 그 모든 순간순간마다 난 고통스러웠다.

그런데 이제 와 그림을 그리라니. 틀렸어. 너 없인 아무것도 그릴 수 없어. 내가 그림을 그릴 수 있었던 건 오직 너 때문이었는데.

"하, 하하하하."

허무한 웃음이 터져 나왔다. 힘든 순간에도 날 끝까지 지켜 주던 널 결국 내 손으로 다시는 돌아올 수 없는 곳으로 밀어 버렸다. 나만 아니었어도 넌 죽지 않았을 텐데.

"……미안해, 소라."

이제 이 모든 것을 끊겠다. 더 이상 이뤄지지 않는 것에 매달리지 않겠다. 태준이 발 하나를 앞으로 내밀었다. 간신히 난간 위에 서 있던 그의 몸이 균형을 잃고 흔들렸다. 그의 몸이 밑으로 떨어지려던 찰나, 그 찰나의 순간, 누군가가 뒤에서 그의 허리를 강하게 껴안았다.

"작가님!"

간신히 그를 찾아낸 이혜가 막 자살 시도를 하려는 그의 몸을 자신의 쪽으로 당겼다. 순식간에 그의 몸이 그녀 쪽으로 쏠렸다. '쿵!' 하는 소리와 함께 둘은 바닥에 뒹굴었다.

"뭐하시는 거예요!"

태준의 안위를 확인한 이혜는 처음으로 그에게 화를 냈다. 태준이 다시 몸을 일으키려 하자, 이혜가 그의 손을 꽉 붙잡았다.

"작가님!"

"이거 놔."

"안 돼요! 절대 그럴 순 없어요!"

"지긋지긋해, 정말."

태준이 낮은 목소리로 작게 중얼거렸다.

"그림이 필요해서 그래? 다 가져, 집에 있는 거 네가 다 가져. 그러니까 당장 이 손 놓으라고!"

하지만 이혜는 태준의 명령에도 끝끝내 그를 놓지 않았다. 온몸으로 그를 붙잡았다. 어떻게든 절대 그에게서 떨어지지 않겠다는 그 간절함에, 태준이 움직임을 멈추고 텅 빈 눈으로 그녀를 내려다봤다.

"……그림을 그리고 싶은데 못 그려. 그리고 넌 내가 죽고 싶은데 또 이렇게 방해를 하지. 네가 뭔데? 네가 뭔데 내 삶을 결정하려고 들지? 그림을 그리고 못 그리는 건 내 문제, 죽고 사는 것도 내 문제야. 도대체 내 인생에 왜 계속 끼어들려고 하는 거야!"

마지막은 포효와도 같았다. 그동안 참아 내고 인내했던 것이 일순 터져 나왔다.

"놔. 마지막 경고야. 안 그럼 너도 죽어."

"죽어⋯⋯요? 죽는다는 말이 그렇게 쉬워요?"

"쉬워. 그러니까 놔!"

"정신 차려, 박태준!"

저도 모르게 이혜가 그의 뺨을 때렸다. '짝!' 하는 소리와 함께 그의 고개가 돌아갔다. 그의 표정이 일그러지고 마치 이혜를 잡아먹을 듯 노려봤다.

"이게 무슨 짓이야!"

"왜요!"

이혜의 눈에서 마침내 참고 있던 눈물이 터졌다. 그녀의 몸이 봇물 터지듯 밀려오는 감정에 심하게 떨렸다.

"아파? 아파요, 그게? 그러면서 죽는다는 말을 그렇게 쉽게 말할 수 있는 거예요? 남은 사람들은 그 죽음 하나 때문에 무얼 얼마나 짊어지고 살고, 그걸 벗어나려고 필사적으로 노력하는지 알긴 알아요?"

"하! 내가 그걸 모를 거라고 생각해? 내가 지금 왜 괴로워하는 거라 생각해? 단순히 변덕? 스트레스? 작품에 대한 부담감? 미쳤어? 내가 그렇게 얄팍한 이유로 이런다고 생각했어?"

"아니, 당신은 몰라! 알았다면 당신은 끝까지 살고자 노력했어야지! 이런 선택이 아니라!"

이혜가 버럭 고함을 질렀다. 그동안 인내하고 참아 오던 모든 감정이 제어를 잃고 밖으로 튀어나왔다. 지금 눈앞의 그가 불안한 상태라는 것도, 자신에게 그림을 그려 줄 작가라는 것도 다 잊고 그녀는 외쳤다.

"이런 모습 보자고 당신 동생이 당신을 살린 줄 알아요? 그녀가 어떤 마음으로 당신을 살렸는지, 정말 모르겠어요?"

"뭐라고?"

"살고 싶어도 살지 못하는 사람이 있어요! 죽으면 이대로 끝이라고요! 정신 차려요! 내가, 내가 다 해 준다고 했잖아요. 그게 우리의 약속이었잖아요!"

진저리가 쳐졌다. 똑같은 상황에서 그걸 벗어나려고 필사적인 두 사람. 그런데 한 사람은 죽음으로 모든 것에서 도망가려 하고, 또 한 사람은 살아감으로써 어떻게든 극복하려 한다. 당신만 힘든 게 아니다. 남겨진 자는 모두가 똑같이 힘들다. 하지만 그렇다 해도 이런 어리석은 짓은 절대 용납될 수 없다.

"그래서 네가 해 줄 수 있는 게 뭔데? 네가 나한테 해 줄 수 있는 게 뭐야?"

태준이 힘없이 웃었다. 애처롭고도 처량한 웃음. 모든 것을 잃은 빈껍데기의 본모습이었다. 그러다 그의 표정에 일순 잔인하고도 섬뜩한 감정이 엿보였다. 살아 있는 고통의 시간이 이 아이로 인해 길어졌다. 그래, 이 어린 계집은 처음 만난 그 순간부터 지금까지 계속해서 제 앞에 얼쩡대며 신경을 긁고 있었다.

"아아, 그렇지. 모델, 노예, 그리고 잠자리까지도 책임져 준다

했었지."

그의 입매가 차게 비틀렸다. 순식간에 모습이 돌변했다. 어디서 나온 힘인지 그가 갑자기 그녀를 바닥으로 쓰러뜨렸다.

"웃!"

등을 강타하는 고통에 이혜가 작게 신음했다. 이혜가 제 위를 짓누르는 그를 쳐다봤다. 그의 눈동자가 먹이를 앞둔 짐승처럼 붉어졌다.

"그럼 지금 네 필요성을 보여 봐."

"뭐라고요?"

"난 지금 널 안을 거야. 여기서, 널."

그 말에 단호했던 이혜의 눈동자가 흔들렸다. 동요를 나타내는 눈동자가 그에게서 떨어지지 않는다. 그는 진심이다. 정말로 자신을 안으려 한다. 꼿꼿하게 제 주장만 펼치던 아이의 흔들리는 모습을 본 태준이 음산하게 속삭였다.

"거부할 수 있는 건 지금뿐이야."

단 한 번의 선택의 순간이었다. 지금 여기서 안기느냐, 아님 자신을 포기하느냐. 태준이 그녀의 목덜미에 입술을 내렸다. 그의 뜨거운 숨이 그녀의 가냘픈 목 위에 닿았다. 이혜는 갑작스러운 행위에 본능적으로 몸을 틀었지만, 그렇다고 그를 거부하진 않았다.

'어째서!'

화가 치민 태준이 보란 듯이 그녀의 블라우스를 찢었다. 찢겨진 블라우스 사이로 그녀의 브래지어까지 다 노출되었지만, 이혜는 여전히 아무런 행동도 하지 않았다.

"왜? 왜 반항하지 않아?"

분명 마지막 기회라고 말했는데. 이혜는 외면이 아닌, 마치 수긍한 것처럼 담담히 받아들이고 있었다. 순간 태준의 움직임이 멈췄다.

"뭐하자는 거야. 이건 강간이야, 알아?"

"아뇨, 제가 동의한 일이에요."

"원치 않잖아. 거부해, 거부하라고!"

거부를 원하던 그의 본심이 밖으로 튀어나왔다. 여기서 이제 그만 자신을 포기해 달라는 간절한 부탁이기도 했다. 하지만 이혜는 슬픈 눈으로 태준을 마주보며 속삭였다.

"……당신과 약속했잖아요. 당신이 원한 거 다 해 주겠다고, 도망가지 않겠다고."

태준의 표정에 금이 갔다. 이 멍청한 계집애는 이런 순간에도 저딴 말도 안 되는 헛소리나 내뱉고 있었다. 그가 이를 악물며 으르렁거렸다.

"내 그림을 원해서 그래? 내가 다 가지라 했잖아. 내가 죽으면 다 네 거야. 그게 더 남는 장사라고."

"싫어요. 전 살아 있는 당신을 원해요. 그림이 아니라! 이렇게 숨 쉬고 있는 당신을 원한다고요."

이혜가 태준을 또렷이 응시했다. 그녀의 눈동자는 그와 달리 강렬한 생명의 빛을 내뿜고 있었다.

"당신이 죽고 나면 남겨진 전 어떡해요? 그림을 얻었으니 기뻐해야 하나요? 미안하지만, 난 그럴 수 없어요. 절대 당신 안 놓을 거예요."

이런 대답을 원하는 게 아니었다. 자신은 이런 말을 원한 게 아니었다. 태준의 표정이 혼란을 고스란히 내보이며 잔뜩 일그러졌다.

'조금만, 조금만 더.'

이혜는 아버지가 죽을 뻔했던 그 순간만큼 간절하게 바랐다. 빌고, 또 빌었다. 그녀의 눈꼬리에서 투명한 눈물방울들이 흘렀다.

"살아요. 살아 줘요, 제발. 한 번뿐인 삶을 왜 이렇게 허무하게 버리려고 하는 거예요."

"도대체 왜……."

순간 그녀의 뺨 위로 물방울이 투둑 떨어졌다.

"왜, 왜, 왜에에에에!"

절규와 함께 태준은 무너졌다. 한두 방울 떨어지던 뜨거운 눈물은 마치 비처럼 계속해서 내렸다. 그는 잔뜩 상처받은 어린아이와도 같은 모습으로 모든 것을 토해 냈다. 그의 오열 속에서 사랑을 갈구하는 아이가 보였다.

이혜가 제 품에 안긴 태준의 등을 천천히 쓸었다. 그가 모든 것을 토해 낼 수 있도록, 과거에서 벗어날 수 있도록, 앞으로 나아갈 수 있도록 묵묵히 그를 토닥였다.

"괜찮아요. 마음껏 토해 내세요. 당신은 혼자가 아니에요."

주문을 건다. 당신에게도, 그리고 나에게도 우리 모두가 다 괜찮아질 거라고. 살다 보면 무뎌지고, 용서하고, 살아남길 잘했다고 생각되는 그 순간이 올 거라고. 그러니 당신을 살린 동생분의 죽음을 제발 헛되이 만들지 말아 달라고.

'그래, 이게 맞는 거야.'

이혜는 마주한 몸 사이로 느껴지는 그의 떨림을 느끼며 천천히 눈을 감았다. 갈등은 길었지만, 막상 닥치고 보니 선택은 한없이 빨랐다. 그림과 그. 그 순간에 그녀는 태준의 손을 붙잡을 수밖에 없었다. 갤러리를 위해선 그를 떠나야 하는 게 맞지만, 차마 그럴수 없다. 자신까지 놓아 버리면 그는 정말로 되돌아올 수 없을 테니까.

사람은 누군가의 아주 작은 체온에도 희망을 얻고, 살아갈 이유를 되찾는다. 그리고 이제 자신이 바로 그 존재가 되어야 한다. 그를 붙잡은 건 자신이니까. 다만 바라건대, 그 어떤 순간이 오더라도 이 선택을 후회하는 날이 오지 않기를……

09

태준이 깊은 잠에서 눈을 떴다. 그가 눈을 뜨자마자 한 행동은 본능적으로 자신의 심장 위로 손을 올린 것이었다. 그다음 그는 천장을 바라보며 눈을 깜빡였다.

살아 있다. 죽지 않았다. ……결국 죽지 못했다.

평소처럼 그의 심장은 쿵쿵쿵 뛰어 댔고, 그의 시선엔 익숙한 공간이 가득 차 있었다. 그의 시도가 실패로 끝이 났다는 것을 어떻게 받아들여야 할지 모르겠다. 살려고 할 땐 그 어느 누구도 자신의 곁에 없었는데, 왜 죽으려고 하는 순간 그 아이는 자신을 잡았는가.

왜, 하필, 모든 것을 포기한 그 순간에.

"하."

허탈한 탄식이 흘러나왔다. 태준은 침대에서 몸을 일으켰다. 살아 있다면, 더는 침대에 누워 있을 필요가 없었다. 방을 나선 그가 주방에서 분주하게 움직이는 이혜를 발견하곤 퍽 놀라고 말았다.

'설마 안 간 건가?'

"배고프죠?"

이혜가 입가에 은은한 미소를 띠며 그를 반겼다. 결국 어제 이혜는 집에 돌아가지 못했다. 그의 자살 시도를 막았다곤 하나, 그가 또 자신이 없는 새에 무슨 짓을 할까 두려웠기에. 그래서 그녀는 쓰러지듯 잠든 그의 곁을 밤새 지켰다.

"아침 준비 다 됐어요. 앉아요."

"너……."

"어서요."

이혜가 답지 않게 태준을 재촉했다. 태준이 이끌려 식탁 앞에 앉자, 이혜가 재빨리 그의 앞에 따뜻한 밥과 국을 내밀었다. 그러면서도 그녀는 그의 상태를 면밀히 살폈다. 다행히 그는 전날에 비해 꽤 진정된 모습이었다.

'이 정도면 됐어.'

그녀는 그것만으로도 감사하다 만족하며, 그의 맞은편에 앉았다. 어머니가 돌아가시고 나서부터 시작한 요리였지만, 아버지 이외의 사람에게 식사를 대접한 건 처음이었다. 혹시라도 입에 맞지 않을까 봐 이혜가 걱정스러운 어조로 말했다.

"입에 맞을지는 모르겠네요."

태준은 묵묵히 입안에 밥을 집어넣었다. 찰진 쌀이 입안 가득 고소함을 풍겼다. 맛있다. 그는 막연히 그렇게 생각했다. 늘 밥 대신 술을 먹었던 그로선 이런 정갈한 가정식을 얼마 만에 먹는 건지 기억조차 나지 않았다.

순간 태준은 또 어제의 일이 떠올랐다. 모두가 똑같이 힘들다 고, 누군 살고 싶어도 살지 못한다며 매달리던 이혜. 병원에서 처 량하게 울던 그 아이의 모습이 왜 갑자기 떠오르고 마는 것인가. 신경 쓰지 않겠노라 다짐하지만, 어제 그녀의 모습이 너무 처절해 서 쉽게 놓을 수가 없었다. 결국 잠시 망설이던 태준이 툭 내뱉듯 물었다.

"네 아버지에 대해 이야기해 봐."

"네? 저희 아버지요?"

예상치 못한 질문에 이혜가 놀란 눈을 하다 이내 싱긋 웃었다. 드디어 관심을 가져 주기 시작한 건가.

이혜가 마치 아이에게 들려주는 것처럼 아버지에 대한 이야기 를 조곤조곤 꺼내 놓았다. 아버지의 갤러리, 그림에 대한 열정, 가족의 꿈, 그리고 그랬기에 이곳에 온 이유까지. 태준에겐 퍽 길 고 지루했을 텐데도 묵묵히 이혜의 이야기를 경청했다. 이혜는 이 야기 끝에 간곡한 부탁을 덧붙였다.

"……그러니 이제 그런 생각 하지 말아요. 당신에게 그런 생각 이 들 때마다 한 번쯤 내 아버지를 떠올려 줘요."

끝없는 기약 속에서 하루하루 힘든 숨을 이어 가시는 아버지를, 그런 그를 어떻게든 살리기 위해 고군분투하는 자신을. 그건 아마 당신을 살린 그녀와 같지 않겠느냐고…….

퍽 지루했을 법한 이야기가 드디어 다 끝났지만 태준은 침묵했다. 그는 그저 새삼 깨달을 뿐이다. 이 어린 여자에 대해 아는 것이 하나도 없었다는 것을. 그녀의 아버지도, 갤러리의 사정도, 하다못해 그녀의 나이조차도 모두 지금 처음 들은 것들뿐이다. 아니, 실은 자신이 말할 기회 한 번 주지 않은 탓일 것이다.

길고 긴 침묵 속에 마침내 굳게 다물려 있던 태준의 입이 열렸다.

"외상 후 스트레스 장애, 강박장애, 그리고 불안장애까지. 내가 가진 사고 후유증이지. 그것도 벌써 꽤 오랫동안 지속됐고. 지금이 마지막 기회야. 놔줄 테니 네 생활로 돌아가. 그림, 이대로 영원히 못 그릴 수도 있어."

"싫어요."

원한다면 비록 신작이 아닐지라도 옛 그림이라도 내어 주겠다고 말할 참이었다. 그러나 이혜는 그의 말이 채 다 끝나기도 전에 정색하며 단호히 거부했다.

"떠나지 않겠어요. 그런 거 예상하지 못한 채 작가님 곁에 남겠다고 한 거 아니에요."

"도대체 왜지? 내가 정말 다시 그릴 수 있다 확신하는 건가?"

"네, 맞아요. 그렇게 믿고 있어요."

태준의 미간에 옅게 주름이 졌다. 도저히 그녀를 이해하지 못하겠다는 표정이었다.

"확률 낮은 도박이야. 멍청한 선택이기도 하고."

"상관없어요. 선택에 대한 책임은 내가 질 거니까요."

"쓸데없이 고집이 세군."

"뭐라 하든 좋아요. 이 이야기는 다신 꺼내지 말아 줘요."

확고한 이혜의 대답에 먼저 두 손을 든 건 태준이었다. 더 이상은 시간 낭비였다. 대신 그가 한숨을 내쉬며 다른 것을 물었다.

"좋아. 그럼 화두를 바꾸지. 무슨 수로 나를 다시 그림 그리게 할 거지?"

그녀가 포기하지 않겠다 할지라도, 문제는 여전했다. 그를 오랜 시간 괴롭혔던 문제를 과연 그녀가 어떻게 두 달밖에 안 남은 짧은 시간 동안 해결할 것인가. 하지만 이혜는 무거운 문제에도 퍽 가벼운 어조로 그를 달랬다.

"근본적으로 우리에게 필요한 건 유대지만…… 일단은 지금 당장 밖에 나가는 게 시급할 것 같네요. 작가님은 그동안 너무 안에만 갇혀 있었어요."

"싫어."

"그러지 말고 나가요. 실제로 햇빛이 우울증을 치료하는 데 도움이 된다는 연구 자료도 못 보셨어요?"

지금 그에게 필요한 것은 당장 이 폐쇄적인 공간에서 벗어나는 것이다. 이 좁은 공간에만 있으면 있을수록 그의 상태는 더 안 좋아질 게 뻔하다. 지금 그에게 있어 그림을 그리는 건 차후의 일이리라.

하지만 태준은 강경하게 자신의 의견을 고수했다. 사람을 만나는 건 그에게 있어 제법 어려운 일이었다. 공황 장애까진 아니지만, 오랫동안 지속해 왔던 행동을 한순간에 벗어던지는 건 쉬운 일이 아니었다. 단호하게 잘라 내려던 태준은 하필 그 순간 그녀의 손을 발견하고 말았다. 그의 표정이 딱딱하게 굳은 것을 알아챈 이혜가 황급히 자신의 손을 숨겼다.

"별거 아니에요."

하지만 태준은 이미 그녀의 손을 본 뒤였다. 찰과상이 가득한 손. 그것은 분명 어제 자신을 말리다가 난 상처일 게 뻔했다. 기억은 점점 더 구체화됐다. 마침내 그는 자신을 끌어내리다 땅에 부딪힌 그녀가 그 긴급한 순간에도 자신을 감싸다가 그렇게 되었음을 깨달았다. 이혜가 당황한 기색이 역력한 모습으로 다시 말을 덧붙였다.

"신경 쓰지 마세요. 작가님 손이 안 다친 게 천만다행이에요. 그림을 그리는 손인데."

화가. 그걸 잊어버린 지가 언젠가. 잊어버리고 싶었지만 또다시 태준은 소라가 떠올랐다. 죽는 순간까지 자신을 지키려고 했던 그녀. 그렇게 그녀가 간신히 지킨 것을 제 손으로 망가뜨리려 했더니, 이젠 이 어린 여자가 그녀를 대신해 막아섰다. 결국 태준은 왜 그런 쓸데없는 짓을 했느냐고 질타하는 대신 그녀의 요구를 받아들였다.

"좋아. 원하는 대로 해 주지."

❖　❖　❖

기차와 버스를 타고 마침내 도착한 곳은 작은 백사장이 펼쳐진 한적한 바다였다. 차를 끌고 나올 요량이었는데, 집을 나설 때 차 키를 챙기려던 태준을 이혜가 막아섰다.

기차든 버스든 뭐든 좋았다. 그녀는 그저 그가 이 짧은 외출을 천천히 편안하게 누렸으면 했다. 아무 생각 없이, 숨 쉬는 것처럼 자연스럽게. 그리고 태준은 다행히도 묵묵히 그녀를 따라왔다.

겨울의 끝이라 바다는 한적했다. 넓게 펼쳐진 모래가 발에 채였고, 푸른 바다가 거칠게 밀려왔다 사근사근 물러섰다. 태준은 넓게 펼쳐진 푸른 물결에게서 시선을 떼지 못했다. 얼마 만의 바다인건지. 이혜가 그의 옆에 서서 속삭였다.

"어때요? 나오니깐 좋죠?"

"⋯⋯딱히."

"거짓말."

이혜가 낮게 웃음을 흘렸다.

"작가님, 잠시 눈 좀 감아 보세요."

"왜?"

"어서요."

어쩐지 오늘은 그녀의 요구를 거절하기가 힘들었다. 그가 순순히 눈을 감자, 이혜가 따라 감으며 작게 속삭였다.

"그럼 이제 귀를 기울여 보세요."

무엇을 들으라는 거지? 눈을 감자 모든 것이 어둠에 가득 찼
다. 어둠. 아무것도 없는 검은 세계. 그가 그토록 절망하던 공간
이 재빠르게 그의 머릿속에 밀려 들어왔다. 조바심이 난 태준이
다시 눈을 뜨려던 찰나, 이혜가 다시 입을 열었다.

"뭐가 들려요?"

태준은 아무것도 들리지 않는다고 말하려 했다. 소리는 없고,
어둠만이 가득하다고 짜증이라도 낼 요량이었다. 그녀의 말을 들
어준 걸 후회하려 했다. 그런데, 그가 미처 입을 열기도 전에 모
든 것을 순식간에 쏟아졌다.

가장 먼저 파도 소리가 그의 귓가를 자극했다. 막힘없이 밀려
오는 파도가 직접 닿지 않아도 시원함을 자아냈다. 그다음 들린
건 새들의 소리였고, 그 뒤로 물보라 치는 소리까지 들려왔다. 이
어 소리는 장면으로 이어졌다. 모든 것이 머릿속에서 마치 그림처
럼 펼쳐졌다.

"아."

태준이 낮은 탄성을 내뱉으며 눈을 떴다. 그의 모습에 이혜가
환하게 웃으며 그를 돌아봤다.

"보였어요?"

다행이다. 이혜가 작게 중얼거렸다. 이내 그녀는 몸을 빙글 돌
려 바다를 향해 손가락으로 액자 모양을 만들었다.

"이 손안의 세상이 바로 제 그림이에요. 눈을 감으면 백지가 된 제 머릿속에서 차르르 그림을 그리듯 펼쳐지거든요. 있잖아요, 작가님."

그녀는 그동안 계속해서 생각하고 또 생각했던 것을 천천히 조심스럽게 풀어 놓았다.

"작가님은 사실 그림을 못 그리는 게 아니라 안 그리는 것일지도 몰라요. 원하는 게 없어서 그리지 않을 뿐인 거죠. 그러니까, 정말 가슴으로 원하는 것이 생기면 머리보다 손이 먼저 반응하지 않을까요?"

이혜가 고개를 돌려 태준을 바라보자, 둘의 시선이 복잡하게 뒤엉켰다. 태준은 흔들림 없는 시선으로 자신을 바라보는 이혜에게서 문득 소라의 잔상을 발견했다. 이 작은 아이가 그녀와 똑같은 소리를 한다. 네가 원하는 그림을 그리라고…….

"……더는 강요하지 않을게요. 그러니까 약속 하나만 해 주세요. 조급해하지 않기로."

강요하지 않겠다, 그 한 마디를 하는 데까지 자신이 얼마나 많은 고민을 했을지 과연 그는 알까. 혼수상태로 누워 있는 아버지와 절벽 끝에 서 있는 당신, 그 둘 사이에서 얼마나 갈등했을지 당신은 과연 알까. 이혜는 이것만큼은 그가 꼭 알아주길 바랐다. 그 정도로 당신은 가치 있는 사람이며, 이젠 혼자가 아니라는 것을…….

태준은 지난번처럼 아무것도 모르면서 건방 떨지 말라 질타하는 대신, 다른 것을 물었다.

"……내가 무섭다며? 그런데도 그런 말이 나오는 건가? 최대한 빨리 내게서 멀어지는 게 나을 텐데."

자신은 언제 또 무슨 짓을 할지 모르는 시한폭탄이었다. 그런데 그녀는 자신이 망가질수록 더 자신에게 다가왔다. 날카로운 울타리 위를 넘어 피를 흘리면서도 꿋꿋이. 이번에도 이혜는 싱긋 웃으며 대꾸했다.

"하지만 이젠 안 무서워요."

"이젠?"

"네. 그래서 앞으론 작가님께 더 다가가려 해요."

스스로를 해하는 그의 처절함이 두렵고 무서웠으나, 이젠 그것조차도 이해하고 말았다. 다만 그가 다시는 그런 짓을 하지 않길 바랄 뿐. 그녀의 대답에 태준은 하고픈 말이 많았지만, 결국 수긍했다. 흘러나오는 말은 짧은 감상뿐이다.

"……겁이 없군."

"그런가요? 뭐, 그럴지도 모르겠네요."

잠시 어깨를 으쓱이던 이혜가 바다로 뛰어들었다. 겨울의 끝자락. 아직은 차가운 바닷물이 발끝을 간질이는데도, 이혜는 오히려 그 속에서 환하게 미소 지었다. 태준은 그런 그녀를 말없이 지켜봤다.

10

이혜는 때때로 떠오르는 그날의 잔상에서 한 가지 사실을 발견했다. 그는 그날 비명을 지르듯 외쳤었다. 죽고 싶다고, 죽게 해 달라고, 제발 놔 달라고.

'······정말? 그게 진심이었을까?'

그땐 정말 그가 죽을까 두려워 매달렸지만, 지금에 와서 돌이켜 생각해 보면 그건 사실 살려 달라는 소리가 아니었을까. 누구라도 좋으니 자신을 구해 달라는 간절한 외침. 적어도 이혜는 그렇게 이해했고, 그래서 제 말을 증명하듯 전보다도 더 자주 태준을 찾아갔다. 자꾸 그에게 마음이 쓰였고, 눈이 갔다. 도저히 그를 홀로 둘 수가 없었다.

이제는 제법 태준과 함께하는 시간에 익숙해진 이혜가 태준 앞에 심신안정에 좋은 차 한 잔을 내밀며 물었다.

"오늘은 뭘 하고 싶으세요?"

"글쎄."

태준이 시큰둥하게 대답했다. 깊게 생각하지 않은 듯한, 아니 아직은 그 무엇에도 의지가 생기지 않은 모습. 그는 이렇게 때때로 무기력한 모습을 보였다. 이혜는 좌절하지 않고 질문을 바꿔 다시 물었다.

"한국에 오신 지 얼마나 되셨죠?"

"4년."

"한국에 오면 하고 싶으셨던 거 없으세요?"

"딱히."

태준의 즉각적인 대답에 이혜가 콧등을 찡그렸다. 그녀의 얼굴엔 곤란함이 배어 있었다. 천천히, 아이가 걸음마를 배우듯 조심스럽게 그에게서 삶의 의욕을 끌어내고자 했다. 다시는 그런 생각을 할 수 없도록, 비록 하루하루가 힘겨울지라도 작은 희망 한 줄기를 엿봐 주길 바랐는데…….

'이러면 정말 곤란해.'

표현하지 않으면 자신이 해 줄 수 있는 게 없었다. 그는 왜 한국에 왔을까. 태어난 나라에 대한 그리움? 아님, 과거에서 벗어나기 위해? 혹은 아버지에게서 도망가고 싶어서였을까. 생각이 꼬리에 꼬리를 물었다. 이혜는 몇 번을 입을 열었다 닫았다 반복하다, 결국 궁금증을 토해 냈다.

"그럼 한국엔 왜 돌아오신 거세요?"

단순한 질문이었지만, 그 순간 차를 들이켜려던 태준의 움직임이 흐트러졌다. 찻잔이 순식간에 그의 손에서 미끄러지며 '쨍!' 하는 소리와 함께 땅바닥을 굴렀다.

"작가님! 괜찮으세요?"

놀란 이혜가 자리에서 일어나 태준에게 다가갔다. 다행히 찻잔이 카펫 위로 떨어져 깨지진 않았다. 이혜가 재빨리 티슈를 뽑아 태준의 발아래 차가 엎질러진 곳을 닦아 냈다.

"찻잔이 깨지지 않아 그나마 다행이네요."

나중에 카펫을 빨아야겠다 생각하며 이혜가 고개를 들려는데, 뼈대가 훤히 보일 정도로 꽉 쥐어진 태준의 주먹이 보였다.

"작가님……?"

"……있어."

"네?"

"사실은 가 보고 싶은 곳이 있어."

순간 생각나 버렸다. 소라의 고향. 소라가 어릴 적 살았던 그곳. 그녀가 다시 한 번 꼭 가 보고 싶다 했는데, 결국 가지 못한 곳. 그것은 태준이 한국에 돌아온 단 하나의 이유이기도 했다.

태준이 걱정스러움이 역력한 얼굴로 자신을 바라보는 이혜를 마주하며 천천히 입을 열었다.

"같이…… 가겠어?"

처음엔 그가 무슨 말을 했는지 이해가 되지 않아 멍했지만, 곧 그 말을 이해한 이혜가 작게 웃으며 고개를 끄덕였다. 가슴이 벅차올랐다. 그에게 무언가 하고 싶은 게 생겼다니. 그리고 또……

처음으로 그가 그의 곁에 자신을 허락해 줬다. 이혜는 그의 굳게 다물려 있던 마음이 점점 열리고 있음을 깨달았다. 그래. 이렇게 하나씩, 조금씩 나아가면 되는 거다.

❖　❖　❖

태준이 가고 싶어 한 곳은 영월의 한 작은 마을이었다. 시내에서 멀리 떨어진 곳에 위치한 마을은, 본디 그곳에 살았던 사람이 아니라면 찾기도 힘들 정도로 길이 굽이굽이 이어져 있었다. 하지만 태준은 전혀 헤매지 않고 퍽 익숙하게 그곳을 찾아갔다.

사실은 처음 가는 곳이 아니었다. 한국에 막 도착했던 4년 전 처음 이곳을 찾았고, 다시 4년 만에 이곳을 찾은 것이다. 다만 그때는 겁이 나 도착하기도 전에 중간에 길을 돌려 버렸었다.

이혜는 제법 궁금했을 법도 했는데, 그에게 그 어느 것도 묻지 않았다. 그저 그곳이 어디든 늘 그랬던 것처럼 말없이 그를 따를 뿐이었다.

동네 작은 꽃집에서 흰 국화 꽃다발을 산 태준이 마을 뒤편에 세워진 납골당으로 향했다. 이어 한 늙은 여인의 영정 앞에 준비해 온 꽃다발을 내려놓았다.

"누군지 안 물어봐?"

"······물어봐도 되는 건가요?"

조심스러운 이혜의 목소리에 태준이 길게 숨을 내뱉으며 입을 열었다.

"······소라의 친모."

'소라.'

이제는 제법 익숙한 그 이름에 이혜의 눈이 커졌다. 그녀가 듣기론 소라와 태준, 둘 모두 입양아였다. 그럼 눈앞의 여인은 그녀의 친모인 건가.

"몇 년 전에 돌아가셨지."

태준은 쓸쓸하게 웃었다. 양친이 모두 진즉 돌아가신 자신과 달리 소라의 친모는 살아 있었고, 소라는 때때로 친부모님의 존재에 대해 짙은 그리움을 토해 내곤 했었다.

한 번만, 딱 한 번만 만나 보길 소망했던 소라. 하지만 그녀는 어린 나이에 너무나 허무하게 죽어 버렸다. 태준이 못다 한 그녀의 소원을 이뤄 주기 위해 한국에 와 그녀의 친모를 찾았을 땐, 이미 그녀도 사망한 뒤였다.

또 늦었다. 매번 자신은 이렇듯 늦고 마는 것인가.

이혜는 왠지 태준의 등이 처연해 보인다고 생각했다. 그는 어째서 자신의 부모님이 아닌 그녀의 부모님의 납골당에 온 것인가. 소라, 태준의 모든 것을 쥔 소녀.

이혜는 한참을 망설인 끝에 입을 열었다.

"소라라는 분에 대해······ 말해 주실 수 있으신가요?"

사실 거절을 예상하면서 물은 질문이었다. 아직 그에겐 상처일 테니까. 하지만 어쩐지 지금이 아니면 다시 묻지 못할 것 같기도 했다.

　태준은 한참 동안 말이 없었다. 그가 입을 연 것은, 그로부터 몇 분이 지나서였다. 이혜가 포기할 때쯤, 그의 굳게 다물려 있던 입이 열렸다.

　"내가 아버지에게 입양되었을 때, 그녀는 이미 입양된 뒤였지. 나보다도 일 년 전에 입양되었다더군."

　아홉 살에 입양되었던 자신과 달리, 그녀는 일곱 살에 레이든의 가족이 되었었다. 그 당시의 레이든은 우습게도 정말로 가족을 원했었다.

　가족, 함께할 수 있는 사람들.

　그런 그와 소라의 테두리가 무너진 건 자신이 그 집에 들어가고서부터였다. 정말 우연히, 소라가 장난 삼아 스케치북에 그리던 걸 같이 그렸던 그날, 하필 레이든이 그 스케치북을 발견한 그날, 모든 것이 일그러졌다.

　『제이? 설마 이거 네가 그린 그림이니?』

　레이든은 우연히 발견한 아들의 재능에 순수하게 기뻐했다. 즐거워 보이는 모습으로 그림을 가르쳐 주겠다고 말했었다. 그러나 그것도 잠시, 시간이 갈수록 레이든은 태준의 그림을 질투하기 시작했다. 그래, 그건 화가의 어쩔 수 없는 본능일 것이다. 그렇게 태준의 그림은 시기와 기대 속에서 시작됐다.

『제이, 어서 그려야지? 그림은 하루도 쉬어서는 안 된다고 내가 말했잖니.』

그리기 싫을 때도 그려야 했다. 그림을 그리기 싫다는 자신의 말에 처음 레이든은 밥을 굶겼고, 그것이 통하지 않자 폭력을 휘둘렀고, 그조차도 통하지 않자 소라를 대신 혼냈다. 그녀는 그 모진 폭력 속에서도 아무 말 없이 묵묵히 견뎌 냈고, 오히려 태준을 위로했다.

『괜찮아, 제이. 난 괜찮아.』

그녀는 동생이었지만 누나와도 같았고, 또 어머니이기도 했다. 태준의 모든 결핍이 그녀에 의해 충족됐다. 그래서 어서 성인이 되길 바랐다. 성인이 되어 그의 그늘에서 벗어나 둘이서 행복해지길.

'그랬는데, 그렇게나 바랐는데…….'

예기치 못한 사고는 결국 그에게서 그녀마저 빼앗아가 버렸다. 자신만 나타나지 않았다면, 그녀가 그렇게 생을 마감하지 않았을 텐데!

"나는 그림을 그리지 말았어야 했어. 내가 그림을 그리는 바람에, 결국 그녀는 죽는 순간까지 고통받고 말았어."

이혜에게 말했지만, 실은 자기 자신에게 하는 말이었다. 소라는 마지막 폭발이 있기 전 자신을 감쌌다. 제 몸보다도 날 더 소중히 했다. 바보 같긴. 결국 레이든이 이겼다. 그의 매질에 소라는 세뇌당하고 만 것이다. 자신을 희생해 자신을 지켜야 한다고!

신은 왜 내게 그런 재능을 주셨단 말인가. 그것은 축복인가, 저주인가. 왜, 왜, 왜! 이까짓 손이 뭐라고!

태준의 주먹에 자연스레 힘이 들어갔다. 손톱이 살에 파고드는 사이, 이혜가 뒤에서 그의 손을 붙잡았다. 그녀의 따스한 체온이 주먹 사이로 스며들어, 토닥이듯 그의 주먹을 펴 냈다.

"상처 나요, 작가님."

태준의 고개가 천천히 이혜에게로 떨어졌다. 물끄러미 그녀를 바라보던 태준의 눈동자가 순간 어두워졌다.

"너도 그렇게 내 손이 소중해? 왜? 그림을 그려야 하니까?"

그의 목소리엔 날이 잔뜩 서 있었다. 손, 손, 손! 진절머리 나도록 싫은 단어다. 모두가 자신에게 원하는 게 고작 이것뿐이다. 하긴, 생각해 보면 이 아이도 늘 자신의 손을 보호하고자 애쓰지 않았던가? 그런데 이혜가 천천히 고개를 저었다.

"아뇨. 하지만 소중한 거잖아요. 동생분의 유산이기도 하고요."

"뭐?"

"있잖아요, 작가님. 사실 전 늘 궁금했어요. 작가님은 정말 그림을 그리지 말았어야 했다고 생각하시나요? 그랬다면 왜 한국에 와서 신작을 내신 거죠? 레이든 씨는 더 이상 작가님 곁에 없었는데요. 정말 싫었다면 당장에 그만두셨겠죠."

그림을 그리지 말아야 했다고 후회한다 하지만, 자신이 본 그는 늘 절실히 그림을 그리고 싶어 하는 것처럼 보였었다. 그래서 움직이지 않는 손이 원망스럽고 또 원망스러웠던 것이고, 아무것도 그리지 못하는 캔버스를 부수고, 쓸모를 잃어버린 화구를 불태워 버린 게 아닌가.

"그 급박했던 순간, 동생분이 왜 작가님을 그토록 지키고자 했는지 정말 모르시겠어요? 자신의 자랑이니까, 사랑하니까 자신의 모든 걸 다 희생해서라도 끝까지 지켜 주고 싶어 했던 거잖아요."

어딘가 아이를 타이르는 듯한 목소리였다. 순간 태준의 미간에 금이 갔다. 태준이 한 글자 한 글자 잇새 사이로 악물며 으르렁거렸다.

"네가 뭘 알아? 함부로 입 놀리지 마."

아무것도 모르면서 아는 척한다고 생각했다. 하지만 곧 그 생각은 이혜의 말에 산산이 깨지고 말았다.

"알아요. 잘 알고 있어요. 저희 어머니가 그러셨거든요. 당장 수술을 받아야 하는데, 그 당시 저희는 돈이 없었고 갖고 있는 건 갤러리밖에 없었어요. 수술비가 너무 비싸서 갤러리를 팔아야 하는데, 어머니가 싫다고 거부하신 거 있죠? 우리 가족의 집이라고, 당신과 남편의 꿈이고, 딸이 자라날 미래라고. 그러니 그럴 수 없다고 끝끝내 거부하셨어요."

태준은 그래서 네 어머니가 어떻게 됐느냐고 묻지 않았다. 묻지 않아도 알 수 있다. 그녀는 소라처럼 갤러리를 지키고 죽고 만 것이다.

"전 그래서 갤러리가 소중해요. 그러니까 더 소중해요."

어머니가 돌아가시던 날, 태어나 처음으로 아버지의 눈물을 보고 말았다. 한평생 나무같이 우뚝 솟아 있으실 것 같은 분이 미안함과 슬픔에 무너지셨다. 그리고 그날 이후, 그 갤러리는 아버지의 인생이 되었고, 이젠 자신의 꿈이었다.

이혜가 덤덤히 태준을 향해 웃어 보였다. 환하게 웃지만, 그 미소 어딘가엔 어쩔 수 없는 안타까움과 애잔함이 묻어났다. 그리고 태준은 이혜에게서 우습게도 또다시 소라의 모습을 보고 말았다.

태준의 손을 꼭 붙잡은 이혜가 태준을 향해 진심을 담아 속삭였다. 이 마음만큼은 제발 당신에게 닿기를. 당신을 붙잡은 이 체온이 당신에게 전해지기를.

"이제 그만 죄책감에서 벗어나, 자신의 삶을 소중히 여겨 주세요. 기댈 수 있는 누군가가 필요한 거라면, 제가 곁에 있겠다고 약속해 드렸잖아요. 전 보기보다 강해서 쉽사리 무너지지 않아요. 그러니 당신의 그 어떤 모습을 보고도 떠나지도, 다치지도 않을 거예요."

그녀의 마지막 말에 태준은 잠시 숨을 삼켰다. 그가 은연중에 두려워하던 것을 이혜가 정확하게 집어냈다. 소라의 일로 누군가가 자신으로 인해 상처 입는 것에 대해 강한 강박 증세와 불안감을 가지고 있었다. 태준의 눈동자가 이혜의 손에 머물렀다.

"넌 이미 한 번 다쳤었잖아."

"그럼 앞으로 조심할게요. 그러니 걱정 말고 절 의지해 주세요."

"하. 정말 네가 그렇게까지 하는 이유를 모르겠어."

이혜가 잠시 고민하다 싱긋 웃으며 대답했다.

"음, 글쎄요. 부담 가지실 필요는 없으세요. 그냥 제가 그러고 싶어서니까요."

그녀는 그에게 그 어느 것도 대가로 요구하지 않았다. 태준의 표정이 무너지듯이 일그러졌다. 자신이 무슨 표정을 짓고 있는지도 스스로 느끼지 못할 정도로 동요를 내보였다. 그가 무의식중에 이혜의 손을 꽉 붙잡으며 가라앉은 목소리로 낮게 으르렁거렸다.

"그건 네 선택이겠지만, ……놓는 건 그렇지 못할 거야."

날 붙잡은 건 너지만, 네 손을 놓는 건 오직 나만이 할 수 있는 거다. 넌 좀 더 신중했어야 했어. 이대로 얽매이고 말 텐데, 그걸 과연 네가 감당할 수 있을까.

사람들은 흔히들 위급에 처한 사람을 발견하면, 우선 손부터 내밀곤 한다. 하지만 그 한순간의 선택이 때때로 두 사람 모두를 위기에 빠뜨리는 최악의 상황을 가져오기도 하지. 그러니 절벽 끝에 매달려 있는 사람에겐 함부로 손을 내밀어선 안 돼. 살기 위해 당신이 내민 손을 타고, 몸을 밟아 기를 쓰고 절벽 위로 올라가려 할 테니까.

11

태준이 심리치료를 시작하겠다고 결심한 건 그로부터 일주일이 지나서였다. 의사가 안경을 고쳐 쓰며 물었다. 무슨 심경의 변화가 있어서 오신 거냐고. 일종의 시발점을 확인하려는 질문이었다. 그는 분명 불과 몇 주 전까지 치료를 거부하던 태준의 모습을 똑똑히 기억하고 있었기에.

"글쎄요. 그건 저도 잘 모르겠습니다."

그저 자신도 짐작해 볼 뿐이다. 마주한 작은 온기를 한 번쯤은 믿어 보고 싶어서가 아닐까……, 라고. 이대로 추락하려 했는데, 그걸 기어코 붙잡은 그녀에게 마지막으로 한 번 기회를 주고 싶었다고. 아니, 어쩌면 그건 그녀가 아닌 자신에게 주는 마지막 기회일지도 모른다. 그리고 그런 그의 결심을 시험하는 순간은 생각보다도 일찍 찾아왔다.

이른 밤, 선잠에 든 그는 또 원치 않은 기억속을 헤매야 했다. 의사가 곧바로 좋아지진 않을 거라고, 오히려 당분간은 더 힘들어질 수 있다고 주의를 줬다. 심리 치료는 과거를 왜곡하지 않고, 있는 그대로 받아들일 때부터 시작되는 거라고.

"어려운 일이라는 건 알지만, 마주하지 않으면 다시 일어설 수도 없을 겁니다."

머리를 깰 듯한 지독한 고통이 태준을 옭아맸다. 늘 반복되는 똑같은 꿈. 소라는 여전히 슬픈 눈으로 자신을 바라봤고, 아버지는 욕망과 질투에 일그러진 모습으로 자신에게 그림을 그리라 강요하고 있었다.

『제이, 당장 그림을 그려. 안 그럼 내가 어쩐다고 했지?』

『나의 제이……. 괜찮아, 난 괜찮아.』

뭐가 괜찮은지는 여전히 모르겠다. 당하지 않아도 되는 학대를 대신 당하고 있으면서, 바보같이.

이젠 자신을 향한 소라의 감정이 원망이 아님을 안다. 이건 과거의 잔상이자, 그녀에 대한 죄책감이 뒤섞여 만든 환상. 다만 아직 머리가 받아들이는 것과 가슴이 받아들이는 것엔 괴리가 존재했다. 꿈속의 자신은 여전히 도움을 필요로 하는 어린아이에 불과했기에.

태준이 모두를 향해 외쳤다.

'사라져!'

사라져. 가 버려. 이제 그만하면 됐잖아. 날 놓아줘도 되는 거잖아. 소라, 소라. 네가 원하는 걸 들어줄게. 어떻게든 들어줄 테니까…… 그 모습으로 더 이상 날 찾아오지 마. 제발, 제발 사라져 달라고!

"작가님! 그건 악몽이에요. 일어나 보세요, 네?"

어깨를 흔드는 가녀린 손, 간절히 외치는 여린 목소리에 태준의 굳게 닫혀 있던 눈이 떠졌다.

"아아악! 하아, 하악."

태준이 거친 숨을 내쉬며 상체를 일으켰다. 힘없이 머리칼을 쓸어 올리니, 밤새 흘린 땀으로 손바닥이 금방 축축해졌다.

"괜찮으세요?"

이혜가 입술을 깨물며 그를 살폈다. 그의 안색이 창백하게 질려 있었다. 집에 가려던 찰나였다. 마지막으로 자는 그를 확인하고 조용히 나가려는데, 그가 고통스러운 숨을 내뱉는 것이 보여 결국 그를 깨웠다. 역시, 그는 또 악몽을 꾼 것인가. 왜 아직도 이렇게 여전히…….

"세상에, 이 땀 좀 봐."

이혜가 속상함이 역력한 기색으로 제 옷깃을 잡아 땀에 젖은 그의 이마를 닦아 냈다. 아무래도 수건을 가져와야겠다 생각하던 찰나, 태준이 거칠게 그녀의 팔을 붙잡았다. 팔을 잡힌 이혜가 눈을 동그랗게 떴다.

"왜 그러세요?"

"생각이 바뀌었어."

원래는 늘 그렇듯 밤을 샐 요량이었다. 평소엔 여자의 심장 소리에 기댔지만, 지금은 그럴 여자가 곁에 없었으니까. 하지만 눈앞의 그녀를 마주하니 생각이 바뀌었다.

"네? 아, 혹시 제가 허락도 없이 방에 들어와서 기분 상하신 거예요?"

"아니, 오히려 그 반대야."

태준이 순식간에 그녀의 팔을 자신 쪽으로 끌어당겼다. 갑작스러운 행동에 중심을 잃은 이혜가 짧게 비명을 지르며 그의 품 안으로 풀썩 쓰러졌다.

"자, 작가님!"

이혜가 벗어나기 위해 본능적으로 몸을 틀려는데, 그럴수록 태준은 그녀를 자신의 품 안으로 더더욱 끌어당겼다. 품 안에서 바르작거리는 그녀를 향해 그가 낮게 으르렁거렸다.

"이대로 있어. 원하는 건 다 해 주겠다고 네 입으로 말했잖아."

"아, 저……."

그의 말이 맞다. 자신은 분명 그에게 뭐든지 다 해 주겠다고 약속했다. 하지만 막상 그가 자신에게 이런 걸 원하자, 당황하고 마는 건 어쩔 수 없었다. 지난번엔 경황이 없어서 아무런 생각도 못 했지만, 이번엔…….

'처음이란 말이야.'

남자와 함께 침대에 누운 건 태어나 처음이다. 전혀 면역이 없는 부분. 곤란한 얼굴로 이혜가 그의 품속에서 움찔거렸다. 도망가야 할지, 말아야 할지가 그녀의 머릿속에서 첨예하게 대립하고 있는 상황. 결국 벗어나기로 마음먹은 이혜가 몸을 조심히 빼내려는데, 순간 태준의 시선과 마주쳤다.

"가지 마."

그가 낮게 명령하며 그녀를 붙잡았다. 강하게, 단호하게, 오만하게, ……그리고 간절하게. 여전히 머뭇거리는 이혜의 모습에 태준은 이대로 그녀를 놓칠까 두려워, 마치 어린아이처럼 투정을 부리며 매달렸다.

"건드리지 않을게. 그냥…… 심장 소리가 필요해서 그래."

살아 있다는 것을 증명해 줄 심장 소리, 차가운 소라의 시신을 마주했을 때의 그 감각에서 벗어나게 해 줄 구원이 필요했다. 태준은 제 말을 증명하듯 이혜의 가슴에 얼굴을 파묻었다. 그러면서도 혹시 그녀가 도망갈까 봐 그녀의 등 뒤로 팔을 감아 꽉 옭아맸다.

쿵, 쿵, 쿵. 갑작스러운 스킨십으로 그녀의 심장이 그 어느 때보다 빠르게 뛰는 게 느껴졌다. 쿵, 쿵, 쿵. 시끄럽다 느껴질 만큼 빠른 고동이 귓가에 울렸지만, 태준은 오히려 그 속에서 점점 안정을 찾아 갔다. 태준이 느릿느릿 눈을 감으며 속삭였다.

"쓸데없는 걱정은 안 해도 돼. 어린애는 관심 없어."

순간 이혜는 안도가 되는 한편 울컥한 마음이 들었다. 어린애라니! 스물세 살이나 먹었는데. 이혜가 콧잔등을 찡그리며 눈을 가늘게 떠 그를 바라봤다.

눈을 꼭 감은 그의 숨소리가 어느덧 일정해졌다. 아까보단 훨씬 안정된 모습. 벌써 잠에 든 건가. 제 가슴에 얼굴을 폭 묻고 잠든 그는 마치 곰 인형을 껴안고 잠에 든 어린 소년 같았다. 순간 저 혼자 쏙 잠에 든 그가 얄미워 등을 톡톡 쳐 보지만 미동도 없었다.

"정말이지……."

어쩔 수 없는 남자다. 약았어. 까칠하기 짝이 없던 남자가 그렇게 한순간에 약한 모습을 보여 버리면, 넘어가 줄 수밖에 없잖아. 당신에게 그런 모습이 있을 거라 한 번도 생각해 본 적이 없어서 더 그랬던 건지도 모른다.

'마치 사춘기 소년 같아.'

날카로운 가시가 사라지자, 드러나는 건 완전히 무방비한 모습이다. 실제로 자신을 향한 그의 경계심도 점점, 아니 생각보다 빠르게 풀려 가고 있었다. 이대로 당신과 계속 함께하면, 내가 미처 알지 못했던 당신의 모습들을 하나하나 알게 되겠지.

"조금만 더…… 의지해 줘요."

숨기지 말고 당신 전부를 보여 줘요. 그가 잠든 틈을 타 이혜가 아주 작은 목소리로 조심스럽게 속마음을 내보였다. 난 당신에 대해 더 알고 싶어요.

❖ ❖ ❖

띵동.

초인종 소리에 분주히 아침 식사를 준비하던 이혜의 움직임이 잠시 멈췄다. 이렇게 이른 시간에 누구지? 문을 열어 줘야 하나 고민하는 사이 또다시 초인종이 거칠게 울렸다. 이번엔 연달아 두세 번이 울리자, 결국 이혜가 들고 있던 국자를 놓고 현관으로 향했다.

"잠시만요."

"뭐야? 네가 왜 여기 있어?"

문을 연 이혜는 눈앞의 여자를 보고 순간 당황했다. 당황한 건 여자도 마찬가지인지 이내 얼굴을 찌푸렸다.

본 적이 있는 여자였다. 작가님이 인터뷰를 다녀온 그날 집에 찾아온 여자다. 자연스럽게 그에게 다가가 안겼던……. 아마도 작가님의 연인일 것이다. 날카롭게 치켜뜬 눈으로 이혜를 위아래로 훑던 여자의 붉은 입매가 비틀렸다.

"왜 여기 있느냐고 묻잖아!"

여자가 버럭 화를 내며 이혜를 노려봤다. 이혜는 여자의 추궁에도 당황한 채 입만 벙긋댈 뿐이었다. 뭐라고 설명해야 하는 거지? 이 시간에 여기 있는 이유를 말해야 하나? 어떻게 하면 오해 없이…….

"설마, 너 태준 씨 집에서 잔 거야?"

"아뇨, 그러니까…….”

대답을 망설이는 이혜의 모습은 오히려 여자의 화를 키웠다. 여자의 눈초리가 매섭게 치켜떠졌다.

"하! 뭐야. 순진하게 생겨가지곤 설마 태준 씨랑 그렇고 그런 사이였던 거야? 그래? 꽃뱀이라도 되는 거야?"

"지금 뭐하는 거야."

모욕적인 언사에 이혜의 얼굴이 새하얗게 질리던 찰나, 차갑게 내리 앉은 서늘한 목소리가 중간에 끼어들었다. 언제 일어난 건지 샤워를 끝낸 태준이 방에서 나왔다. 태준을 발견한 여자의 눈매가 언제 그랬냐는 듯 부드럽게 바뀌었다. 이어 최대한 애교 어린 목소리로 투정을 부렸다.

"태준 씨, 도대체 왜 내 전화를 안 받는 거야?"

그날 이후, 전화를 여러 번 했었다. 잠시 놀라서 그런 거라고, 앞으로 잘하겠다고. 그러나 태준은 단 한 번도 전화를 받지 않았다. 이렇게 끝낼 순 없었다. 외모, 재력, 명예 그 무엇 하나 빠지지 않는 저 남자를 이대로 놓칠 순 없었다.

여자가 제 앞을 가로막아 선 이혜를 밀치고 집 안으로 들어갔다. 퍽 매서운 손길 탓에 벽에 부딪힌 이혜가 작게 신음을 흘렸다.

"아얏."

순간 태준의 눈썹이 꿈틀거렸다. 여자가 자연스럽게 태준에게 안기기 위해 팔을 뻗는데, 태준이 그런 그녀의 팔을 휘어잡았다.

"태준 씨?"

태준의 얼굴엔 분노가 스며들어 있었다. 그녀의 팔을 붙잡은 그의 손에 점점 강한 힘이 들어가자, 여자가 아픔에 눈을 찡그렸다.

"아앗! 아파, 태준 씨!"

"자존심도 없나? 그 꼴을 당했으면서도 날 다시 찾아오는 게?"

"뭐라고?"

여자의 얼굴이 수치심에 화르륵 달아올랐다. 그녀는 어떻게든 그의 마음을 돌려놓기 위해 재빨리 변명을 늘어놓았다.

"그날은 내가 좀 놀라서……. 왜 이래, 태준 씨. 자기, 나 없으면 잠도 못 자잖아. 나 태준 씨 걱정돼서 온 거란 말이야."

최대한 상냥한 표정을 지어 보이는 여자의 모습에 태준이 입꼬리를 끌어당겼다. 그러나 그의 눈은 전혀 웃고 있지 않았다.

"아니, 넌 이제 필요 없어."

"그게 무슨 소리야? 갑자기 왜!"

명백한 거부에 여자의 눈이 분노로 일렁거렸다. 여자가 싹 바뀐 표정으로 태준을 향해 이죽거렸다.

"설마 저년 때문이야? 그래? 아니라며! 근데 왜, 한 번 어린애랑 놀고 나니까 푹 빠졌어?"

여자가 가리킨 손끝엔 그들 뒤에서 불안한 눈으로 지켜보던 이혜가 있었다. 순간 태준의 표정이 위험할 정도로 차갑게 가라앉았다.

"입 조심해. 너랑은 다른 애니까."

태준은 그대로 여자의 팔을 붙잡고 현관으로 질질 끌고 나갔다. 아직 화가 안 풀린 여자가 어떻게든 버텨 보려 했지만, 태준이 그녀를 현관 밖으로 거칠게 내치며 차갑게 일갈했다.

"다신 내 눈앞에 띄지 마."

"태준 씨!"

"꺼져."

여자가 항변하기도 전에 '쾅!' 하는 거친 소리와 함께 문이 닫혔다. 문을 잠그고 들어오던 태준이 이혜와 시선이 마주쳤다. 이혜가 눈동자를 데굴데굴 굴리며 그의 시선을 회피했다. 그 모습에 태준은 괜히 버럭 분노를 토해 냈다.

"넌 아니면 아니다 말도 못 해? 왜 욕을 먹고 있어!"

"……작가님 연인이시잖아요."

움찔거리며 말끝을 흐리는 이혜의 모습에 태준의 미간에 짙은 주름이 갔다. 짜증이 나 미치겠다. 네 잘못도 아닌데, 도대체 왜 네가 움츠러드는 거지? 그런 그녀의 모습이 보기 싫다. 넌 전혀 그럴 필요가 없는데. 그래, 이건 오히려 자신의 잘못에 가깝다.

"아니야."

"네?"

"연인, 그딴 게 아니라고."

생각과는 다른 대답에 이혜는 오히려 더 의문스러워졌다.

"그럼…… 요? 왜 만나신 건데요?"

"그건 일종의 거래였을 뿐이야. 필요에 의한."

둘 다 서로에게 원하는 게 있었을 뿐, 그 관계엔 그 어떤 감정도 들어 있지 않았다. 하지만 그의 대답에도 이혜는 잘 이해되지 않는다는 표정이었다. 그녀의 표정을 읽은 태준은 가슴이 싸해졌다. 뭔가 마음이 다급해졌다. 설명, 그래 그녀에게 설명을 해 줘야 돼. 그녀가 오해하지 않도록, 외면하지 않도록.

"……내가 위로받을 수 있는 유일한 방법이라 그랬을 뿐이야."

"네, 이해해요."

이혜가 수긍의 표시로 고개를 끄덕이지만, 태준의 눈은 어두워져 있었다. 태준이 이혜의 어깨를 꽉 붙잡으며 물었다.

"더럽다 생각해?"

"네?"

"이런 내가 싫어졌느냐고."

어딘가 간절함이 배어 있는 질문에, 이혜는 점점 더 그의 말을 이해할 수가 없었다. 갑자기 그런 질문을 왜 하는 거지? 그녀가 그의 표정을 살피며 고개를 저었다.

"싫지 않아요. 제가 작가님을 왜 싫어하겠어요."

태준의 시선이 이혜를 삼키듯 거칠게 일렁였다. 제 가슴께밖에 오지 않는 작은 이혜의 체구. 태준은 그런 그녀를 한참을 내려다봤다. 정적을 깬 건 수초 뒤에 흘러나온 태준의 작은 한숨이었다. 그가 낮게 중얼거렸다.

"확실히, 제정신이 아니야."

이런 감정은 처음이다. 자꾸 이 작은 여자가 신경 쓰여서 미치겠다. 순간 자신을 싫어하지 않는다는 그녀의 말에 가슴 깊이 안도해 버렸다. 저도 모르게 네가 싫어하는 짓은 그 어느 것도 하지 않겠다고 말할 뻔했다.

'너는 도대체 뭐가 이렇게 특별한 걸까.'

귀찮기만 했던 이혜가 어느새 자신의 삶에 동화되어 있었다. 마치 캔버스에 잔잔히 스며드는 물감처럼…….

12

태준은 아까부터 분주히 움직이는 이혜에게 계속 시선이 쏠렸다. 덕분에 들고 있던 책은 무용지물이 된 지 오래였다. 이혜는 청소를 해야겠다며, 계속해서 스스로 일감을 만들고 있었다. 거실로는 성에 안 찼는지, 이젠 주방까지 들어가 서랍장을 열어 정리하는 중이었다.

이것저것 뒤적이던 이혜는 평소 잘 쓰지 않는 식기구들을 따로 꺼내 싱크대 위쪽 서랍장 안에 집어넣으려 했다. 하지만 아무리 발끝을 올려 봐도 키가 아슬아슬하게 닿지 않았다. 의자라도 꺼내서 올려야겠다며 다시 들고 있던 식기구를 내리려는데, 그사이 다가온 태준이 그녀의 등 뒤에서 팔을 뻗어 대신 식기구들을 받았다.

"작가님?"

"위험하잖아. 올리면 되는 거지?"

사뭇 당황한 이혜가 얼떨결에 고개를 끄덕였다. 등 뒤로 그의 체온이 느껴졌다. 이렇게까지 가까울 줄은……. 순간 자신과 그의 거리를 인식해 버린 이혜는 얼굴에서 열이 나는 것 같았다. 그녀가 꺼내 놓은 것들을 서랍장 안에 다 집어넣은 태준이 뒤로 물러났다.

"도대체 왜 일을 사서 하는 거지?"

태준이 이해할 수 없다는 어투로 물었다. 저 작은 몸 안 어디서 이런 에너지가 나오는지 정말 궁금했다. 이 아일 어떻게 해야 할까 고민하던 태준은 문득 그녀의 붉어진 뺨에 시선을 멈췄다.

"어디 아픈 건가?"

"네?"

무슨 소리인가 싶어 이혜가 반문하기도 전에, 태준이 미간을 좁혔다. 열이라도 나는 건가? 태준이 이혜의 뺨에 손끝을 가져다 댔다. 역시, 살짝 열감이 느껴졌다.

"저……."

이혜가 말끝을 흐렸다. 요즘 들어 그와 스킨십이 많아졌다. 그러나 정작 태준 본인은 눈치채지 못하는 것 같았다. 태준이 이혜의 이마에서 손을 떼며, 이 모든 사달이 난 건 이혜가 쓸데없이 일을 만들었기 때문이라 결론 내렸다.

"이제 됐으니까 그만 일해."

"아직 좀 남았어요. 이것까지만 다 하고 갈게요."

"나와."

계속 주방에 두면 어떻게든 일을 할 것 같아 태준이 아예 이혜를 붙잡아 끌고 나왔다. 결국 이혜는 태준에게 이끌려 거실로 나왔다. 그러던 중, 문득 그녀의 시선이 한쪽 벽 구석에 놓여 있는 한 그림에 닿았다.

"어, 저건……."

작품 '이브'. 지난번, 작가님이 바닥에 두고 가 버린 그림이 아직도 바닥에서 방치되고 있었다.

"놔둬."

태준은 그림을 지나쳐 가려 했지만, 이미 이혜는 자석에 이끌리듯 그림에 다가가고 있었다.

"소중한 그림인데 이렇게 방치하면 안 되죠."

태준의 표정이 불만스럽게 일그러졌지만, 이번만큼은 이혜도 물러서지 않았다. 아버지 곁에서 평생 동안 그림을 보고 자랐다. 작품 하나하나가 얼마나 소중한데, 이런 명작을 저렇게 바닥에 굴러다니게 할 순 없었다.

"그림, 벽에 걸면 안 돼요?"

"안 돼."

태준이 제법 단호하게 거절했다. 그림을 걸지 않은 데는 이유가 있었다. 저 그림을 보고 있으면, 아직도 소라가 생각났고, 또 그림을 그릴 수 없는 자신의 처지가 상기되곤 했었다.

"제발요."

"싫다니까."

"부탁이에요. 작가님의 그림이잖아요. 이건 스스로가 자신의 가치를 깎는 행위라고요. 네?"

웬일로 이혜가 고집을 부렸다. 어떻게든 그림을 벽에 걸고야 말겠다는 결의가 엿보이자, 결국 태준이 낮게 한숨을 내쉬었다.

"하……."

그것은 허락과도 같았다. 그 뜻을 단번에 알아챈 이혜의 얼굴에 환한 미소가 피어올랐다. 이혜가 혹여 태준이 또 마음을 바꿀까 싶어 재빨리 그림을 들고 걸 만한 곳을 찾기 위해 거실을 돌아다녔다. 마침내 그녀의 발걸음이 키 낮은 서랍장이 있는 벽 앞에 멈췄다.

"여기가 좋겠어요. 괜찮으시죠?"

이혜가 망치와 못을 꺼내와 벽에 박으려 하는데, 태준이 그녀의 손에서 그것들을 빼앗았다.

"이리 내. 내가 할 테니."

몇 번의 망치질 끝에 비로소 그녀가 원하던 자리에 완벽히 그림을 건 태준이 이혜를 돌아봤다.

"이제 만족해?"

"네."

이혜가 배시시 웃었다. 태준은 고작 이런 사소한 것 하나에 기뻐하는 그녀가 이해되지 않았다.

"그림 하나 건 게, 그렇게 좋은 건가?"

"그럼요. 이 그림, 작가님 그림 중에서 제가 제일 좋아하는 그림이에요. 한눈에 반했거든요. 그래서 여기까지 오게 됐고요."

이혜가 흐뭇하게 그림을 바라봤고, 태준은 그런 그녀를 말없이 지켜봤다. 왠지 그녀의 옆모습에서 시선을 뗄 수가 없었다. 정확히는 그림을 감상하는 부드럽게 풀린 눈동자에서.

그들의 묘한 정적은 갑작스러운 초인종 소리에 깨졌다. '띵동' 하는 소리와 함께 이혜의 고개가 현관 쪽으로 돌아갔다. 문밖에서 태준과 이혜를 부르는 해인이 들렸다.

"매니저님 오셨나 봐요."

이혜가 총총총 뛰어가 문을 열어 주자, 이혜를 따라 집 안으로 들어온 해인이 안부를 물었다.

"그동안 잘 지냈나요?"

"그럼요."

해인은 작게나마 안도했다. 지난 인터뷰 이후 2주가량이 지났다. 차에서 갑자기 허겁지겁 내리던 이혜가 걱정스러웠는데, 지금 보니 다행히 괜찮은 것 같았다. 해인이 소파에 앉자, 이혜가 재빨리 주방에서 차를 끓여다 해인과 태준 앞에 내밀었다.

"고마워요."

"이야기 나누세요."

"이혜 씨, 그냥 같이 앉아요."

이혜가 눈치껏 자리를 피하려는데, 해인이 그런 그녀를 붙잡았다. 이혜가 살짝 당황한 기색으로 손을 저었다.

"아, 전 괜찮아요."

"이제 우리 운명공동체 아니에요? 이혜 씨가 아무것도 모르고 있는 것도 아니고. 괜찮죠, 박태준 씨?"

허락을 구하는 해인의 눈빛에 태준이 차를 한 모금 들이켜며 턱짓으로 제 옆을 가리켰다.

"너도 이리 와서 앉아."

"음…… 네."

그제야 이혜가 쪼르르 태준 옆에 앉았다. 그들을 지켜보던 해인은 놀라움을 속으로 삼켰다. 자신의 옆이 아닌, 태준의 옆에? 게다가 무척 자연스러워 보였다. 해인은 왠지 모르게 두 사람의 관계가 묘하게 변한 것 같다는 느낌을 받았다. 확실히 전과는 다르다 생각하며 그녀는 여기까지 찾아온 용건을 꺼냈다.

"박태준 씨, 혹시 대학교 강의 나갈 생각 없나요? 어차피 작품 활동 쉴 거면 잠시 기분 전환도 되고, 좋을 것 같은데."

"싫습니다. 강의 같은 거, 딱 질색입니다."

해인의 말이 미처 다 끝나기도 전에 태준이 더 들을 것도 없다는 듯이 단호하게 거절했다. 이미 예상했던 해인이 혹시나 하는 마음으로 다시 한 번 그를 설득했다.

"이대로 계속 노는 것보단 낫잖아요. 마침 한국대에서 특강을 맡아 달라고 제의가 들어왔어요. 강의는 쉬워요. 서양화 전공 애들 졸업전시 연구 작품 특강 한 달만 맡아 주면 돼요. 따로 가르칠 것도 없고, 작품 조언만 해 주면 되고요."

"어, 한국대요? 설마 그거 4학년 수업인가요?"

관심을 보인 건 오히려 이혜였다. 이혜가 놀란 눈을 하며 해인을 바라봤다.

"왜요, 이혜 씨?"

"아, 저희 학교라서요."

예상치 못한 우연이었다. 그제야 해인은 눈앞의 이 작은 아가씨가 아직 학생임을 상기했다.

"참. 이혜 씨 아직 학생이었지. 그러고 보니 이혜 씨, 미술 전공한다 하지 않았어요?"

어디선가 백상 갤러리 이야기를 하면서 스치듯 들은 게 기억났다. 이혜가 수줍게 웃으며 고개를 끄덕였다.

"네, 서양화 전공이에요. 이제 4학년 올라가고요."

"어머, 그럼 이혜 씨는 박 작가님이 강의를 안 나가는 편이 좋겠네요. 마주치면 아무래도 좀 껄끄럽잖아요. 곤란할 수도 있고 말이야."

안타까운 표정을 하는 해인을 향해 이혜가 재빨리 손사래를 쳤다.

"그럴 리가요. 당연히 저야 좋죠."

이혜가 말끝을 흐리며 옆에 앉은 태준을 물끄러미 쳐다봤다. 혹시라도 그가 수락하지 않을까 하는 기대감에서였지만, 태준의 표정엔 변화가 여전히 없었다. 아무래도 이 건은 이대로 끝인 건가 보다.

태준이 잠시 자리를 비운 사이, 해인이 그가 사라진 걸 확인하고는 한층 낮아진 목소리로 이혜에게 물었다. 조심스러움이 깃든 질문이었다.

"있잖아요, 이혜 씨. 아까부터 계속 묻고 싶었는데……. 태준 씨 상태는 좀 어때요?"

"아직은……."

이혜가 천천히 고개를 젓자 해인이 안타까운 한숨을 내쉬었다. 역시. 혹시나 하고 기대했는데 아직은 슬럼프에서 벗어날 수 없는 건가.

"이혜 씨는 그런데도 계속 여기에 있을 건가요?"

"……네. 곁을 지키고 싶어요."

대답하는 이혜의 고개가 서서히 숙여졌다. 어떤 마음인지를 알 기에 해인은 그저 안타깝고 안쓰러울 뿐이었다.

"하지만 갤러리를 지키려면 시간이 별로 없잖아요. 이혜 씨 작 은아버지가 벌써부터 갤러리를 없애고, 그 자리에 카페를 만들겠 다고 자랑하고 다닌다더군요."

"네? 작은아버지가요?"

처음 듣는 소리에 이혜의 고개가 퍼뜩 들렸다.

"몰랐어요? 꽤 오래전부터 돌던 이야기였어요. 인테리어 업자 도 알아보고 있다던데요?"

이혜의 눈동자가 배신감에 잘게 떨렸다. 왠지 불안하다 했더니, 역시. 이혜는 제 감정의 동요를 숨기기 위해 입술을 깨물었지만, 그다지 효과가 있진 않았다. 사실은 하루에도 몇 번을 고민한다. 과연 이게 옳은 일인가를……. 하지만…….

"그래도 그를 놓을 수 없어요. 이대로는……."

그를 붙잡은 건 자신이니까. 그와 한 약속을 어떻게든 지키고 싶었다. 해인이 침통한 어조로 다시 한 번 현실을 짚었다.

"그는 지금 그림을 못 그려요."

그가 혹시 그녀로 인해 나아지지 않을까 기대하기도 했지만, 그렇게 제 욕심만 차리기엔 이혜의 상황도 너무 좋지 않았다. 그럼에도 이혜는 그저 쓰게 웃을 뿐이었다. 다 알고서 한 선택이었다.

"아니요, 못 그리는 게 아니라 잠시 때를 기다리는 것뿐이에요. 영감을 얻을 때까지 말이죠. 적어도 전, 그렇게 생각하고 있어요. 그러니 걱정하지 않으셔도 돼요. 전 괜찮아요. 기다릴 수 있어요."

이혜의 말에선 그만 이 대화를 끝내고 싶어 하는 마음이 묻어 났다. 이것을 이해한 해인이 더 이상 그녀에게 말을 건네지 않았다. 그러나 그들이 미처 눈치채지 못한 사이, 자리로 돌아오던 태준이 우연찮게 그들의 대화를 다 들어 버리고 말았다. 태준은 얼어붙은 것처럼 도저히 움직일 수가 없었다.

해인이 가고, 다시 이혜와 태준 둘만이 남았다. 태준이 소파에 앉아 책을 읽는 사이, 이혜는 그런 그의 맞은편에 앉아 있었다. 고요한 침묵을 먼저 깬 건 태준이었다. 태준이 여전히 책에 시선을 고정한 채, 결국 참지 못하고 입을 열었다.

"넌 아직도 내가 그림을 그릴 수 있다 생각해?"

편안함을 가장한 채 일상적인 어조로 물었지만, 질문은 그렇지 않았다. 갑작스러운 질문에 이혜의 고개가 태준에게로 향했다.

"작가님?"

책을 보는 척했지만, 사실 아까 그 대화를 엿들은 이후로 그들의 대화가 계속 머릿속에 맴돌아 글자가 눈에 들어오질 않았다.

그림을 다시 그리겠노라 생각했지만, 그것은 기약 없는 막연한 일이었다. 이혜가 옆에서 아무리 그릴 수 있다 말해도 현실은 그렇지 않았다. 그래서 매 순간 마음이 요동쳤다. 그릴 수 있는 건가, 없는 건가. 태준이 씁쓸한 어조로 내뱉었다.

"작가님이라⋯⋯. 그 칭호가 내게 어울리기나 하는 건가. 그림도 못 그리는 화가가."

설마 아까의 대화를 들은 건가? 어딘가 슬픔이 묻어나는 듯한 그의 말에 이혜가 자리에서 일어나 그의 앞에 무릎 꿇고 앉았다.

"작가님."

그녀가 그의 손에서 책을 빼 옆에 두며, 대신 그의 손을 꼭 붙잡았다. 태준이 자신 앞에 앉은 이혜를 물끄러미 바라봤다.

"왜 그런 소리를 하세요? 걱정 마세요. 작가님은 죽는 그 순간까지 화가일 테니까요."

태준은 반박하고 싶었지만, 이혜에게 선수를 빼앗겼다. 그녀의 시선이 흘낏 옆 벽면의 그림에게로 향했다. 그녀가 즐거움이 깃든 목소리로 속삭였다.

"저 그림을 보고 한눈에 반했어요. 시선을 빼앗겨서는 도저히 다른 그림이 눈에 들어오질 않았죠. 거칠고 시리고 나약하지만, 그 속에 간절함이 있었어요. 저는 그렇게 생각해요. 간절함이야말로 사람의 본원적 감정을 건드리는 요소가 아닐까 하고요."

그때 당시엔 왜 저 그림이어야 했는지 솔직히 잘 몰랐다. 하지만 그의 곁에 있어 보니, 이제는 알 것 같았다. 그래, 바로 그 간절함 때문이었다. 어둠이란, 태준에게 있어 가장 두려운 것. 그런데 그 어둠 속에 빠져 허우적거리면서도 유일하게 잠기지 않은 단 하나, 그림 속 인물의 가슴에 새겨진 하얀 실타래.

모딜리아니에게 있어 눈동자가 사람의 내면으로 통하는 통로였다면, 태준에겐 그 실타래가 자신의 마음과 그림을 잇는 통로가 아니었을까. 바로 소라와 그 자신을 잇는, 마지막까지 포기하지 못했던 단 하나…….

"그런데 그런 그림을 그리는 사람이 어떻게 화가가 아닐 수 있겠어요?"

이혜가 다시 태준에게로 고개를 돌렸다. 그녀가 마지막으로 싱긋 웃으며 그를 달랬다.

"제가 당신을 재촉을 하지 않는 건, 재촉해서 나오는 그림은 당신이 원하는 그림이 아니기 때문이에요. 좋은 그림은 재촉한다 해서 나오는 게 아니죠."

"……."

"다시 한 번 말할게요. 원하는 그림을 그려 줘요. 그때까지 기다릴게요."

순간 태준의 머릿속에서 그림을 독촉하던 아버지와 원하는 그림을 그려 달라 마지막으로 부탁하던 소라의 말들이 어지럽게 뒤엉켰다. 비록 둘의 의미는 달랐지만, 결국 자신에게 있어 요구와도 같았고, 그것은 엄청난 부담감과 압박감으로 작용하곤 했다.

그런데 가장 자신의 그림을 절실해할 눈앞의 아이는 전혀 독촉하지 않았다. 이젠 확실히 알겠다. 이 아인, 정말로 끝까지 기다릴 거란 걸. 태준의 손이 홀린 듯 천천히 그녀의 뺨을 쓰다듬었다. 보드라운 아이의 뺨의 촉감이 손가락의 감각들을 자극했다. 그가 낮아진 목소리로 어렵사리 내뱉었다.

"날 살린 건 너야. 넌 거기에 대해 책임져야 할 의무가 있어."

"그럼요. 당신이 다 나을 때까지 곁에 있을 거예요. 걱정하지 마세요."

마주한 손안의 체온이 손가락을 타고 상체로 올라와 그의 가슴을 빠르게 뛰게 했다. 아아, 순간 이 아이가 갖고 싶어졌다. 그래, 이제는 확실해졌다. 이 아이만큼은 정말로 자신의 모든 것을 받아들여 줄 수 있을 것이다. 갖고 싶다. 소유하고 싶다. 널 내 손안에 가둬 두고 싶다.

태준은 가슴 깊은 곳에서 거칠게 일렁이는 마음을 억누르며 화답하듯 그녀를 향해 입꼬리를 천천히 끌어 올렸다.

13

[오늘은 아버지 병실 먼저 들렀다가 갈게요.]

심리치료를 마치고 진료실에서 나오던 태준이 이혜에게서 온 문자를 확인하며 생각에 잠겼다. 그럼 늦는 건가? 갑자기 왜? 혹시 무슨 일이라도 있는 건 아니겠지? 그녀가 늦을 이유를 생각하며 걷던 태준의 발걸음이 문득 이혜가 주저앉아 하염없이 울던 복도에 멈춰 섰다. 고개를 돌리니, 그녀의 아버지가 누워 계신 병실이 보였다.

'이혜의 아버지라……'

그의 발걸음이 자성에 이끌리는 것처럼 그의 병실 앞으로 향했다. 안에 이혜가 있을까? 아마, 있지 않을까. 만나고 갈까. 같이…… 가면?

수많은 고민이 교차했다. 생각 끝에 그는 병실 안으로 들어가기 위해 문고리를 잡았지만, 결국 열지는 못했다. 처참하도록 안쓰럽게 울던 그녀가 떠올랐다. 홀로 외로이 이 넓은 병원에서, 그나마도 제 아버지에게 보이지 못하고 병실 밖에서 조용히 몸을 웅크리고 앉아 울던 그녀가.

그때 자신은 어떻게 했더라? 아아, 그래. 자신은 그런 그녀를 외면했다. 그녀와 시선이 마주쳤음에도 무심한 눈으로 그녀를 스쳐 지나갔다. 그때는 아무렇지 않게 했던 행동이 지금은 숨을 턱 막히게 했다.

결국 그는 문고리를 잡고 있던 손을 놓았다. 그의 손이 안타까움과 후회를 담고 힘없이 밑으로 떨궈졌다. 자신은 이 병실 안으로 들어가 그녀를 만날 자격도, 보고 싶어 할 자격도 없었다. 그저 그녀가 그랬던 것처럼 기다리는 것밖엔. 태준의 발걸음이 천천히 병실에서 멀어져 갔다.

이혜가 떨리는 음성으로 조심스럽게 입을 열었다.

"검사 결과는 어떻게 되었나요?"

오늘은 아버지의 검사 결과가 나오는 날이었다. 지난 쇼크 이후로 이혜는 여전히 마음을 놓을 수 없었고, 결국 검사를 요청했다. 혹시 무슨 문제라도 생겼을까 봐 두려워서, 검사를 해야 마음이 편할 것 같았다. 이혜가 긴장감이 역력한 모습으로 의사의 대답을 기다렸다.

"다행히 별다른 변화는 없습니다. 크게 걱정하지 않으셔도 될 것 같네요."

"하아……. 정말 다행이네요, 다행이에요."

이혜가 깊은 안도의 한숨을 내쉬었다. 정말 걱정 많이 했는데, 다행이야.

"감사합니다. 수고하세요."

이혜가 의사에게 계속 감사 인사를 전하며 상담실을 나왔다. 더 나빠지지 않은 것에 만족하기로 했다. 그것만으로도 어딘가. 희망은 존재한다. 다시 쇼크가 오지만 않으면 되는 거다.

이혜가 처음 상담실에 들어갈 때보다는 가벼운 발걸음으로 병실로 향했다. 그녀는 아빠 곁에 앉아 그의 손을 꼭 붙들었다.

"아빠."

여전히 답이 없지만 괜찮아. 그는 이렇게 제 곁에서 숨을 쉬며 살아 있다. 이게 얼마나 큰 기쁨이고, 희망인지 또다시 절절히 느꼈다. 이혜가 빙긋 웃으며 화제를 돌려 그동안의 일과를 미주알고 주알 풀어 놓기 시작했다. 그 일과의 대부분은 태준과 관련된 것들이었다.

그의 혼란과 고통, 간신히 붙들어 놓은 삶에 대한 의지, 그리고 스스로 치료를 받겠다 말한 것까지…….

"……이제 좀 걱정을 놓을 수 있을 것 같아요."

말하고 나니 확실히 알겠다. 그는 변화하고 있고, 앞으로도 변화할 것이다. 다행히 그의 치료는 순조로웠고, 지난번과 같은 폭력적인 일들도 많이 줄었다. 방금 상담을 잘 마쳤다는 그의 연락도 받았다.

그래, 이렇게 점점 나아지면 되는 거다. 그도, 아빠도, 그리고 자신도. 이혜가 아버지의 손을 꼭 붙잡았다. 자신의 체온이 전해져서, 아빠도 어서 깨어나길. 신이 있다면, 우리를 조금만 더 어여삐 여겨 주시길.

"이만 가 볼게요. 작가님께 가 봐야겠어요."

이혜가 마지막으로 아빠의 이불을 정리한 뒤 병실을 나왔다. 1층 로비로 나간 그녀는 문득 코앞에서 세차게 떨어져 내리고 있는 비를 보곤 몸이 얼고 말았다.

"비……."

이어서 쿠르릉 짐승의 울음소리를 토해 내며 천둥이 쳤다. 땅을 무너뜨릴 듯이 무섭게 쏟아져 내리는 폭우를 바라보던 이혜의 얼굴이 새하얗게 질렸다.

❖ ❖ ❖

이혜가 오고 있지 않았다. 일찍 오겠다던 그녀가 감감무소식이었다. 벌써 어둠이 눅눅히 내려앉은 시각. 그녀를 기다리던 태준은 점점 조바심이 났다. 설마 무슨 문제라도 생긴 건가? 아님 자신을 잊어버린 걸까.

밖에서 폭우가 내리는 소리가 제법 컸다. 기상예보에도 없는 날씨의 변덕. 결국 기다리다 지친 태준이 자리에서 일어나 창문 쪽으로 다가갔다. 하늘에 구멍이 난 것처럼 폭우가 지독히도 내렸다.

'결국 안 오는 건가.'

왠지 모르게 씁쓸해졌다. 늘 혼자인 것에 익숙했고, 또 그걸 당연시 여겼는데 어느새 그럴 수 없게 되었다. 태준이 아쉬움을 안고 다시 몸을 돌리려는데, 순간 한 인영이 스쳐 보였다. 태준이 재빨리 현관으로 가 문을 열었다.

"윤이혜!"

'덜컹.' 하고 문이 열리자, 폭우 속에서 쫄딱 젖어 버린 이혜가 고개를 들었다. 얼마나 밖에 있었던 건지, 우산을 쓰고 있는데도 옷이 다 젖어 몸에 달라붙어 있었다. 그것을 확인한 태준의 표정이 일그러졌다.

"왜 들어오질 않고 거기서 멀뚱히 서 있는 거야."

"아……. 저 기다리셨어요?"

"그걸 말이라고……!"

순간 울컥한 태준의 언성이 높아졌다. 이혜가 천천히 고개를 숙였다.

"죄송해요. 비만 보면 제가 아무런 생각도 못 하게 돼서……. 바보같이……."

순순히 사과하며 스스로를 자책하는 이혜의 모습에 태준은 더 핀잔할 마음이 사라졌다. 태준이 벽에 몸을 기대며 안쪽으로 고갯짓을 했다.

"들어와."

"……그러기엔…… 제 옷이 다 젖어 버렸는걸요. 이대로 들어가면 바닥이 다 젖고 말 거예요. 카펫도요."

태준의 미간에 짙게 주름이 졌다. 이타적인 건지, 오지랖인 건지. 이 순간에도 고작 그런 걸 걱정한단 말인가. 결국 태준은 이혜의 팔을 붙잡아 안으로 끌고 들어왔다. 다행히 별 저항 없이 끌려오던 이혜가 뭔가 생각난 듯 갑자기 태준을 향해 작게 웃어 보였다.

"작가님. 그거 아세요? 요즘 작가님 제게 많이 친절해지셨어요."

그랬나. 스스로 느껴 본 적은 없었다. 낯간지러운 말에 태준이 그녀의 시선을 피하며 입을 열었다.

"샤워부터 해. 갈아입을 옷 꺼내 줄게."

"네."

잠시 후, 샤워를 하고 나온 이혜가 태준이 준 옷으로 갈아입었다. 워낙에 작은 몸이라 건네준 옷이 다 헐렁했다. 그것을 불만스럽게 지켜보던 태준이 방에서 담요 하나를 가지고 나와 그녀의 머리 위로 떨어뜨렸다. 이혜가 담요를 몸에 둘둘 감았다.

"감사해요. 비 그치면 갈게요. 작가님은 들어가 쉬세요."

"네 맘대로 해."

짧게 응수한 그가 방에 들어가려던 찰나, 천둥번개가 하늘을 찌르르 울렸다. 그 순간 이혜가 비명을 지르며 귀를 막고는 주저앉아 버렸다. 잠시 후, 하늘이 잠잠해지자 이혜가 그제야 귀를 막고 있던 팔을 내렸다. 그녀를 내려다보던 태준의 눈썹이 휘었다.

"무서워하는 건가?"

이혜가 망설임 끝에 작게 고개를 끄덕였다.

"네……. 어릴 때부터 유독 천둥번개가 무섭더라고요. 커서는 나아져야 하는데, 아직도 어린애처럼 무섭네요. 뭐가 그리 무섭길래……."

이혜가 스스로에게 자조하며 씁쓸하게 웃어 보였다. 어릴 때의 두려움은 커서도 그대로 남았다. 늘 혼자였었다. 어머니가 돌아가신 뒤, 바쁜 아버지를 걱정시키지 않기 위해 홀로 집 안에서 무서움과 외로움에 맞서 싸워야 했다. 평소에는 그럭저럭 잘 견뎌냈지만, 유독 이렇게 폭우가 쏟아지는 날은 사람의 온기를 간절히 원하곤 했다.

"일어나."

태준이 작게 한숨을 내쉬며 이혜 앞에 손을 내밀었다. 그런데 이혜는 멍하니 내밀어진 손을 바라만 볼 뿐, 잡지 않았다.

"어색해요."

"뭐가?"

"작가님이 갑자기 너무 친절해지셔서요."

단순히 곁에 있어 줬기에 그가 이렇게까지 갑자기 친절해진 것인가. 이혜는 왠지 그가 어색했다. 자신이 알던 그 남자가 맞는지 의문이 들 정도였다. 태준이 망설이다가 굳게 다물려 있던 입을 열었다.

"너에게 받은 것이 있으니까."

이혜의 표정이 일순 흔들렸다. 여러 감정이 그녀의 마음속에서 뒤엉켰다. 태준은 그 표정의 의미가 뭔지 읽을 수 없었다. 이혜가 태준의 손을 붙잡아 자리에서 일어나며 나지막이 입을 열었다.

"……혹시 부담감을 느끼시는 거라면, 그러실 필요 없어요. 그건 정말 제가 원해서 한 일이니까요."

"……."

"전에 제게 물었었죠? 왜 작가님에게 그렇게까지 하느냐고요."

처음엔 무슨 소리를 하는 건지 의문이 들었지만, 곧 태준은 납골당에서 자신이 내뱉은 질문임을 상기했다. 그녀는 웬일로 그의 시선을 피하고 있었다. 그녀의 긴 속눈썹이 드리워진 눈꺼풀이 천천히 감겼다 떠졌다.

"어쩌면 전 작가님 때문에 작가님을 붙잡고 있는 게 아닌지 몰라요. 사실은 저 자신 때문일 거예요."

그녀가 무슨 말을 하는지 이해가 되질 않았다. 태준이 이혜를 뚫어지게 쳐다보자, 이혜가 처연히 고개를 들어 태준을 마주 봤다.

"오히려 제가 당신 덕분에 무너지지 않고 버티고 있는 거예요.

어머니는 힘없이 보내 드렸고, 아버지에겐 기도 말고 해 드릴 수 있는 게 없었지만, 작가님은 다르니까요."

잠시 말을 끊은 이혜가 낮은 숨을 길게 내뱉었다.

"어쩌면 저 역시 그 여자처럼 작가님을 필요에 의해 이용하고 있는지도 모르죠."

좀 더 견디기 쉬운 길을 선택했던 건지도 모른다. 아무리 살리려고 발버둥 쳐도 해 드릴 수 있는 게 없는 아버지와 달리, 당신에겐 해 줄 수 있는 게 있었으니까. 적어도 당신의 곁은 하루하루 살아 있다 느낄 수 있을 테니까. 그녀의 말을 묵묵히 듣던 태준이 마침내 입을 열었다.

"지금 고해성사라도 하는 건가."

"음. 맞는 거 같네요, 고해성사. 혹시 기분…… 상하셨나요?"

그의 기분을 살피는 조심스러움, 그러면서도 어쩔 수 없다는 듯한 체념조. 태준은 낮게 한숨을 내뱉으며 그녀의 말을 정정했다. 이건 이용이 아니라, 오히려 위로를 바라는 새끼 짐승 같았다.

그래, 어쩌면 이게 맞는지도. 평소의 그녀는 그 나이 대보다도 너무 어른스러웠다. 이제야 그녀가 제 나이 또래로 보였다. 그러나 안타깝게도 자신은 일반 사람들이 상대방에게 하는 위로가 어떤지 모른다. 이혜를 바라보는 태준의 눈동자에 열기가 스며들었다.

"무엇을 원하는 건지 모르겠어. 만약, 네가 위로를 원하는 거라면…… 안타깝게도 내가 할 줄 아는 위로는 이것밖에 없어."

태준이 이혜의 허리에 팔을 감아 자신에게로 끌어당겼다. 그녀가 가슴팍에 안기자마자, 태준의 입술이 그녀의 차갑게 얼어붙은 입술 위로 뜨겁게 내려앉았다. 조심스럽게, 위로하듯 그의 혀가 그녀의 입안 곳곳을 훑었다. 찰나의 키스 끝에, 태준이 뜨거운 숨을 내뱉으며 낮게 속삭였다.

"싫으면 지금 얘기해."

지금이 그녀가 스톱을 말할 수 있는 마지막 기회였다. 이혜는 잠시 머뭇거리다 가냘픈 고개를 흔들었다. 그녀의 허락을 알아들은 태준이 곧바로 이혜를 데리고 방 안으로 들어가 그녀를 침대 위에 눕혔다.

태준이 아는 위로는 이것 하나뿐이었다. 체온과 체온이 뒤섞이고, 그럼으로써 자신이 살아 있음을 증명하는 것. 이번엔, 한 사람은 자신이 살아 있음을 증명하기 위해, 또 다른 한 사람은 다른 한 사람이 살아 있음을 증명하기 위해 서로의 체온을 나눴다.

태준이 이혜가 입고 있던 옷과 속옷까지 벗기자 가녀린 몸, 소담히 부푼 가슴이 들썩이는 게 보였다. 잠시 그녀의 몸을 음미하던 그가 낮아진 목소리로 속삭이며 그녀의 목에서부터 가슴까지 가볍게 입술을 내렸다.

"부드럽게 해 줄게."

비를 맞아 차갑게 언 그녀의 몸 곳곳에 뜨거운 숨이 내려앉으며 서서히 그녀의 몸을 녹였다. 소담히 부푼 가슴에 도착한 그의 입술이 천천히 그녀의 돌기 주변을 맴돌다 살포시 입안에 담았다. 순간 이혜가 놀라며 몸을 비틀었다.

"아!"

태준이 혀로 그녀의 돌기를 핥자, 어느새 그녀의 돌기가 꼿꼿해졌다. 즐기듯 계속 그녀의 가슴을 희롱하던 태준이 다른 한 손을 내려 그녀의 다른 가슴을 움켜잡았다. 그녀의 가슴이 딱 알맞게 손안에 들어찼다.

한참을 괴롭힌 끝에야 그녀의 가슴을 놓아준 태준의 입술이 다시 그녀의 배를 타고 아래로, 아래로 내려왔다. 마침내 그의 입술이 그녀의 검은 수풀 위에까지 닿았다.

천천히 그녀의 수풀 위에 입 맞춘 그가 조심스레 그녀의 다리를 벌려, 그 사이로 손가락 하나를 집어넣었다. 꽃향기가 나는 그녀의 음부 주변을 매만지다 수풀 사이에 숨어 있는 골짜기 사이로 쑥 집어넣었다.

"앗!"

이혜가 저도 모르게 신음을 흘렸다. 설핏 웃은 태준이 이혜가 반응한 지점을 다시 한 번 찔러 대며 계속해서 안을 부드럽게 풀었다. 마침내 그의 손가락을 타고 안에서 애액이 점점 흘러내렸다.

태준이 손을 **빼내며**, 자신의 옷을 벗었다. 그녀를 애무하며 자연스럽게 우뚝 선 그의 것이 고개를 내밀었다. 그것을 본 이혜의 눈동자가 잘게 떨렸다. 태준이 마지막으로 이혜의 음부 위로 짧게 키스하며, 자신의 것을 그녀의 입구 주변에 비볐다. 주변을 살살 자극하던 그의 것이 마침내 그녀의 골짜기 안으로 미끄러지듯 들어갔다. 그런데 그 순간 이혜가 고개를 돌리며 고통을 토해 냈다.

"아흑."

순간 태준의 움직임이 멈췄다.

"설마 처음이야?"

이혜가 부끄러운 듯 고개를 작게 끄덕였다. 태준이 곤란하다는 표정을 지었다.

"보통 처음은 아프다더군. 멈추길 원한다면…… 지금뿐이야."

여자에게 있어 처음은 특별하다고 들었다. 좋아하는 사람과 하고 싶다는 첫 관계. 과연 자기로도 괜찮으냐는 물음이 그의 말에 섞여 있었다. 그 뜻을 이해한 이혜가 허락의 의미로 그의 팔을 붙잡자, 멈췄던 태준이 다시 움직이기 시작했다. 그의 입가엔 숨길 수 없는 미소가 그려졌다.

한 번도 처녀를 안아 본 적도, 여자를 배려해 안아 본 적도 없었다. 그랬기에 태준은 더 조심하며, 최대한 부드럽게 하려 노력하며 허리를 움직였다. 그녀의 몸이 반동 아래 물결처럼 흔들렸다. 두 살이 부딪히며 비로소 서로의 체온이 완벽히 이어졌다. 이혜는 어쩐지 이제 조금 체온과 심장 소리에 집착하는 태준이 이해가 갔다. 정말로, 그것은 사람의 마음을 편안하게 만들었다.

"하아……."

태준이 이혜의 위에서 뜨거운 숨을 토해 냈다. 그녀의 안이 너무 기분 좋아서 점점 이성의 끈이 얇아져 갔다. 어쩔 수 없는 속도감이 입혀지며 태준의 몸이 이혜의 안으로 더 깊이, 깊숙하게 밀려들어 갔다 나왔다. 마침내 태준이 이혜를 가득 끌어안았다.

"아윽……."

이혜가 옅게 신음을 흘렀다. 잠시 거친 호흡을 고르던 태준이 아쉬운 여운을 삼키며 이혜의 이마에 맺힌 땀을 닦아냈다.

"이제 그만 자."

부드럽게 속삭이는 목소리에 이혜가 가늘게 고개를 끄덕였다. 이제야 비로소 잠들 수 있을 것 같았다. 이혜의 눈이 마지막으로 태준을 담으며 스르륵 감겼다.

14

　눈을 뜬 이혜가 처음 본 것은, 바로 태준의 얼굴이었다. 그제야 그녀는 자신이 밤새 태준의 품에 안겨 잠들어 있었음을 깨달았다. 태준이 자신을 제 품 안에 가득 안고 곤히 잠들어 있었다.

　멍하니 눈을 깜빡이던 이혜가 태준에게로 조심스레 팔을 뻗었다. 그의 얼굴을 가린 앞머리를 살짝 치우자, 음영이 깊게 머무는 긴 속눈썹이 보였다. 얼마 전까진 이렇게 그와 함께 누워 있을 거라고 단 한 번도 생각해 본 적이 없었는데, 지금은 어느새 익숙해져 있었다.

　'당신과 관계를 가지게 될 줄이야.'

　그것도 내 스스로 원해서. 뭔가 느낌이 이상했다. 아이러니하면서도 마냥 나쁘지 않은……. 아니, 오히려 더 좋은 건가.

다들 처음은 아플 거라 했었다. 고통이 있을 거라고, 마냥 좋지만은 않을 거라 주의를 줬었다. 하지만 그들의 말과는 달리 자신은 좋았다. 그들의 말처럼 아픔은 분명 존재했지만, 부드러웠던 그의 움직임 덕분에 참을 만했었다. 그래, 그건 분명 그의 배려였다. 그녀는 그것을 몸으로, 본능적으로 이해했다.

점점 그는 변하고 있었다. 날카롭고도 난폭했던 그에게서 이제는 제법 자상한 면모가 보였다. 그것은 그 나름대로의 상냥함의 표시.

'……정말로…… 나쁘지 않아.'

사실은 그동안 아닌 척하면서도 계속 흔들렸었다. 갤러리를 구할 수 있는 시간은 매일 줄어드는데, 태준은 여전히 그림을 그리지 못하고 있었다. 아니, 그림을 그릴 수 있는 상황조차 주어지지 않았다.

그 속에서 자신이 할 수 있는 건 후회하지 않도록 스스로에게 세뇌를 거는 것뿐이었다. ……믿는다고. 당신을 믿겠다고. 그 막연한 말이 얼마나 많은 갈등을 이겨 내야 이뤄질 수 있는지 이제야 알았다.

'믿음은 결국 애정과 관심인 걸까?'

그것은 문득 든 생각이었다. 나는 왜 당신을 이해하려 했을까. 그건 단순히 '외면하다'라는 것과 달랐다. 인형처럼 곁을 지키고 싶은 게 아니야. 당신을 바깥으로 이끌어 내고 싶어.

이혜가 천천히 손끝으로 그의 뺨을 쓸었다. 부드럽지만, 또 한편으론 까칠한 남자의 피부결이 손끝을 타고 느껴졌다. 이젠 그가 왜 그렇게 사람의 체온에 의지하는지 좀 알 것 같았다. 이혜의 입가에 희미하게 미소가 그려졌다. 그녀가 손을 떼려는데, 그 순간 잠자고 있는 줄만 알았던 태준이 그녀의 손을 붙잡았다.

"아!"

깜짝 놀란 이혜가 저도 모르게 탄성을 터뜨렸다. 그것을 아파서라고 생각한 태준이 잡고 있던 손에 힘을 뺐다. 굳게 다물려 있던 눈동자가 이혜의 탄성에 떠지며, 미간에 옅은 주름이 졌다.

"아픈 건가?"

당황한 이혜가 고개를 도리도리 젓자, 그제야 태준의 입가에 옅은 미소가 그려졌다. 이혜는 그가 언제 깬 건지 궁금해졌다. 설마 자신이 만질 때부터 이미 깨어 있었던 건가?

부끄러워. 짙은 당혹감이 밀려왔다. 이혜가 제 이런 속마음을 숨기기 위해 침대에서 일어나려 했다.

"씻고 싶어요."

생각해 보니 어제 그와 관계를 맺은 뒤, 까무룩 쓰러지듯 잠에 들어 제대로 씻지도 못하고 있었다. 그러나 침대에서 일어나려던 이혜는 곧 신음 소리를 내며 무너졌다.

"아윽."

아랫도리에 욱신욱신 퍼지는 아픔 때문이었다. 첫 경험의 후유증. 게다가 어제 비를 맞아 몸이 여전히 물에 젖은 것처럼 무거웠다. 다리에 힘이 들어가지 않았다. 이혜가 다시 한 번 침대를 짚고 일어서려는데, 어느새 다가온 태준이 그녀를 안아 올렸다.

"작, 작가님? 저 내려 주세요."

"제대로 서지도 못하면서."

작은 핀잔과 불만. 그리고 그 언저리엔 자신 탓에 이렇게 됐다는 옅은 죄책감이 자리 잡고 있었다. 그녀를 가볍게 안아들어 욕실로 향한 태준이 조심히 그녀를 욕조에 걸터앉혔다. 이어 태준은 욕조 안에 물을 틀며 제 손등에 대고 온도를 확인했다.

"알맞군. 차갑진 않을 거야."

"이제 제가 할게요."

"씻고 나와."

"네."

태준이 나가자 이혜가 걸치고 있던 옷을 벗고 천천히 욕조 안으로 들어갔다. 그가 맞춰 준 온도가 딱 알맞게 이혜의 몸을 감쌌다. 가슴까지 출렁이는 물에 몸을 쏙 담그며 이혜가 몸을 웅크렸다. 이제야 그녀는 자신이 무슨 짓을 한 것인지 확연히 깨달았다. 그와 무슨 일을 한 건지, 어떤 변화를 가져올 것인지.

순간 잊고 있던 전날 밤의 일이 파노라마처럼 머릿속에서 펼쳐졌다. 그에게 스스로 가 안겼고, 그는 의외로 기꺼이 받아 주었다.

"아아."

이혜가 낮은 신음을 내뱉으며 무릎에 얼굴을 파묻었다. 부끄러워. 시야를 흐리는 뿌연 수증기 속에서 이혜의 작은 목소리가 울렸다 사라졌다. 숙여진 그녀의 목덜미엔 태준이 남긴 흔적이 가득했다.

❖　❖　❖

태준이 거실로 나와 가장 먼저 약을 삼켰다. 본격적인 치료를 시작한 뒤부터, 악몽이나 환각의 횟수가 많이 줄었다. 아니, 그것은 사실 전부 치료 때문은 아니었다. 오히려 이혜의 영향이 더 컸다.

매일 누군가와 함께한다. 같이 식사를 하고, 이야기를 하고, 평범한 일상을 보낸다. 건조했던 일상에 어느새 활기가 스며들어 있었다.

"하. 우습군."

이런 스스로가 우습기 짝이 없었다. 그렇게 수년간 자신을 끝없이 괴롭히던 게, 고작 하나의 존재를 통해 사라지고 있다니……. 그런데 더 우스운 건, 어느새 그 일상에 완벽히 적응해 있다는 것이다.

그전의 일상이 하나도 기억나지 않을 정도로, 너무나도 완벽히. 그것은 때때로 두려움을 자아내기도 했다. 이제 2월은 며칠 안 남았다. 3월이면 그녀는 학교에 가야 했다. 학교, 그리고 학생. 필연적으로 그의 일상에서 그녀의 시간이 줄어들 수밖에 없었다. 자신과는 달리 그녀에겐 그녀만의 생활이 확연히 존재함을 새삼 깨달았다.

"작가님, 아침은 어떤 걸로 해 드릴까요?"

어느새 샤워를 끝낸 이혜가 욕실에서 나왔다. 전날 비에 흠뻑 젖은 탓에 채 마르지 않은 옷을 입고 나온 그녀의 안색은 조금 창백했다. 아무래도 어제 비를 많이 맞은 탓인 것 같았다.

그런 그녀를 뚫어지게 쳐다보던 태준이 입을 열었다.

"……나가서 먹자."

사람들 많은 곳에 나가는 게 내키진 않지만, 저런 상태의 그녀에게 식사를 부탁할 순 없는 노릇이었다.

식사한 뒤 바로 집으로 갈 거라는 이혜의 생각과는 달리, 태준은 그녀를 데리고 옷가게로 향했다. 그녀와 식사하던 내내, 한 번 비에 잔뜩 젖었던 옷을 입고 있던 그녀가 마음에 들지 않았다.

"골라 봐."

"저 작가님, 전 정말 괜찮은데요. 집에 가서 갈아입으면 돼요."

설마 자신의 옷을 사러 왔다곤 생각도 못 했던지라, 이혜는 당혹스러워졌다. 딱 봐도 비싼 브랜드 같았다. 어서 그를 끌고 다시 나가려는데, 때마침 점원이 그들에게로 다가왔다.

"손님, 찾으시는 옷이 있으신가요?"

"이 아이한테 맞을 만한 옷 좀 골라 주십시오."

태준이 여전히 내키지 않아하는 이혜를 턱짓으로 가리켰다. 그러자 점원이 능숙하게 이혜를 데리고 가 이것저것 어울릴 만한 옷들을 추천했다.

점원의 추천대로 옷을 갈아입어 보는 이혜를 지켜보던 태준이 마침내 입을 열었다.

"전부 다 주십시오."

놀란 이혜의 눈이 동그래졌다. 태준이 지갑에서 카드를 꺼내 점원에게 내밀었다. 이혜가 재빨리 태준을 막아 보지만 소용없다.

"작가님, 너무 많아요!"

"됐어. 입어."

단호한 태준에 이혜는 입술을 꼭 다물었다. 부담스러울 정도로 값비싼 선물이다. 여태껏 이런 고가의 옷은 입어 본 적이 없었는데……. 어느새 그녀의 손엔 태준이 사준 옷이 잔뜩 든 쇼핑백이 들려 있었다. 이대로 집에 가려던 찰나, 가게를 나오던 이혜의 시선이 문득 한 곳에 멈췄다.

"작가님, 잠시만 여기서 기다려 주세요."

이혜는 태준이 미처 잡기도 전에 뛰쳐나갔다. 이혜가 갑자기 어떤 가게로 들어가는 바람에 태준은 그녀를 시야에서 놓쳐 버리고 말았다.

'어디로 간 거지?'

태준의 평온이 한순간에 깨져 나갔다. 홀로 남은 태준의 눈동자가 흔들리기 시작했다. 사라졌다. 분명 제 옆에 있던 아이가 어느샌가 사라져 버리고 없었다.

'잃어버린 건가? 날 두고 가 버린 거야?'

또 자신은 이렇게 곁에 있어 줄 사람을 놓치고 만 건가. 심장이 점점 빨리 뛰기 시작하고, 가슴이 고통스럽게 요동쳤다. 손끝이 저려 오고, 사고가 멈췄다.

'찾아야 해.'

하지만 이혜는 그 어디에서도 보이지 않았다. 그녀는 너무 작았고, 또 가녀렸다. 마치 손끝 사이로 사라지는 신기루처럼.

점점 눈앞이 깜깜해졌다. 어둠만이 가득했다. 그녀가 사라진 틈을 타 그를 향해 검은 아가리를 벌리고 있었다. 심장이 너무 뛰어 이대로 터져 버릴 것만 같았다. 짙은 절망이 그를 마침내 뒤덮으려던 찰나였다.

이혜가 골목 끝의 꽃집에서 나오는 게 보였다. 그녀가 품 안에 꽃다발을 가득 안고, 그를 향해 걸어오고 있었다. 마침내 이혜가 태준 앞에 서며 그의 눈치를 살폈다.

"집에 장식하면 좋을 것 같아서요……."

그에게 조금이나마 보답하고 싶어서 산 것이었지만, 태준의 표정은 잔뜩 굳어 있었다. 이혜는 그래서 그가 화가 났다고 생각했다. 그런데 태준이 그녀를 멍하니 바라보다 곧바로 제 품 안으로 끌어당겼다.

"작가님?"

숨이 막힐 정도로 강한 악력이었다. 이혜가 그의 품 안에서 바르작거렸지만, 태준은 그녀를 놓아주지 않았다. 오히려 더 강하게 끌어안았다. 제 가슴에 닿은 그녀의 심장이 쿵, 쿵, 쿵 그의 몸을 울렸다. 그제야 그는 그녀가 다시 돌아왔음을 깨달으며 비로소 안도했다. 그가 그녀의 머리를 제 가슴에 끌어안으며 잠긴 목소리로 속삭였다.

"이런 거 필요 없으니까, 다신 이렇게 사라지지 마."

이게 뭐라고, 그녀를 잠깐 시야에서 놓친 것만으로도 그녀가 떠날까 봐 전전긍긍했다. 머리보다도 가슴이 더 먼저 반응했다. 태준은 그런 스스로에게 내심 놀라고 말았다. 어느새 그녀를 이렇게까지 생각하고 있었던 걸까. 뭔가를 깨달은 듯, 그의 눈동자가 잘게 흔들렸다.

15

끝나지 않을 것만 같았던 긴 겨울은 어느덧 종말을 고하고 있었다. 휴학을 할까 말까 고민하던 이혜는 결국 학기를 등록했다. 이제 1년밖에 남지 않은 학교생활을 마치고 싶어서였다.

학교로 올라가는 길 골목골목, 작은 꽃망울을 소담히 매단 벚꽃 나무가 오랜만에 학교를 찾은 그녀를 반겼다. 강의실로 향하던 이혜는 잠시 벚꽃 나무 앞에 발걸음을 멈췄다.

'당신도 봤으면 좋았을 텐데.'

지독한 겨울 끝에 봄이 오고 있음을 당신도 봤으면……. 이혜의 표정이 안타까움에 한층 가라앉았다.

태준은 여전히 혼자만의 공간에 고립되어 있었다. 나아지고 있다곤 하지만, 글쎄. 수년간 이어진 폐쇄적인 성향이 과연 한순간에 바뀔 수 있을까? 지금도 아마 홀로 집에 남아 있겠지. 더는 그림을 그리지 못하니, 책이라도 읽고 있을까? 설마 또 그새 악몽을 꾸고 있는 건 아니겠지.

'내가 없으면, 그는 혼자가 돼.'

그 사실은 때때로 이혜에게 무거운 짐으로 다가왔다. 그가 부담스러운 게 아니다. 다만, 자신이란 존재가 과연 그를 언제까지 지탱해 줄 수 있을까에 대한 의문. 그래 봤자 자신은 결국 평범한 학생에 불과한데.

'역시 휴학을 할 걸 그랬나.'

학교를 다니면 필연적으로 그와 함께하는 시간이 줄어든다. 그게 과연 그에게 어떻게 작용할 것인가. 그는 이미 불과 며칠 전에도, 자신과 잠시 떨어진 것에 대해 극도의 불안감을 나타냈었다.

"이혜야, 윤이혜!"

상념에 빠졌던 이혜가 고개를 돌리자, 언제 나타났는지 동기인 윤석과 지은이 그녀 앞에 서 있었다. 동기들 중에서도 제일 친한 친구들이었다. 그들을 발견한 이혜의 표정이 환해졌다.

"오랜만이야, 방학 동안 잘 지냈어?"

"계집애, 어떻게 방학 동안 연락 한 번 없냐."

지은이 섭섭하다며 툴툴거렸다.

"미안해. 일이 많아서 어쩔 수가 없었어. 한 번만 봐줘. 응?"

이혜가 최대한 미안한 표정을 지으며 빌자, 윤석이 갑작스럽게 이혜의 목에 헤드록을 걸었다.

"넌 좀 혼나야 해."

"야! 아파."

숨이 막힌 이혜가 미간을 찡그리며 윤석의 팔을 툭툭 쳤다. 이혜가 작게 콜록거리자, 그제야 윤석이 팔에서 서서히 힘을 뺐다.

"연약한 척하기는. 윤이혜, 너도 지금 수업이지? 너도 특강 신청했냐?"

"응. 너희도?"

고개를 끄덕이던 지은이 뭔가가 생각났다는 듯 손바닥을 마주쳤다.

"아! 그거 알아? 특강 강사 바뀌었대."

"갑자기? 누구로?"

사전 예고도 없이 강사가 바뀌는 경우는 흔치 않았다. 이혜가 잠시 의문을 갖는 사이, 시간을 확인한 윤석이 그녀의 팔을 잡아끌었다.

"가서 확인해 보면 되지. 가자. 이러다 늦겠다."

강의실로 들어선 이혜가 윤석 옆에 앉아 수업을 기다리고 있었다. 하지만 그녀의 생각은 또다시 태준에게로 향했다.

'지금쯤 일어나셨겠지? 아침은 드셨을까?'

챙겨 드셨으면 좋겠다. 노파심에 전날 밥을 넉넉히 해 놓긴 했지만, 그녀가 지켜본 그는 혼자 있을 땐 밥을 잘 챙겨 먹지 않곤 했었다. 그래선 몸에 좋지 않을 텐데……. 한 번 시작된 걱정은 끝없이 꼬리에 꼬리를 물며 이어졌다. 그녀의 모든 생각이 전부

태준에게 향해 있을 때였다. 어느 순간, 강의실 안이 소란스러워졌다.

비로소 상념에서 깨어난 이혜가 소란의 근원지로 눈을 돌렸다. 강의실에 등장하는 한 남자의 모습에 이혜의 눈동자가 커졌다.

'작가님? 어째서 여기에?'

처음엔 자신이 환상이라도 본 줄 알았다. 그에 대해 너무 생각하다 보니, 걱정이 만들어 낸 헛것을 보았다고. 그런데 그녀뿐만 아니라 모두가 그를 바라보고 있었다.

"박태준 작가 아니야?"

"맞는 거 같은데?"

그의 등장에 강의실 안은 흥분과 당황스러움이 뒤섞였다. 모두의 시선이 집중된 가운데, 태준이 강단 앞에 서며 굳게 다물려 있던 입을 열었다.

"특강을 맡게 된 화가 박태준입니다. 한 달 동안 잘 부탁드립니다."

그의 인사와 함께 학생들의 열렬한 환호와 박수 소리가 강의실 안 가득 울려 퍼졌다. 윤석이 이혜 쪽으로 상체를 숙이며 작게 중얼거렸다.

"대박. 박태준 작가가 우리 학교 수업 온 거야, 지금?"

여전히 못 믿겠다는 어투였다. 작가 박태준은 워낙 신비주의로 유명했고, 공식석상에도 잘 나오지 않던 남자였다. 그런 남자가 수업을, 그것도 고작 한 달밖에 안 되는 특강을 하기 위해 강단에

서다니.

'그가 정말로 오다니……'

해인이 제안할 때만 해도, 당연히 그가 안 올 거라 생각했다. 그의 성격을 너무 잘 아니까. 그런데 그가 지금 이 학교에, 자신이 듣는 수업의 강사로 왔다. 이혜가 놀란 마음을 감추지 못한 채 태준만 바라보는데, 순간 태준과 시선이 마주쳤다. 만원인 강의실 안인데도 불구하고, 태준은 이혜를 단번에 찾아냈다.

이혜는 그의 뜨거운 눈동자에 얽매여 움직일 수가 없었다. 이어 그가 이혜를 향해 희미하게 웃었다. 마치 착각이라고 치부할 만큼 그 흐릿한 미소는 곧 사라졌지만, 이혜는 그것을 분명히 봤다.

"강의계획서에 나와 있는 대로, 실습은 다음 수업부터 시작하도록 하겠습니다. 앞으로 강의실은 201호로 와 주십시오. 준비물은 각자의 졸업전시 연구작 특성에 맞게 알아서 준비해 오시면 됩니다. 더 질문이 없다면, 오늘은 여기까지 하겠습니다."

"수고하셨습니다."

태준이 강의실을 나가고 학생들이 하나둘 자리에서 일어났지만, 이혜는 여전히 굳은 것처럼 미동도 하지 않았다. 옆에서 보다 못한 윤석이 그녀의 어깨를 붙잡아 흔들었다.

"윤이혜, 뭔 생각을 그렇게 해?"

"어? 아니야. 아무것도."

"나가자."

"응."

이혜가 여전히 떨떠름한 표정으로 가방을 챙겼다. 그녀는 곧
윤석과 지은을 따라 강의실을 나왔다.

❖   ❖   ❖

먼저 나갔던 태준이지만, 그는 곧바로 연구실로 향하지 않고
강의실을 나서는 이혜를 뒤에서 지켜봤다. 그녀는 친구 둘과 함께
였다. 한눈에도 스스럼없이 보이는 것이, 셋이 제법 친하다는 걸
알 수 있었다. 그 속에서 이혜는 자연스럽게 스며든 상태였다.

어쩐지 태준은 그런 그녀에게서 이질감이 느껴졌다. 아니, 정
확히는 괴리감이었다. 평소 자신이 알던 그녀의 모습과 눈앞의 모
습에서 느껴지는. 그는 이제야 비로소 그녀가 아직 사회에 나가
보지 못한 어린 학생이라는 것을 새삼 깨달았다. 처한 상황 때문
에 어른 행세를 한 것일 뿐.

생각지도 못한 것을 봐 버린 사람처럼 태준의 표정이 일순 흔
들렸다. 그녀와 함께 있고 싶어 왔지만, 자신은 그녀를 잡을 수
없었다.

도대체 이 감정은 무엇일까. 어째서 이렇게 답답한 거지?

그를 스쳐 지나가는 수많은 사람들은 모두 한 번씩 태준을 훑
어보고, 저마다 속삭였다. 박태준, 박태준, 박태준. 그의 이름이
계속해서 사람들의 입에 오르락내리락했고, 태준은 서서히 머리

가 아파 왔다.

불쾌해. 혹은 짜증 나기도 했다. 숨이 턱하니 막혀 왔다. 태준이 연구실로 발걸음을 돌렸다. 어차피 이미 이혜는 사라진 뒤였기에, 더는 이곳에 남아 있을 이유도 없었다. 지금 그에게 필요한건 수십, 수백의 관심이 아니라 이혜, 혹은 홀로 있을 수 있는 공간뿐이다.

❖　❖　❖

"작가님, 어떻게 수업을 하실 생각을 다 하셨어요?"

이혜가 소파에 앉아 있는 태준 앞에 찻잔을 내밀었다. 그가 마음을 돌린 경위가 궁금하지만, 태준은 묵묵히 차를 마실 뿐이었다. 그는 차마 너 때문이라고, 네가 내가 모르는 곳으로 사라질까봐 그랬다고 말할 수 없었다. 대신 이혜가 그의 옆에 앉아 자신의 감상을 밝혔다.

"작가님이 교수님으로 오셔서 얼마나 놀랐는지 몰라요."

"……왜? 그래서 싫나?"

차를 마시던 태준의 움직임이 멈췄다. 예민한 반응에서 느껴지는 날카로움에 이혜가 고개를 저었다.

"그럴 리가요. 오히려 정말 좋은 걸요."

"……그럼 내 옆에서 절대 사라지지 마."

어쩐지 대화와 이어지지 않는 말이었다. 하지만 이혜는 그 속에서 그의 심리를 읽어 냈다. 때때로 그는 계속해 확인받으려는 경향을 보였다. 혼자가 아니라는 걸, 더는 홀로 남겨지지 않을 거라는 걸. 그건 일종의 강박 증세였고, 뭔가를 불안해할 때 더 심해지곤 했다.

"혹시 무슨 일 있으셨던 건가요?"

악몽이라도 꾼 건가. 혹시 어디 아픈 건 아닌가 싶어 이혜가 자리에서 일어나 태준의 이마에 손을 올리려던 찰나였다. 태준이 그녀의 팔을 잡아 자신의 쪽으로 잡아당겼다.

무게중심이 쏠린 이혜가 휘청거리며 태준의 품 안으로 쓰러졌고, 그때를 놓치지 않은 태준이 곧바로 그녀의 입술에 제 입술을 포갰다. 어딘가 조급함이, 또 어느 순간 짙은 갈증이 느껴지는 키스였다. 놀란 이혜가 본능적으로 도망가려 하자 그는 그런 이혜를 끊임없이 쫓아왔다.

"읏."

불현듯 그의 행동엔 일정한 룰이 있다는 생각이 들었다. 스스로 충족되기 전까진 멈추지 않아. 상대가 도망가면 더 좌절하지. 이기적이라 할 수 있지만, 그 정도로 그는 결핍되어 있는 것이다.

그제야 이혜는 자신이 도망가려 하면 할수록 그가 더 조급해한다는 것을 깨닫고는 몸에 긴장을 풀었다. 생각대로 태준은 차츰 부드럽게 이혜의 입술을 자극했다. 하지만 그는 여전히 어린아이처럼 그녀를 놓아주지 않으려 했다. 한참이 지난 후에야 그녀를 놓아줬다.

이혜가 흐트러진 호흡을 골랐다. 그녀의 얼굴이 붉게 상기되어 있었다. 그러면서도 그녀의 모든 감각은 오로지 태준에게로 향했다. 그녀가 천천히 팔을 뻗어 태준의 뺨을 어루만졌다.

"뭐가 걱정이신 건가요? 전 이렇게 작가님 곁에 있는데."

이혜의 손길을 음미하듯 태준의 눈이 천천히 감겼다. 네가 물거품처럼 사라질까 봐 두렵다. 이랬으면 학교에 가지 않았을 텐데. 오히려 전보다 더 두려워졌다. 다시 눈을 뜬 태준이 이혜를 자신의 품 안으로 끌어당겼다. 이혜는 반항 없이 순순히 몸에 힘을 풀며 그의 품속에 안겼다. 그러고는 그를 달래듯 천천히 그의 등을 쓸어내린다.

"아니면 오늘 강의가 힘드셨던 건가요?"

"……힘들다 하면?"

"그럼 굳이 하시지 않아도 돼요. 전 작가님이 힘든 건 싫어요."

자신의 욕심 때문에 그가 고통받길 원치 않는다. 그녀의 말에 태준이 그녀의 가슴에 파묻었던 고개를 들었다. 그녀와 눈을 맞춘 태준이 입꼬리를 끌어당겼다.

"상을 줘. 네가 원한대로 내 스스로 밖에 나갔잖아."

"무슨 상을 원하시는데요?"

그녀의 물음에 태준이 기다렸다는 듯이 대답했다.

"안게 해 줘. 안고 싶어."

생각지도 못한 말에 이혜의 얼굴이 홍조를 띠었다. 이혜가 쉽사리 대답하지 못하고 있자, 태준이 그녀의 목을 혀로 할짝였다.

"부드럽게 할게. 아프지 않게."

처음이었던 지난번은 아플 수밖에 없었겠지만, 이번엔 안 아프게 할 자신이 있었다. 태준의 입술이 그녀의 목선을 따라 서서히 내려왔다. 부드럽고 말캉한 감각이 목덜미를 간질이자 이혜의 몸에 힘이 들어갔다.

"읏."

마침내 그의 입술이 그녀의 쇄골 위에 닿았다. 움푹 가라앉은 곳을 강하게 빨아 올린 태준이 쉰 목소리로 속삭였다.

"해도 돼? 응? 이혜야. 윤이혜. 대답해 봐."

벌써 아랫배에 힘이 잔뜩 들어간 상태였다. 어서 그녀 안에 들어가고 싶지만, 그는 본능을 누르며 그녀의 허락을 기다렸다. 그녀가 싫다 하면 할 수 없다. 그녀가 원해야만 그녀 안에 들어갈 수 있다. 그것은 그동안 그에게 없던 생각이었다. 그러나 이혜를 상대로는 그녀의 '허락'이 마치 불문율처럼 머릿속에 정립되어 버리는 것이었다.

계속해서 목 쪽 성감대를 간질이는 태준으로 인해 이혜는 머리가 새하얘지는 것 같았다. 전혀 익숙하지 않은 행위. 하지만 그녀는 본능처럼 어느새 그다음을 기대하고 있었다. 어느덧 그녀의 몸 안엔 열기가 가득 퍼진 상태였다. 결국 이혜에게서 태준이 그토록 원하던 허락이 떨어졌다.

"네……."

들릴 듯 말 듯 가늘게 흩어지는 목소리지만, 태준은 놓치지 않았다. 그가 곧바로 그녀를 안아 올려 침실로 성큼성큼 걸어갔다. 조심히 침대 위에 이혜를 눕힌 태준이 그녀의 옷을 벗겼다. 곧 그가 그토록 원하던 이혜의 새하얀 나신이 눈앞에 펼쳐졌다. 급하게 자신의 옷도 벗어 던진 그가 소담히 부푼 이혜의 가슴골 사이에 얼굴을 묻었다.

태준은 천천히, 그녀가 자신이 느끼는 이 감정을 온전히 다 느낄 수 있도록 공들여 애무했다. 혀로 살짝살짝 핥다가도 이로 잘근잘근 깨물어 다양한 자극을 주고자 했다. 결국 이혜의 입에서 색스러운 신음이 터져 나왔다.

"아응."

그 소리에 태준의 입가에 작게 미소가 걸렸다. 그의 행동은 더 과감해졌다. 그의 입술이 가슴에서 배로, 이어 그녀의 은밀한 수풀에까지 닿았다. 그가 천천히 골짜기 사이로 혀를 넣었다. 갑작스러운 침입에 놀란 이혜가 다리를 비틀었지만, 태준은 그녀의 다리를 붙들며 더 깊숙이 제 혀를 집어넣어 그 속에서 유영했다. 그의 혀가 유연하게 움직여 점막 사이사이를 찔렀다. 마침내 이혜의 안에서 꿀물이 흘러나오자, 그제야 태준이 고개를 들었다.

"촉촉이 젖었어. 들어갈게."

이미 그의 것은 오래전부터 우뚝 서 있었다. 어서 안으로 들어가고 싶다고 아우성이었다. 그가 자신의 것을 잡아 그녀의 수풀에 비볐다. 그녀가 놀라지 않도록 그녀의 음부를 자극하다 이내 미끄러지듯 그 안으로 들어갔다.

"앗."

이혜가 놀라 몸을 부르르 떨었다. 태준이 천천히 허리를 움직이며 놀란 이혜를 달랬다.

"괜찮아. 쉬."

그녀가 느낄 수 있도록 태준은 관계에 익숙지 않은 이혜를 배려해 최대한 절제했다. 그녀 안에서 날뛰고 싶은 것을 꾹 참으며, 그녀가 함께 움직일 수 있도록 속도를 천천히 올렸다. 이내 이혜가 잔뜩 달아오른 숨을 내뱉으며 반응했다.

"앗, 아읏, 응."

태준의 허리가 점차 빨라졌다. 그녀가 흥분하는 지점을 자극하며 고지를 향해 달려갔다. 조그만 더. 좀 더 빠르게, 좀 더 깊숙이. 마침내 태준이 이혜의 안에 완전히 자신을 파묻었다. 그의 흔적이 그녀 안을 가득 적셨다.

"으윽. 하아, 하."

태준이 거친 숨을 몰아쉬며 이혜의 땀에 젖은 머리칼을 떼어 냈다. 이혜의 눈꼬리엔 작은 눈물들이 방울방울 매달려 있었다. 눈가를 촉촉이 적신 눈물을 닦아 내며 은근한 목소리로 물었다.

"좋았어?"

너무나도 직접적인 질문에 부끄러워진 이혜가 손으로 얼굴을 가렸다.

"대답해 봐. 좋았어?"

"……네, 좋았어요."

이혜가 아주 작은 목소리로 그가 원하는 답을 들려주자 태준의 얼굴이 환하게 밝아졌다. 이내 그가 옆에 누워 그녀를 제 품 안으로 끌어안았다. 그녀의 심장 소리가 쿵, 쿵, 쿵 강한 소리를 내며 태준의 가슴을 울리자, 그는 비로소 모든 것에 만족하며 천천히 잠에 들 수 있었다.

16

　태준의 첫 수업. 동그랗게 원을 그린 모양으로 학생들이 앉아 있었다. 그리고 이혜는 윤석, 지은과 함께 강단과 제법 멀리 떨어진 곳에 위치했다. 강사가 태준이라는 걸 알자마자 수업에 대한 학생들의 열의가 달라진 탓이었다.

　비록 태준과는 멀리 떨어져 있지만, 이혜는 왠지 이 순간이 기대돼 가슴이 뛰었다. 여태껏 그와의 관계가 갑과 을의 계약적인 관계였다면, 지금의 관계는 비록 한 학기 한정인 데다 일대일의 관계도 아니지만 갑과 을이 아닌 학생과 제자의 관계였다. 그리고 그녀에게 있어 그건 제법 큰 의미로 다가왔다.

　가운데 선 태준이 학생들을 한 바퀴 돌아보며 입을 열었다.

　"아시다시피 이 특강은 여러분의 졸업전시 연구 작품 개발을 돕는 데 의의가 있습니다. 따라서 여러분은 앞으로 계속해서 자신의 스타일대로 자신의 연구 작품을 만들면 되겠습니다."

그의 말이 끝나기가 무섭게 한 학생이 손을 들었다.

"교수님, 그럼 교수님은 저희 작품에 조언을 해 주시나요?"

"네, 이 강의 시간 동안 여러분의 그림을 살펴볼 것입니다. 다만 여러분이 제 조언을 꼭 따를 필요는 없습니다. 참고만 하시면 됩니다. 그럼 이만 시작하십시오. 질문이 필요하신 분은 중간에 손을 드시면 됩니다."

그의 말이 떨어짐과 동시에 학생들이 일제히 연필을 들었다. 이혜도 연필을 잡고 천천히 구도를 잡기 시작했다. 옆에 앉은 윤석이 그녀의 캔버스를 돌아봤다.

"뭐 그릴지 정했나?"

"대충은. 넌?"

"일단은 뭐. 근데 그려 봐야 알 것 같다."

윤석이 머리를 긁적이며 다시 제 캔버스에게로 고개를 돌렸다. 이혜가 윤석의 어깨를 살짝 토닥이고는 다시 그림에 집중했다.

강의실 안엔 스삭스삭 연필 소리만 가득했다. 태준은 제 뒤에 놓인 책상 머리맡에 걸터앉았다. 모든 이들에게 시선이 향하는 것 같지만, 사실 그의 시선은 저 뒤에 앉은 이혜에게만 닿아 있었다.

역시나 그녀는 이번에도 친구들과 함께 앉아 있었다. 윤석의 어깨를 토닥이는 이혜의 다정한 모습에 순간 심기가 비틀릴 뻔했다. 다행히 그녀는 곧 집중해 그림을 그렸다.

캔버스 앞에 앉아 그림을 그리는 이혜를 보고 있자니, 이제야 그녀가 정말 그림을 그린다는 사실을 실감했다.

'그림. 그림을 그린다라······.'

갤러리를 운영하는 아버지 밑에서 자랐으니, 어쩌면 필연적인 것일지도 모른다. 그 누구보다도 접근성이 높았을 테니. 그녀는 어떤 그림을 그릴까? 자신에게 있어 그림은 고통뿐이었으나, 아마 네겐 다르겠지. 그런데도 자신 대신 기꺼이 손을 다친 그녀의 모습이 떠올라 태준은 작게 혀를 찼다.

'이런, 바보 같은······.'

시간은 째깍째깍 빠르게 흘러갔다. 태준이 손목을 들어 시계를 확인했다. 이쯤이면 얼추 러프 스케치가 끝나야 할 시간이다. 태준이 그림을 둘러보기 위해 자리에서 일어났다.

"단순히 잘 그리는 걸 목적으로 하지 마시고, 어떻게 하면 주제를 명확히 전할 수 있는지를 고민하십시오."

"이쪽은 흐릿하게, 이 부분은 좀 더 명확하게 하는 게 낫겠군요."

태준이 한 명 한 명 그림에 대해 부족한 부분을 빠짐없이 짚었다. 의외로 그는 섬세하고 꼼꼼하게 그림을 살피고 있었다. 이혜는 태준과 그에게서 조언을 받는 학생들을 보이지 않게 곁눈질하며 빙긋 웃었다.

'다행이야.'

의외로 가르치는 일이 그의 적성에 맞는 걸지도 모른다. 그래,

이렇게 천천히 일상에 적응해 가면 된다. 그럼 어느 순간, 자신이 없어도 그는 더는 불안해하지 않겠지. 그런데 이혜는 잠시 자신이 생각한 단어에 멈칫했다.

'내가 없어도……?'

그의 곁에 있겠다고 다짐한 뒤로는 처음 생각해 본 문제였다. 저도 모르는 사이, 당연하게 그와 늘 함께할 거라고 생각했다. 당신은 내가 없으면 안 되니까. 불안해하니까. 힘들어하니까. 그래서 그런 그가 안타까웠는데, 지금 이 느낌은 뭔지 모르겠다. 마냥 행복하지 않아. 왜지? 섭섭해서 그런 걸까? 아쉬워서? 아아, 이기적이기도 하지. 이중적이야. 어쩌면 너무 둘만의 관계에 익숙해져 버린 것일지도 모른다. 혹은, 그를 독점하고 싶었거나.

'바보 같은 생각을 하고 있어.'

자신을 작게 비난한 이혜가 다시 그림에 집중하려던 찰나였다. 때마침 태준이 그녀 쪽으로 다가왔다. 보지 않아도 알 수 있었다. 느린 듯하면서도 힘 있는 그의 발소리, 강한 남자의 냄새를 풍기는 그의 체취. 모르는 게 더 이상했다.

등 뒤로 그가 느껴졌다. 태준이 그림을 보기 위해 이혜 쪽으로 고개를 살짝 숙이자, 그의 향취가 이혜의 코끝을 간질였다. 이어 귓가를 자극하는 그의 숨결에 이혜는 도저히 그림에 집중할 수가 없었다.

"잠시."

태준이 그림을 그리던 이혜의 손을 잡아 그녀의 선을 정리하기 시작했다. 그의 체온이 손등 위로 느껴졌다. 분명 평소 그의 손은 자신보다도 살짝 낮은, 서늘한 느낌이었는데, 지금은 불에 덴 것처럼 뜨겁다.

그래, 그녀는 지금 그를 의식하고 있었다. 아니, 특별하지 않은 행위인데도 의식하고 말았다. 그것도 둘만의 공간이 아닌 학교에서.

'아아…….'

이혜는 순간 그런 자신이 부끄러워졌다. 가슴이 쿵, 쿵, 쿵 시끄럽게 울리자 이혜는 그것을 감추기 위해 숨을 멈췄다. 잠시 후 태준이 지나가고 나서야, 이혜는 참았던 숨을 내쉴 수 있었다. 그녀가 가슴을 꾹 눌렀다.

어느덧 태준은 한 바퀴를 다 돌았다. 그대로 학생들을 지나쳐 앞으로 향하는데, 한 여학생이 그런 그를 붙잡았다. 그녀가 긴 눈꼬리를 반달로 접으며 제 그림을 가리켰다.

"교수님, 잠시만요. 전 아직 안 봐 주셨는데요."

"학생은 하던 대로 계속하면 됩니다. 제 조언은 굳이 필요해 보이지 않습니다만."

"그래도 한 번만 봐 주세요."

여학생은 물러서지 않았고, 결국 태준은 작게 한숨을 내쉬며 그녀에게 다가갔다. 비로소 그녀의 입가에 만족스러운 미소가 그려졌다. 그들을 지켜보던 지은이 이혜의 귓가에 속삭였다.

"소문엔 저 언니, 박태준 작가로 특강 강사 바뀐 거 미리 알고 졸업도 안 하고 한 학기 연장했다고 하더라."

"뭐?"

이혜의 얼굴이 단번에 지은에게로 돌아갔다.

"뭘 그렇게 놀래. 너 저 언니 몰라? 11학번 한채린. 중학교 때부터 국내 대회 휩쓸고, 그거로도 모자라 해외 유명 대회에서도 대상. 국내외 내로라하는 평론가들이 하나같이 저 언니가 차세대 유망주라고 입을 모으잖아. 그런데 무슨 모르는 게 있다고 교수님을 붙잡아? 교수님도 볼 필요 없다고 그랬잖아. 그게 다, 관심 받으려고 그러는 거지."

"……그렇게 대단해?"

지은이 어깨를 으쓱했다.

"말로 어찌 다 표현하리오. 외모, 집안, 실력 무엇 하나 빠지는 게 없어. 할아버지가 SY갤러리 이사장이래."

이혜의 시선이 자연스레 채린과 태준에게로 향했다. 갸름한 턱, 높게 오뚝 선 코, 긴 속눈썹 아래 큰 눈까지. 채린은 같은 여자가 봐도 예쁜 얼굴로 태준 옆에 앉아 그림에 대해 이야기를 나누고 있었다. 지은의 말이 이혜의 귓가에서 끊임없이 맴돌았다. 이혜는 문득 그들이 잘 어울린다고 생각했지만, 어쩐지 가슴이 아리는 것 같았다.

❖　❖　❖

태준이 교수 연구실에 들어가고 얼마 지나지 않아 채린이 태준의 연구실 문 앞에 섰다. 짧게 노크를 한 그녀는 태준의 허락이 떨어지기도 전에 문을 열었다. 책상에 앉아 서류를 정리하던 태준이 고개를 들었다.

"교수님."

"무슨 일이십니까?"

태준의 미간에 짙은 주름이 졌다. 그녀의 등장에 불쾌함을 표하는 태준의 모습에, 채린은 살짝 당황했지만 이내 표정을 정리했다. 그의 책상 앞에 선 채린이 그에게 작은 음료수 병 하나를 내밀었다.

"아까는 감사해서요. 이건 감사의 표시예요."

"필요 없습니다."

명백한 적대와 냉대. 눈가가 파르르 떨렸지만, 채린은 곧 붉은 입술을 끌어 올려 웃어 보였다.

"저, 기억 못 하시겠어요? 몇 달 전 레이든 씨 전시회 때 뵀었는데. SY갤러리 한영욱 이사장님의 손녀 한채린이에요."

태준의 눈썹이 위로 치켜떠졌다. 그딴 걸 기억하고 있을 리가.

"그래서 무슨 말을 하고 싶은 겁니까?"

"이렇게라도 다시 만나 뵙게 돼서 반가워요. 전, 작가님께 관심이 꽤 많거든요."

그가 특강 강사로 온다는 소식을 듣자마자 채린은 졸업을 미루고 학교에 남았다. 바깥에 잘 나오지 않는 그를 만나기 위해서. 그가 너무 궁금해서. 단 한 번이었지만, 그때의 만남은 그녀에겐 꽤 강렬한 인상을 남겼었다. 잘생긴 외모에, 유명화가 아버지에, 본인은 천재 화가라니. 채린이 고개를 살짝 당기며 싱긋 웃었다. 일단 오늘은 이 정도로 만족해야겠다. 앞으로도 기회는 많을 테니…….

"앞으로 잘 부탁드려요. 또 뵐게요."

채린이 나가고, 태준은 작게 한숨을 내쉬며, 짜증 섞인 거친 손길로 넥타이 매듭을 밑으로 잡아당겼다. 귀찮은 것에 얽힌 것 같다. 이래서 밖에 나오질 않는 건데. 이혜의 부탁만 아니었어도, 그녀가 그렇게 기뻐하지만 않았어도 이런 귀찮은 짓 절대 하지 않았을 거다.

문득 생각난 것에 태준이 자리에서 일어나 등 뒤의 블라인드로 향했다. 블라인드 사이를 살짝 들추자, 저 멀리 이혜가 제 친구들과 나가고 있는 게 보였다. 태준의 눈동자가 이혜에게서 그녀 옆에 붙어 있는 윤석에게로 향했다.

'거슬려.'

친구라는 건 알지만, 너무 자주 붙어 다니는 거 아닌가. 블라인드를 붙잡은 손에 힘이 들어갔다. 아니면 단순한 친구가 아닌 건가? 순간 스스럼없이 그와 어울리던 이혜가 떠올랐다. 자신에게 조차 보이지 않았던 편안한 모습. 블라인드가 파스슥 소리를 내며 찌그러졌다.

❖ ❖ ❖

이혜는 작업을 하다 문득 바깥을 바라봤다. 창문 밖엔 벌써 어둠이 눅눅히 내려앉아 있었다. 시간을 확인해 보니 벌써 아홉 시. 이혜는 본능적으로 태준을 떠올렸다.

'작가님이 기다리고 계실 텐데.'

그녀가 앞치마 주머니 안에서 핸드폰을 꺼냈다. 아무래도 그에게 메시지라도 보내 놓아야 할 듯싶었다. 전날 과제 때문에 늦거나 못 갈 수 있을지도 모른다고 미리 말해 놓긴 했지만, 그래도 마음이 놓이질 않았다.

[작가님, 저 많이 늦을 것 같아요.]

개강 초부터 교수님들이 내 주신 과제가 많았다. 마감일까지 작업을 완성하려면, 어쩌면 오늘은 밤을 새야 할지도 몰랐다. 얼마 지나지 않아 그에게서 답장이 왔다.

[혼자 있어?]

[아니요. 친구랑 같이 작업하고 있어요. 걱정 마세요.]

[친구 누구?]

답장이 오는 속도가 점점 빨라졌다. 이혜는 그의 마지막 문자를 보며 살짝 고개를 갸웃했지만, 곧 다시 답장을 전달했다.

[윤석이라고 동기예요. 작가님 수업도 듣는데, 아시는지 모르겠어요.]

아마도 그는 모를 것이다. 본디 태준은 남에게 관심이 거의 없는 남자였고, 특히나 수많은 학생들 중에서 윤석을 기억할 리가 없었다. 이혜는 그의 답장을 기다렸지만, 오 분이 지나도록 그의 연락이 없었다. 이대로 끝인가? 그녀가 고민하는 사이, 옆에서 작업을 하던 윤석이 그녀에게 다가왔다.

"뭐해?"

"응? 아니야."

윤석이 찌뿌둥하다면서 기지개를 쭉 켰다.

"으, 삭신이야. 도대체 이 짓을 얼마나 더 해야 하는 거야? 망할 교수들, 기다렸다는 듯이 과제 투척이야. 우리가 무슨 로봇이야?"

기지개 정도로는 성에 차지 않은지 윤석이 어깨를 통통 두들기며 고개를 흔들었다. 진절머리 난다며 코를 찡그리는 그의 모습에 이혜가 작게 웃었다.

"어쩌겠어. 점수 받으려면 해야지."

"아, 모르겠다. 난 이만 갈래. 내일도 1교시부터 수업 있어."

"그래?"

"넌 계속 있을 거야? 집에 가야지, 너도. 지은이는 벌써 집이란다."

이혜가 잠시 고민하다 고개를 저었다. 생각보다 진도가 잘 나가지 않아 아직 작업할 게 많이 남아 있었다.

"난 좀만 더 있다 갈래. 지금 나갈 거지?"

"응."

"그럼 같이 나가자. 바람 좀 쐬고 들어올래."

"오케이."

이혜가 앞치마와 토시를 벗고 윤석과 함께 건물을 나왔다. 봄이지만, 아직 밤에는 제법 쌀쌀했다. 차가운 공기를 맞으니 머리가 맑아지는 것 같았다. 건물 구석에서 윤석이 담배 한 대를 입에 물었다.

"야, 나 들었다."

"뭘?"

이혜의 시선이 옆의 윤석에게로 향했다. 윤석은 이혜와 시선을 맞추지 않고 앞을 바라보며 다시 입을 열었다.

"너희 갤러리 이야기. 괜찮냐?"

이미 업계엔 다 소문이 났고, 동기들도 얼추 알고는 있을 거라 생각했다. 이혜는 대수롭지 않게 넘겼다.

"괜찮아. 걱정하지 마. 곧 다시 문 열 거야."

그녀는 지금도 그렇게 굳게 믿고 있었다. 지금은 찰나의 바람일 뿐, 시련 끝에 더 단단해지는 과정이라고. 그것을 절대 의심치 않았다. 아니, 의심할 수 없었다.

윤석이 길게 담배연기를 내뿜었다. 하얀 연기가 어둠 속에서 유독 도드라져 보였다.

"그럼 됐다. 힘들면 이 오빠한테 콜 해라. 술은 맘껏 사 줄게."

윤석이 어깨동무를 해 오며 힘내라는 듯 이혜의 어깨를 툭툭 두드려 줬다.

"오빠는 무슨."

으스대는 윤석의 말에 이혜가 손을 치우라는 듯 어깨를 살짝 흔들며 작게 코웃음을 쳤다.

224

"어허. 내가 너보다 생일 몇 달은 더 빠르다고 몇 년을 읊어야 하냐."

"그 몇 달이 고작 두 달이거든."

"하여튼 한 마디도 안 져요."

작게 투덜거린 윤석이 담배를 건물 벽에 비벼 끄곤 쓰레기통에 던져 넣었다.

"난 이만 간다. 혼자 있는 거 괜찮겠어?"

"그럼. 그리고 옆방에서 타과 애들도 작업하고 있잖아."

다들 야작이 워낙 일상이다 보니 늦은 시간까지 남아 작업을 하곤 했다. 덕분에 미대 건물엔 늘 불이 켜져 있었다.

"알았다. 그럼 내일 보자."

"응, 잘 가."

윤석이 손을 흔들며 점점 멀어져 갔다. 사라지는 그의 뒷모습을 지켜보던 이혜는 곧 시린 공기에 몸을 부르르 떨었다. 외투를 안 가지고 나온 탓에 꽤 추웠다. 작업실로 다시 들어가기 위해 이혜가 몸을 돌리던 찰나였다. 건물과 건물 사이, 작은 골목에서 누군가의 팔이 튀어나와 그녀를 제 쪽으로 끌어당겼다.

"꺅! 읍!"

놀란 이혜가 비명을 지르려던 순간, 몸이 돌려지더니 곧바로 남자의 뜨거운 입술이 그녀의 작은 입술 위로 포개졌다. 익숙한 체향, 익숙한 품……. 남자의 얼굴을 확인한 이혜의 두 눈이 커졌다.

'작가님?'

남자를 확인한 이혜는 더 이상 반항하지 않았다. 그녀의 마음을 알아챘는지, 태준이 더 집요하게 그녀의 입술을 탐했다. 이혜의 놀라 살짝 벌어진 입술 사이를 놓치지 않았다. 그 틈새를 유연하게 비집고 들어가 그녀의 숨어 버린 혀를 찾아 유영했다. 그녀의 치열을 쓸고, 그 사이에 숨어 있는 혀를 찾아 휘감아 올렸다.

이혜는 아직 키스를 익숙해하지 않았다. 또 본능적으로 놀라 도망가는 그녀의 혀를 집요하게 쫓아가 결국엔 제 혀로 얽었다. 하지만 태준은 그것으로 만족하지 않았다. 이내 그의 큼지막한 손이 이혜의 옷 안으로 쑥 들어갔다. 그는 지금보다도 더 많은 것을 원했고, 그의 행동에 브레이크를 건 것은 결국 이혜였다.

옷 안으로 들어온 그의 손에 퍼뜩 이곳이 학교라는 것을 깨달은 이혜가 몸을 비틀었다. 그가 안고 있던 손의 힘을 잠시 풀어 준 사이, 이혜가 입을 열었다.

"작가님, 잠시만요. 여긴 어떻게……."

"하고 싶어서."

태준이 이혜의 뺨을 쓰다듬으며 속삭였다. 그의 손가락이 이혜의 번들거리는 입술을 쓸었다. 자신의 흔적이 그녀에게 남아 있었다. 직접적인 표현에 이혜의 얼굴이 붉게 달아올랐다. 그 모습에 태준은 작게 웃어 보였다.

사실은 변명이다. 도저히 집에 앉아 그녀를 기다릴 수가 없어서 달려온 것이다. 윤석과 단둘이 남아 있다는 문자를 봤을 때, 눈이 도는 줄 알았다. 어떻게 그를 모를 수 있을까. 늘 이혜와 함께 다니던 놈인데.

그리고 거짓말처럼 둘이 함께 있는 모습을 본 순간, 이성이 날아가는 것 같았다. 자신 외의 사람과 함께 있는 그녀의 모습이 싫었고, 또 거슬렸다. 이혜의 어깨에 올라간 손을 당장 치워 내고 싶었다. 넌 오직 나와 함께 있어야 하는데.

"작업 많이 남았어?"

그녀를 안고 싶다. 자신의 품 안에 가두고 싶다. 아무도 못 보는 곳에. 아무도, 그 누구도.

"네, 아직 좀 남았어요."

기대감이 무너지자, 태준이 불만스러운 한숨을 내쉬었다. 어딘가 짜증이 배어 있기도 했다. 이대로 돌아가야 하나 고민하는 그 모습에 이혜가 머뭇거리며 입을 열었다.

"괜찮으시면…… 제가 작업하는 동안 옆에서 기다려 주실래요? 빨리 끝낼게요."

"그래도 돼?"

"네."

그녀의 말 한 마디에 태준의 눈동자에 만족스러운 빛이 감돌았다. 이혜는 그제야 작게 웃으며 그를 이끌고 작업실로 향했다.

"좀 지저분할 거예요."

이럴 줄 알았으면 좀 치워 놓을 걸 그랬다. 그가 올 줄 몰랐기에 작업실 안은 아니나 다를까 지저분했다. 그림을 그리고 있던 중이라는 걸 증명하듯 캔버스와 붓, 물감 등의 화구들이 이혜의 자리 주변으로 잔뜩 펼쳐져 있었다. 이혜가 조심스럽게 제 그림 앞에 섰다.

"이게 제 그림이에요. 아직 미완성이기도 하지만, 작가님이 보시기엔 많이 미숙할 거예요."

자신은 그와 다르다. 천재라 불리는 태준과 달리, 자신은 그저 노력할 뿐이다. 원하는 걸 표현하기 위해, 혹은 소중한 걸 담아낼 수 있도록. 이혜가 기대와 불안 속에서 떨리는 목소리로 물었다.

"어때요……?"

말없이 태준의 시선이 그림에 고정됐다. 캔버스 안에는 또 다른 그녀가 숨 쉬고 있었다. 이제 갓 채색에 들어간 상태. 미숙하고, 듬성듬성 비어 있지만, 어쩐지 그는 그녀만의 감성이 담겨 있다고 생각했다. 따뜻하고, 포근하고, 또 그녀만큼 사랑스럽다. 한참을 감상한 끝에, 태준은 솔직한 감상을 토해 냈다.

"……너랑 똑같아. 네 그림은 정말 널 많이 닮았군."

그가 해 줄 수 있는 말은 그것뿐이었다. 예전 같았으면 절대 거들떠보지도 않았을 그림이다. 아직 미완성이지만, 결과는 이미 나와 있었기에. 수많은 화가들 중에서 이름 한 번 제대로 날려 보지도 못하고 스러질 무명작가. 그의 평가는 딱 그 정도였을 것이다.

하지만 지금은 왜 이리도 마음이 요동치는 걸까. 눈부셔. 태준은 문득 그녀의 그림을 느끼고 싶어졌다.

"만져 봐도 되나?"

이혜가 고개를 끄덕였다. 그녀의 허락이 떨어지자, 그가 조심히 그림의 선을 따라 손끝을 움직였다. 선 하나하나를 따라 움직이는 그의 손가락. 동시에 머릿속에서 그녀의 그림이 처음부터 다시 빠르게 재구성되어 갔다. 마치 자신이 그리는 것만 같은 착각을 불러일으켰다. 어쩐지 그가 안쓰러워 이혜가 그의 눈치를 살피며 조심스럽게 입을 열었다.

"그림…… 그리고 싶으세요?"

하지만 태준은 쓰게 웃을 뿐, 부정도 긍정도 없이 대답을 회피했다.

"계속 그려. 난 지켜볼 테니까."

태준이 그녀의 캔버스 맞은편에 앉았다. 잠시 그를 바라보던 이혜가 캔버스 앞에 앉아 붓을 들었다. 그녀의 손이 움직일 때마다, 정지되어 있던 그림이 다시금 빠르게 변화했다. 태준은 하나라도 놓칠세라, 이혜에게 시선을 고정해 모든 걸 지켜봤다.

그는 사실 그녀의 그림보다도 그녀가 더 보고 싶었다. 그림이 그려질수록, 그녀의 표정이 다채로운 색상에 물들어 갔다. 온화하게, 기쁘게, 또 자유롭게. 그림을 그리는 그녀는 그 어느 순간보다도 빛이 났다.

'아름다워.'

그림을 그리면서 행복해하는 그녀의 모습에 눈이 멀 것 같았다. 자신과 달랐다. 자유롭지 못한 채, 늘 억압되어 있던 자신과는 비교할 바가 못 됐다.

'부럽다.'

순간 억눌러 놓았던 또 다른 진심이 툭하고 튀어나왔다. 제 생각에 스스로 놀랄 정도였다. 진심으로 부러웠다. 그림을 맘껏 그릴 수 있는 그녀가, 이 모든 순간을 즐기는 그녀가.

'갖고 싶다.'

사나운 본능이 거칠게 일렁이며 외쳤다. 갖고 싶다. 소유하고 싶다고, 지금 저 모습을 영원토록 간직하고 싶다고. 지금 너를. 지금 너의 모습을. 어떻게? 어떻게 하면 기억할 수 있는 거지? 어떻게 하면 소유할 수 있는 거지?

가슴이 뜨겁다 못해 터지는 것 같았다. 더 이상 생각할 수도 없었다. 무의식 속에서 그의 손이 책상 위에서 비틀댔다. 아무것도 쥐어지지 않은 오른손. 고작 검지 하나가 종이도 아닌 책상 위에서 유영할 뿐이었다. 하지만 그의 손엔 거침이 없었다. 무언가를 향해 끊임없이 움직였다. 그리고 마침내 검지가 책상 위 어느 순간에 점을 찍으며 그의 손이 멈췄다.

퍼뜩 정신이 든 태준이 멍하니 제 오른손을 바라봤다. 그림을 그리던 이혜가 이상한 낌새를 눈치챘는지 그를 불렀다.

"작가님?"

태준은 본능적으로 깨달았다. 그렸다. 흔적은 없지만, 알 수 있었다. 오랜 기간 멈춰 있던 그의 손이 방금 움직였다.

17

　홀로 남은 조용한 방 안, 태준은 이혜가 없는 사이를 틈타 캔버스 앞에 앉았다. 얼마 만에 캔버스 앞에 앉은 것인지. 지난날 거의 모든 화구와 캔버스를 다 태워 버렸기에, 지금 그의 앞에 있는 것은 아주 오래되고 색 바랜 캔버스, 그리고 조잡한 화구뿐이었다.

　태준은 적막 속에서 느릿느릿한 움직임으로 연필 하나를 잡았다. 마치 경련이 일어나는 것처럼 연필을 잡은 손이 찌르르 떨렸다. 새하얀 캔버스. 끝없는 순수. 무에서 유를 창조해 내는 시간.

　손의 떨림은 점점 팔을 타고 그의 목을 감싸 쥐어 숨을 옭아맸다. 그가 그림을 그리려는 걸 어떻게 안 것인지 뒤에서 또 아버지가 나타나 태준의 어깨를 움켜잡았다. 머리는 분명 그가 존재하지 않음을 아는데, 가슴은 또 그에게 농락당했고, 마치 실재한다는 듯이 어깨엔 통증이 느껴졌다.

『제이, 오늘은 무슨 그림을 그릴 거니? 응?』

레이든의 뱀 같은 혀가 태준의 귓가를 간질였다. 마치 마비가 온 듯 연필은 움직일 생각을 하지 않았다. 태준의 미간에 주름이 졌다. 등 뒤로 식은땀이 주르륵 흘렀다.

'사라져.'

태준은 제 스스로에게 속삭였다. 저것은 환상이자 과거의 그림 자다. 더 이상 붙잡히지 마라. 그는 없어. 없어, 없다고. 손의 경 련이 더더욱 심해졌다. 태준의 표정이 일그러지더니, 급히 다른 손으로 제 떨리는 손을 붙잡았다.

"……제길."

왜 아직도 말썽인 거지? 난, 난, 난……! 그 순간 소라의 목소 리가 스쳐 지나간다.

『제이, 앞으로는 네가 원하는 그림을 그렸으면 좋겠어.』

그동안 나를 옭아맸던 마치 저주스러웠던 너의 말. 원하는 게 뭔지 몰라서, 그리고 싶다는 감정이 뭔지 몰라서 너의 말은 지독 한 화인과도 같았다.

원하는 그림.

내가 원하는 것.

그 순간 태준은 이혜의 모습이 떠올랐다. 자신의 앞에서 너무 행복한 모습으로 그림을 그리던 너. 그 행복이 탐이 났고, 그랬기에 그 순간을 영원히 간직하고 싶었다. 너의 모습을, 영원히. 영원히, 영원히!

'사라져.'

태준은 다시 한 번 스스로에게 외쳤다.

'내 머릿속에서 모두 사라져.'

더는 용서치 않는다. 방해한다면, 그 누구든 가만두지 않겠어.

어둠에 잠겼던 그의 눈동자가 반짝였다. 무의식중에 그의 손이 다시 움직이기 시작했다. 오랜 잠에서 갓 깨어나 기지개를 켜듯, 아주 느리게, 그러나 점점 역동적으로. 무의 세계. 그 어느 잡념도 더는 존재하지 않았다. 그의 눈동자는 광기에 어린 것처럼 서늘한 안광을 빛냈고, 오랜 시간 멈춰 있던 그의 손이 다시 움직이기 시작했다.

처음의 시작은 작은 점 하나였다. 아주 작은 점 하나는 이어서 긴 선이 되고 또 다른 선을 만들어 서로가 이어졌다. 그의 그림엔 거침이 없었다. 이미 오래전에 머릿속에서 모든 것이 구상되어 있었고, 지금은 그것을 토해 내는 과정일 뿐이었다.

"하아……."

마침내 태준이 긴 숨을 토해 내며 손에서 연필을 내려놓았다.

연필이 데구르르 바닥을 굴렀다. 그가 멍하니 제 앞의 캔버스를 바라보았다. 그 속에 가득 찬 한 여자를. 태준은 그 여자의 이름을 입안에 굴렸다.

"이혜."

네가 내 앞에 존재한다. 눈으로 보고도 믿을 수 없었다. 태준이 다시 한 번 이혜를 부르며 떨리는 손으로 부드럽게 그림 위를 쓸었다.

"윤이혜."

아무리 불러도, 아무리 봐도 사라지지 않는다. 환상이 아니야. 실제다. 태준의 표정이 일그러졌다. 그렸다. 드디어, 마침내. 나는 죽지 않았어. 살아 있어! 가슴이 벅찬 감동에 빠르게 뛰었다. 드디어 제 심장이 코마 상태에서 깨어난 것만 같았다.

"하, 하, 하하하!"

웃음에 몸을 들썩거리며 태준은 두 손에 얼굴을 묻었다. 살아 있다. 나는 살아 있어! 그림을 그릴 수 있다. 이제 다시 그림을 그릴 수 있다고! 그러다 문득 불현듯 든 생각에 태준의 웃음이 뚝 멈췄다.

'……그럼 이혜는?'

자신이 그림을 그릴 수 있게 되면, 그녀와 자신의 관계는 어떻게 되는 것일까. 그가 여태껏 가져 온 사람과 사람의 관계는 거래 밖에 없었다. 필요에 의해서 원하는 것을 주고받는 일시적 협약. 다른 사람들은 어떻게 그 외의 관계를 맺는지조차 알지 못했다.

그녀도 그림이 필요해서 내게 왔고, 또 내가 불완전하기 때문에 내 곁에 남아 있는 걸 선택했다. 그런데 이제 그렇지 않다면?

'……설마 날 떠나는 건가?'

날 버려 두고…… 제 가족의 품으로?

벌써 약속한 세 달 중 반이 지났다. 남은 것은 고작 한 달 반 남짓. 약속된 기간이 끝나면 그녀는 사라질 것이다. 갑자기 내게 찾아왔듯, 갑자기 내게서 사라지겠지.

'그건 안 돼. 널 보낼 수 없어.'

그가 천천히 고개를 들어 제 앞의 그림을 쳐다봤다. 순간 태준의 짙어진 눈동자에 불온한 기운이 거칠게 일렁였다.

'넌 사라져선 안 돼. 놓아주지 않을 거다.'

❖　❖　❖

수업이 끝난 뒤, 간단히 장을 봐 태준의 집으로 향한 이혜는 짙은 어둠에 휩싸인 집 안의 모습에 고개를 갸웃했다. 그녀가 손에 든 짐을 바닥에 놓고 불을 켜자, 그제야 환한 빛이 집 안을 가득 메웠다. 이혜가 주변을 둘러보는데, 아무리 찾아도 그가 보이질 않았다.

"작가님?"

'안 계신 건가?'

현관문 잠금장치는 그녀가 수월히 들어올 수 있도록 열려 있었다. 그는 여태껏 한 번도 자신이 올 때 집을 비운 적이 없었는데.

이혜가 집 안을 둘러보며 다시 태준을 부르던 때였다.

짙은 고요와 적막을 깨부수며 '쾅!' 하는 파열음이 들려왔다. 순간 이혜의 가슴이 철렁했다. 그동안 안정적인 모습을 보이던 그로 인해 그의 상태에 대해 잊고 있었다. 이혜가 본능적으로 소리가 들리는 곳으로 향해 달려갔다. 그의 작업실 쪽이다.

"작가님!"

이혜가 새하얗게 질린 모습으로 문을 열려 하지만, 문은 굳게 잠겨 있었다. 이혜가 문을 쾅쾅 두들기며 그를 불렀다.

"작가님! 무슨 일이에요? 문 좀 열어 주세요!"

하지만 그는 이혜에게 아무런 대답도 해 주지 않았다. 오히려 반발하듯 무언가가 깨지는 소리가 문 안쪽에서 날카롭게 울려 퍼졌다. 이혜는 문밖에서 덜덜 떠는 것 말곤 할 수 있는 게 없었다. 그동안 괜찮았는데, 갑자기 왜? 도대체 뭐가 그를 자극한 거지?

지독한 시간이 흘러갔다. 한참이 지나서야 잠잠해졌다. 그러고도 또 시간이 꽤 지나서야 타인의 출입을 거부하며 굳게 닫혀 있던 문이 서서히 열리기 시작했다. 이혜는 문을 열고 나오는 그의 흐트러진 모습에 입술을 깨물었다.

"작가님……."

피가 군데군데 묻은 모습으로 그는 잔뜩 지친 얼굴을 하고 있었다. 거칠어진 숨을 낮게 내쉬며 그녀 앞에 섰다. 땀에 전 머리칼, 고통을 증명하듯 질린 혈색, 그리고 또 짙은 상처가 난 손. 핏방울이 그의 손가락을 타고 밑으로 뚝, 뚝 흘러내렸다.

놀란 이혜가 재빨리 그의 상처를 확인하려는데, 그 순간 태준이 힘없이 툭 그녀의 어깨 위로 머리를 댔다.

"작가님?"

"만지지 마, 유리 조각이 묻어 있을지도 몰라."

"하지만 또 상처가 났잖아요."

이혜가 속상한 목소리로 중얼거렸다. 그는 늘 이렇게 제 몸을 돌아보질 않는다. 이혜가 천천히 손을 뻗어 그의 등을 쓸었다. 조금이라도 제 체온이 위로가 되길 바라며.

"괜찮아."

"무슨 일이 있으셨던 거예요?"

"……아아. 그림을 그리고 싶었는데, 결국 또 못 그리고 말았어."

어딘가 쓸쓸함이 묻어나는 목소리에 이혜의 속눈썹이 슬픔에 부르르 떨렸다. 역시, 또 그 이유 때문인 걸까. 기다리겠다고 말했는데.

"괜찮아요. 천천히 해요, 우리."

"……오늘 집에 가지 말고 같이 있어 줘."

"알겠어요. 그럴게요."

원하던 대답을 들은 태준이 그녀의 목에 깊숙이 고개를 파묻었다. 그러자 이혜가 다독이듯 그를 제 작은 품 안으로 꽉 끌어당겼다. 그녀의 체온을 음미하던 태준이 그녀의 등 뒤에서 제 다친 손을 펼쳤다. 여전히 굵은 핏방울이 뚝, 뚝 떨어지고 있는 손을 그가 꽉 쥐었다.

그녀의 시선이 닿지 않는 곳에서 태준의 입가에 만족스러운 미소가 작게 그려졌다. 그의 눈동자가 음울하게 빛났다.

❖　❖　❖

다음 날 아침, 이혜는 주방에서 분주히 아침을 준비하고 있었다. 혹시라도 그의 속이 불편할까 싶어 일부러 자극적이지 않은 된장국을 선택했다. 국에 들어갈 야채를 손질하는 이혜의 등 뒤로 어느새 일어난 태준이 다가와 허리에 팔을 감았다. 그의 손은 전날 이혜가 치료한 터라 하얀 거즈가 붙여져 있었다.

"일어나셨어요, 작가님?"

이혜가 작게 웃으며 고개를 살짝 돌리자, 태준이 그녀의 목에 짧게 키스를 남기며 고개를 끄덕였다.

"응."

그의 입술이 지난밤 그가 잔뜩 괴롭혀 붉은 상흔이 남은 곳 위로 닿았다 떨어졌다. 괜찮아 보이는 그의 모습에 이혜는 조금 안도했다. 다행이야. 이혜가 애써 속내를 숨기며 오히려 밝게 대꾸했다.

"간지러워요. 요리 중이란 말이에요."

"왜 이렇게 일찍 일어났어? 주말인데 좀 더 자지. 밖에서 사

먹어도 되는데."

"아, 오늘 아버지 병실에 들르려고요. 요즘 학교 때문에 정신이 없어서 며칠 못 갔거든요."

"그래?"

주말. 오롯이 우리에게 주어진 시간. 한순간이라도 떨어져 있기 싫은 태준은 그녀를 꼭 끌어안으며 속삭였다.

"그럼 나도 같이 가."

"작가님도요?"

"응. 한번 뵙고 싶어."

생각지 못한 말에, 되묻는 이혜의 톤이 살짝 올라갔다. 의외의 제안. 그동안 그는 단 한 번도 자신의 아버지에게 관심을 가졌던 적이 없었다. 그러니 이건 긍정적인 상황으로 봐도 되겠지? 이혜가 고개를 끄덕이며 즐거움이 묻어나는 목소리로 대답했다.

"좋아요, 같이 가요. 아빠도 좋아하실 거예요."

아버지는 분명 좋아하실 거다. 평소 그는 박태준이란 화가에게 관심이 많았으니까. 이혜는 아버지의 상태가 태준을 만남으로써 조금이라도 호전되길 바랐다.

"먼저 올라가 있어. 주차하고 갈 테니."

"네, 알겠어요. 빨리 올라오세요."

이혜가 고개를 끄덕이며 그의 차에서 내렸다. 이혜는 아버지가 좋아하시던 수국 한 다발을 품에 안고 들뜬 발걸음으로 병실로 향했다. 그동안 바쁘다는 핑계로 신경 쓰지 못한 만큼 오늘은 제대로 아버지를 돌보겠다 다짐했다. 그러나 병실로 들어선 순간, 이혜는 아버지 병실 안에 이미 와 있던 손님의 얼굴을 확인하곤 표정을 굳히고 말았다.

"작은아버지."

"이혜 왔느냐. 다행히 만났구나. 널 기다리고 있었단다."

"……그러셨어요?"

왜 작은아버지가 자신을 기다리고 있는 것일까. 이혜는 왠지 모를 불안감에 입술을 깨물었다. 여태껏 단 한 번도 그가 꺼낸 이야기에 기뻤던 적이 없었다.

"저에게 무슨 하실 말씀이 있으신 거예요?"

태성이 잠시 여전히 길고 긴 잠에 든 장석을 한번 쓱 훑고는 자리에서 일어났다.

"여긴 네 아버지가 있으니 잠시 자리를 옮기자꾸나."

아버지가 들어선 안 되는 이야기인 건가. 아님 아버지가 들으면 기분 나빠할 이야기이기 때문에? 불안감은 더 짙어졌다. 이혜가 마른침을 삼키며 그를 따라 병실을 나와 휴게실로 향했다.

"앉아라."

이혜가 태성 맞은편에 조심스럽게 앉자, 그제야 태성이 이혜를 응시했다. 노회한 그의 눈동자는 제법 단호함과 냉정을 품고 있었다.

"돌려서 말하지 않으마. 도대체 무슨 생각인 거냐. 그동안 네가 하는 걸 잠자코 지켜봤지만 이젠 더는 그러지 못하겠다. 지금 네가 얼마나 아까운 시간을 축내고 있는지 아는 게냐?"

날카로운 질타가 이혜를 향해 있었다. 태성의 계산엔 이혜가 이쯤해서 적당히 하다 끝내고, 심적으로나 경제적으로나 버티지 못한 이혜가 헐값에 자신에게 갤러리를 넘겼어야 했다. 그랬기에 이미 오래전부터 갤러리 구매자를 물색하고 있었다.

그런데 이혜가 지진부진하게 지분을 넘기지 않는 탓에 갤러리를 사겠다는 사람이 하나둘 떨어져 나갔고, 태성은 오히려 여유 부리다 발등에 불 떨어진 상황이 되었다. 지금이라도 어서 팔아야 그나마 제값을 받을 수 있었다. 태성이 목에 들끓는 가래를 내뱉으며 외쳤다.

"어차피 안 될 거면 이제 그만 포기해!"

"작은아버지!"

이혜가 비명처럼 태성을 불렀다. 눈동자가 잘게 떨렸다. 그녀는 떨림을 숨기기 위해 제 양손을 꼭 붙잡으며 외쳤다.

"왜 자꾸 약속을 지키지 않으시려는 거죠? 아직 기한이 남아 있어요."

"기한, 기한, 기한!"

태성이 짜증과 분노가 뒤섞인 얼굴로 의자의 팔걸이를 '쾅!' 하고 내리쳤다.

"도대체 그 기한이 무슨 의미가 있는 거냐? 이제 고작 한 달 반밖에 안 남았는데, 도대체 네까짓 게 뭘 할 수 있다고? 그래, 누가 네게 그림을 주겠다 하디? 그 다 망한 갤러리에서 전시회라도 열어 준대?"

"……지금 뭐라 하셨어요?"

순간 이혜의 눈앞이 붉게 물들었다. 이혜는 처음으로 눈앞의 사내가 어른임을 잊고 거칠어진 목소리로 응수했다.

"제가, 제가 모를 줄 아셨어요? 작은아버지가 아버지가 멀쩡하셨을 때부터 갤러리를 호시탐탐 노리셨던 거? 아버지가 선의로 나눠 준 지분에 만족하지 못하고, 어떻게든 갤러리를 뺏으려 하신 걸? 저, 다 알고 있었어요. 지금도 제게 기한 줘 놓고 다른 궁리하고 계신 거 다 안다고요!"

그동안 꾹꾹 눌러 담고 있던 서러움과 원망이 폭발했다. 이혜의 날선 비난에 제 속을 들킨 태성이 수치와 분노를 참지 못하고 제 큼직한 손바닥을 들었다.

"이게 감히!"

맞는다고 생각했다. 이혜가 눈을 질끈 감는데, 아무리 지나도 아픔이 느껴지지 않았다. 천천히 눈을 뜬 이혜는 태성의 팔을 막아선 태준의 모습에 놀라고 말았다.

"작가님!"

태성이 시뻘게진 얼굴로 태준에게서 잡힌 손을 빼내려 하지만, 태준의 강한 손아귀 힘에 팔은 꿈쩍도 하지 않았다.

"이, 이, 너 뭐야!"

"당신이야 말로 지금 무슨 짓을 하는 거야."

태준이 손아귀에 더 강한 힘을 주며 굳은 표정으로 물었다. 팔목이 부러질 것 같은 감각에 태성이 비명을 내질렀다.

"아, 아악! 이거 놔!"

결국 태준이 마치 더러운 걸 털어 내듯 놓아주고 나서야 그의 비명이 멈췄다. 태성이 여전히 지독한 고통에 아려 오는 팔목을 부여잡으며 태준을 노려봤다.

"너 뭔데 남의 일에 끼어들어? 응?"

"그러는 당신이 이혜의 갤러리를 노리는 바로 그 파렴치한인가?"

태준이 원색적 비난을 내뱉으며 태성의 위아래를 훑었다. 그 명백한 적의와 모욕에 태성은 방향을 틀어 만만한 이혜에게 분노를 토했다.

"윤이혜, 너 도대체 무슨 소릴 하고 다니는 거야. 응? 자꾸 이러면 앞으로 내가 네 아버지 병원비를 내 줄 것 같아? 어?"

갑자기 불똥이 튄 이혜가 항변하려는데, 태준이 그녀 앞을 가로막았다. 그가 태성의 말에 작게 조소를 흘렸다.

"내 줄 필요 없어. 이미 내가 냈고, 또 앞으로도 내가 낼 거니까."

"작가님? 그게 무슨……!"

생각지도 못한 말에 놀란 이혜가 그를 불렀다. 놀란 건 태성도 마찬가지로, 멍한 눈으로 어버버 말을 더듬으며 태준을 바라봤다. 태준은 그를 향해 나직이 경고했다.

"그러니까 당장 꺼져. 지금, 당장."

날 선 위협에 결국 태성은 뒷걸음치며 자리에서 도망쳤다. 긴장이 풀린 이혜의 몸이 허물어지려는 걸 태준이 품에 안았다.

"괜찮아?"

이혜가 태준의 팔을 붙잡으며 진정되지 않은 목소리로 물었다.

"작가님, 그게 무슨 말이에요?"

"뭘? 병원비? 말 그대로야. 오면서 내가 납부했고, 앞으로도 내가 내 줄게. 그러니까 다신 저 작자랑 엮이지 마. 원한다면 네 갤러리도 내가 그냥 사 줄 수도 있어. 그래, 차라리 그게 낫겠군."

그에게 가장 남아돌고, 또 그랬기에 가장 무의미한 게 바로 돈이었다. 그림을 그리고 유명세를 떨치면서 그의 그림은 장당 10억이 넘게 팔렸고, 덕분에 태준은 넘치도록 돈이 많았다.

그래, 차라리 아예 이 모든 원인인 갤러리를 자신이 구입해 이혜를 제 옆에 영원히 두고 싶었다. 그럼 그녀가 자신에게서 도망칠까, 멀어질까 고민하지 않아도 되겠지. 왜 진작 그 생각을 하지 못했지?

하지만 이혜는 어두운 표정으로 고개를 저었다.

"말씀은 감사하지만 그건 절대 안 돼요."

그녀가 쉽게 받아들일 거라 생각하진 않았지만, 단호한 대답에 태준의 미간에 금이 갔다.

"왜지? 부담 가질 필요 없어. 내가 해 주고 싶은 것뿐이야."

네가 내게 준 거에 비하면 하찮디하찮은 거다. 하지만 이혜는 고개를 저으며 다시 한 번 제 의사를 또박또박 전했다.

"그건 의미가 없으니까요. 갤러리가 저희 가족에게 어떤 의미인지 아시잖아요. 그러니 제가 스스로 지켜야 의미가 있는 거예요."

지금 네 상황에 그게 가당키나 하냐고 물을 수도 있다. 하지만 이혜는 절대 그것만큼은 용납할 수 없었다. 우리 가족의 소중한 집을 남의 도움에 기대 되찾아 올 순 없는 것이다. 지킨다 한들 분명 아버지는 받아들이지 않으실 거다. 몸을 바로 세운 이혜가 태성으로 인해 속상한 마음을 숨기며 빙긋 웃었다.

"아빠 뵈러 가요. 기다리시겠어요."

이혜는 병실로 들어서자마자 아버지의 손을 꼭 붙잡았다. 그는 여전히 침대에 누워 아무런 미동도 없었지만, 이혜는 밝은 얼굴로 태준을 소개했다.

"아빠, 이혜 왔어요. 오늘은 특별 손님도 오셨어요. 아빠가 전에 꼭 한 번 만나 보고 싶다고 하셨던 그 박태준 작가님이에요. 놀라셨죠? 작가님이 아빠를 뵙고 싶다고 이렇게 같이 와 주셨어요."

태준이 장석을 향해 짧게 고개를 숙였다.

"처음 뵙겠습니다. 박태준입니다."

이분이 바로 이혜의 아버지. 오랜 시간 병석에 누워 있느라 몸이 많이 상한 게 확연히 보였다. 산소호흡기로 가는 숨을 이어 가며, 하루하루를 살아가고 있었다. 벌써 이렇게 된 게 수개월. 희망보단 절망이 더 큰 상태였지만, 이혜는 언젠가 꼭 일어날 거라고 정말로 굳게 믿고 있는 눈치였다. 이혜가 장석에게 시선을 고정한 채 천천히 입을 열었다.

"한 번도 말씀드린 적 없었을 거예요. 저희 아빠가 왜 작가님을 좋아했는지……."

처음 듣는 말에 태준의 시선이 이혜에게로 향했다. 이혜가 잠시 긴 숨을 토해 내며 다시금 말을 이었다.

"처음 작가님의 그림을 봤을 때, 아빠는 그 속에 담긴 슬픔과 애절함에 안타까우셨대요. 그런데 두 번째로 보니, 채 마무리되지 않은 원색의 감정이 눈에 띄었고, 세 번째로 보니 그 속에서 삶에 대한 끊임없는 갈구를 발견하셨다는 거 있죠? 어쩌면 그건 희망인지도 몰라요."

이혜가 장석에게서 태준에게로 시선을 돌렸다. 눈꼬리를 길게 접으며 진심을 담아 아버지의 마음을 대신 표현했다.

"그래서 늘 말버릇처럼 말씀하신 게 있어요. 작가님께 꼭 한번 따뜻한 밥 한 끼 대접하면서 장하다고, 고국으로 돌아와 줘서 고맙다고, 앞으로도 행복하고 좋은 그림을 많이 그려 달라고 꼭 전하고 싶으시대요."

말을 마친 이혜의 검은 눈동자가 반짝였고, 그녀의 순수함과 믿음은 날카로운 비수가 되어 태준의 심장에 깊숙하게 박혔다. 한 번쯤은 그림을 그릴 수 있게 되었느냐고 물어볼 수도 있었을 텐데, 그녀는 끝까지 묻지도, 재촉하지도 않았다. 태준은 차마 이혜에게서 눈을 떼지 못한 채 굳게 다물려 있던 입을 열었다.

"고마워."

그리고 그는 움직이지 않는 입꼬리를 간신히 끌어 올렸다. 마음이 지독한 어둠의 수렁에 빠지는 것 같다. 그럼에도 난 말할 수 없다. 네가 그토록 원하던 그림을 그리게 되었노라고. 자신을 미워하게 되더라도 어쩔 수 없다고 태준은 자위했다. 살기 위해, 네가 그토록 외쳤던 삶을 이어 가기 위해선 이혜 네가 꼭 필요하다.

태준이 진심을 담아 나지막이 읊조렸다. 이번엔 입가에 그려진 미소가 좀 더 자연스럽게 짙어졌다.

"내가 잘 할게."

미안한 만큼, 외면한 만큼 널 소중히 여길 거다. 태준은 마음속 어딘가에 싹을 내린 죄책감이란 녀석을 다시 한 번 강하게 발로 짓밟았다. 이기적이라 해도 어쩔 수 없기에.

18

학생들의 진행 상태를 확인하기 위해 한 바퀴 돌던 태준의 발걸음이 채린의 그림 앞에 멈춰 섰다. 그녀의 그림엔 거침이 없었다. 대부분이 러프 스케치에 머물러 있는 상태였지만, 그녀는 벌써 채색에 돌입해 있었다. 그 나이답지 않게 유려함과 섬세함이 돋보이는, 또 한편으론 화려함이 물씬 풍기는 그림이었다.

태준이 뒤에 서 있다는 것을 눈치챈 채린이 입가에 미소를 그리며 그를 돌아봤다.

"어때요, 교수님?"

자신감이 엿보이는 질문이었다. 듣고자 하는 대답도 이미 정해져 있었다. 얼마나 기다렸을까. 결국 굳게 다물려 있던 태준의 입이 열렸다.

"나쁘진 않군요."

채린이 퍽 만족스러운 얼굴로 가볍게 어깨를 으쓱했다. 그것은 여태껏 부족한 점을 지적하던 태준에게서 처음으로 나온 긍정의 표시였고, 그의 평가에 그림을 그리던 몇몇 애들이 술렁거렸다. 그런 그녀를 지나쳐 단상에 올라선 태준이 시간을 확인했다.

"그만. 오늘은 여기까지 하겠습니다."

"수고하셨습니다, 교수님."

이혜가 화구를 정리하며 작게 한숨을 내쉬었다. 그림을 그리는 게 막히는 건 아니지만, 뭔가 어딘가 계속 찜찜했다. 아니, 어쩌면 방금 그가 채린에게 한 칭찬을 엿들었기 때문인지도 모른다. 조금 더, 잘 그리고 싶었다.

"이혜야. 점심 먹으러 가자."

이미 가방을 다 싼 지은과 윤석이 이혜에게 다가왔다.

"그래."

작게 동의한 이혜가 가방을 들고 자리에서 일어났다. 강의실 밖으로 나오던 이혜는 문득 타 교수님과 얘기 중인 태준과 마주쳤다.

"아! 작……."

평소처럼 그를 부르려던 이혜는 순간 멈칫하며 말끝을 흐렸다. 환하게 웃으려던 입가가 어색하게 풀렸다. 생각해 보니 여긴 학교. 자신과 그의 관계는 고작해야 학생과 교수일 뿐이다. 이혜는 그를 부르는 대신 고개를 숙이는 걸로 인사를 대신했다.

"수고하셨습니다."

태준의 눈길이 잠시 그녀에게 닿았다가 다시 눈앞의 노(老)교수에게 향했다. 이혜를 따라 태준에게 인사한 지은이 이혜에게 팔짱을 끼며 물었다.

"오늘 테리아 갈까? 나 오랜만에 초밥 먹고 싶어."

지은의 제안에 윤석이 두 눈을 빛내며 고개를 강하게 끄덕였다.

"사케도!"

"쟤 또 술타령이다. 야, 아직 오전이거든!"

지은이 눈매를 찡그리며 윤석을 타박했지만, 윤석은 들은 체도 하지 않았다.

"노놉. 진정한 예술가들은 원래 술기운이 들어가야 그림을 그릴 수 있는 거야."

"뭐래."

말도 안 되는 소리라며 지은이 윤석의 등을 크게 팡팡 때렸고, 윤석이 몸을 부르르 떨었다. 그 우스운 모습에 이혜가 작게 키킥 소리를 내며 웃었다.

"그만해. 어서 밥이나 먹으러 가자."

이혜는 곧 친구들과 함께 건물 밖으로 사라졌다.

알은체를 하진 않았지만 사실 태준의 온 신경은 이혜에게로 향해 있었다. 그녀가 자신을 지나쳐 가는 그 순간까지도.

"박태준 작가. 여기서 이러지 말고 같이 점심이나 하며 이야기하지 않겠나?"

머리가 희끗희끗하게 샌 중년의 교수가 긍정적인 대답을 기대하고 있는 게 보였다. 그는 학과 주임교수로, 학교에 태준을 추천한 사람이기도 했다. 그럼에도 태준은 거절할 생각이었다.

다른 사람들과 섞여 있는 것 자체를 꺼리는 태준이었다. 그런 그에게 함께 식사라니. 하지만 단칼에 거절하려던 그의 대답은 이어지는 정 교수의 말에 멈춰지고 말았다.

"학교 앞에 테리아라고 괜찮은 일식집이 있어. 박 작가도 분명 마음에 들어 할 거네."

테리아. 그의 기억이 맞다면, 분명 아까 이혜 옆의 여자애가 지나가면서 언급했던 곳이다. 결국 태준은 대답을 변경했다.

"알겠습니다."

정 교수를 따라 일식집에 도착한 태준이 홀을 빙 둘러봤다. 시선 끝에 한구석에서 윤석과 지은이 앉아 있는 것이 보였다. 이혜는 어디에? 고개를 돌리던 태준이 화장실로 사라지는 이혜를 발견했다.

"룸으로 모시겠습니다."

"박 작가, 갑시다."

메뉴판을 든 직원이 안쪽 룸으로 안내하자, 정 교수가 태준을 향해 손짓을 했다.

"잠시만 화장실 좀 다녀오겠습니다."

태준이 그에게 잠시 양해를 구하며 자리를 떴다. 화장실 앞에서 그녀가 나오길 기다리던 태준은 그녀가 나오자마자 곧바로 자신 쪽으로 그녀를 잡아당겼다. 태준은 그녀가 놀랄 틈도 제대로 주지 않고 그대로 그녀의 입술을 훔쳤다. 만족스럽진 못하지만 최소한의 갈증은 해결한 태준이 입술을 떼며 나직이 속삭였다.

"아까부터 이러고 싶었어."

아까 강의실 앞의 일을 말하는 것이었다. 외면할 수밖에 없던 상황에 그는 알게 모르게 짜증이 나 있었다. 그 뜻을 이해한 이혜가 어쩔 수 없는 남자라는 생각이 들어 작게 웃으며 물었다.

"그나저나 여긴 어떻게 오셨어요? 아까 정 교수님이랑 같이 있으시던데, 같이 오신 거예요?"

태준은 고개를 끄덕일 뿐 진짜 이유를 굳이 입 밖으로 꺼내지 않았다.

"여기 맛있는 집이에요. 좋아하실 거예요."

"초밥 좋아해?"

"네, 좋아해요."

"그럼 저녁에 사 갈까?"

사실 태준은 초밥을 좋아하지 않았다. 여기도 이혜가 와서 따라온 것뿐. 하지만 이혜가 좋아한다면 초밥 따위 매일 먹어도 상관없다. 이혜가 빙긋 웃으며 고개를 저었다.

"아뇨, 괜찮아요. 지금도 먹잖아요."

"오늘도 늦게까지 작업하나?"

요즘 과제와 졸업작품 때문에 이혜는 거의 매일같이 작업실에 남아 그림을 그리고 있었다. 개강 후 그녀와 함께할 수 있는 시간이 많이 줄었다. 기껏해야 주말이지만, 그것도 여의치 않았다. 오늘도 늦게까지 학교에 남는다면, 자신도 따라 남을 생각이었다.

"음, 오늘은 안 할 것 같아요. 일찍 들어갈게요."

이혜의 대답에 태준의 표정이 밝아졌다. 그의 입장에선 다행스러운 답변이 아닐 수 없었다.

"작가님, 어서 들어가 보세요. 정 교수님이 기다리실 거예요."

태준이 아쉬운 한숨을 내쉬었다. 정 교수 따위 기다리든 말든 알 바가 아니다. 그가 원하는 것은 이혜와 같이 있는 것뿐. 하지만 이혜가 원치 않을 것을 잘 안다.

"키스해 줘. 그럼 갈게."

태준이 씩 웃으며 부탁 아닌 부탁을 했다. 이혜의 입장에선 강요와도 같은 말이었다. 콧등을 찡그린 이혜가 주변을 살펴보곤 태준의 입술에 '쪽!' 입을 맞췄다. 짧디짧은 키스였지만, 더는 그녀가 용납하지 않을 걸 알기에 태준은 아쉬운 대로 이 선에서 만족하기로 했다.

"일찍 와. 기다릴게."

❖ ❖ ❖

아쉬움을 뒤로하고 룸에 들어간 태준은 순간 정 교수 옆에 앉아 있는 한 여자를 발견하고는 미간을 좁혔다.

"오셨어요, 교수님?"

"자, 어서 박 작가도 앉으시게. 채린 양은 내가 불렀다네. 괜찮지?"

왜 저 여자가 여기 있는 거지? 정 교수 옆에 앉은 채린이 태준을 향해 빙긋 미소를 지었다. 그 모습에 태준은 얼굴을 굳혔다. 태준이 자리에 앉자, 정 교수가 태준의 술잔에 술을 따랐다.

"자, 한 잔 드시게."

태준이 술을 들이켜자, 톡 쏘는 알싸함이 식도를 자극했다.

"박 작가, 수업은 어떠신가? 할 만하신가?"

"나쁘지 않습니다."

"다행이군. 내가 박 작가를 추천했다네. 박 작가 그림이 워낙 마음에 들어야. 그래, 아버님은 잘 계시고? 얼마 전에 전시회서 한 번 뵙기는 했네만."

그는 부러 레이든과의 친분을 과시하며 크게 웃었다. 그러다 뭔가 생각났다며 손을 쳤다.

"아! 그래, 아버님 전시회가 바로 채린 양 갤러리에서 이뤄졌지?"

"네, 교수님."

채린이 빙긋 웃으며 그의 술잔에 술을 따랐다. 바로 술을 들이 켠 정 교수가 '크!' 하며 낮게 신음했다. 이어 그는 비어 있는 박 작가의 잔에 술을 따르며 본론을 꺼냈다.

"자네도 채린 양의 그림을 봤을 거야. 채린 양은 우리 학교, 아 니 대한민국의 차세대 유망주지. 나이답지 않게 그 깊이를 가늠할 수 없을 정도야. 박 작가도 천재라 불리지 않았나? 그러니 잘 좀 부탁하네. 이사장님께서도 박 작가와 채린 양에게 거는 기대가 커. 잘만 해 주면 정식 교수도 가능하다고."

그의 말에 태준은 낮게 조소했지만, 정 교수는 그 모습을 보지 못했다. 정 교수가 바지를 털며 자리에서 일어났다.

"난 잠깐 화장실 좀 다녀오겠네."

정 교수가 나가고 둘이 남자, 채린이 비어 있는 태준의 잔에 술 을 따랐다.

"드세요, 교수님."

상 위에 놓여 있는 술잔을 채우는 채린의 모습을 지켜보던 태 준의 표정이 차가워졌다. 그가 채린을 노려보며 시린 목소리로 물 었다.

"원하는 게 뭐야?"

잠시 멈칫한 그녀가 빙긋 웃으며 자신의 술잔에도 술을 마저 따랐다.

"뭐가요? 그저 작가님을 뵙고 싶어서 따라온 것뿐인데요."

하지만 태준은 이 자리가 단순히 정 교수가 점심을 하기 위해 만든 자리가 아님을 눈치챘다. 분명 눈앞의 여자의 요구로 이뤄진 거겠지. 어째서 이렇게 곁에서 자꾸 얼쩡거리는 거지? 채린을 바라보는 태준의 눈빛이 한층 어두워졌다.

"난 너 같은 부류를 아주 잘 알아. 교만하고 오만하기 짝이 없지."

"오만하다니요. 자신감인 거죠. 사실 전 작가님께 관심이 많아요. 작가님이 저랑 같은 부류의 사람이라고 생각하거든요. 그래서 작가님과 친하게 지내고 싶고요."

같은 부류란 말에 순간 태준의 눈썹이 꿈틀댔다.

"착각이 크군."

"왜 착각이라고 생각하세요? 제 그림 보셨잖아요. 분명 서로에게 좋은 뮤즈가 되어 줄 수 있을 거예요. 모두의 예상처럼 잘 어울릴 거라고요."

태준은 불쾌하기 짝이 없었다. 동류라고? 네가 감히 내 뮤즈? 자신이 가진 것만 가지고 설쳐 대는 꼴이 여간 우스운 게 아니었다. 그의 입가에 서늘한 조소가 그려졌다.

"스스로의 가치를 너무 높게 평가하는군."

명백한 조롱에 채린은 자존심이 상했지만, 애써 내색하진 않았다. 아마 그는 자신이 가진 게 어느 정도인지 잘 몰라서 그러는 것일 터였다. 그녀는 다시 한 번 자신의 가치를 그에게 어필했다.

"아니요. 전 작가님께 드릴 수 있는 게 많아요. 일례로 작가님이 저희 갤러리에서 차기작 전시회를 열고 싶으시다면, 제가 할아버지께 말씀드려 볼 수 있어요. 얼마 전, 아버님이신 레이든 씨도 저희 갤러리에서 전시회를 열어 큰 성공을 거두셨잖아요."

레이든. 그 이름에 태준은 더 이상 들을 것도 없다고 생각했다. 이미 이혜도 봤으니 이곳에 더 남아 있을 이유도 없었다. 태준이 자리에서 일어나는데 채린이 한층 낮아진 목소리로 입을 열었다. 계속되는 무시에 어느새 그녀의 표정은 굳어 있었다.

"……작가님. 전 남에게 무시당하는 것에 익숙하지 않아요."

그래서 할 수 있는 게 고작 제 조부모의 힘을 믿고 설쳐 대는 것뿐인가? 태준이 낮게 비웃음을 흘리며 망설임 없이 등을 돌려 룸을 나가려는데, 채린이 내뱉은 한 이름에 발걸음이 멈추고 말았다.

"윤이혜…… 맞죠?"

태준의 몸이 자연스레 채린에게로 돌아갔다. 채린이 비로소 자신에게 향한 태준의 눈동자를 마주하며 말을 이었다.

"사실 저 아까 화장실에서 두 사람이 키스하는 걸 보고 말았어요. 둘이 무슨 사이예요?"

태준의 표정이 굳어졌다. 그가 미처 동요를 숨기지 못한 사이, 채린이 그 찰나를 놓치지 않았다.

"단순히 교수와 제자의 관계가 아닌 거죠? 이혜가 갤러리 살리겠다고 동분서주한다는 이야기는 들었는데, 혹시 그거와 관련이 있는 건가요?"

"그래서?"

어디 한 번 계속해 보라는 태준의 반응에, 채린이 입가에 은근한 미소를 머금으며 계속해서 말을 이었다.

"제가 한번 추측해 볼까요? 주변 지인들에게 도움을 청했지만, 다 거부당한 이혜가 작가님을 찾아간 거예요. 중간에 둘 사이에 무슨 이야기가 오고 갔는지는 모르겠지만, 이거 하난 확실히 알겠네요. 둘의 관계가 평범한 관계는 아니라는 것을."

말을 마친 채린의 표정은 기세등등해 있었다. 그녀의 말을 잠자코 들어 주던 태준의 입매가 비틀렸다.

"꽤 명확한 추리군. 재밌게 잘 들었어. 그런데…… 그래서 뭐?"

"일상적이고 평범한 관계는 아니라고 말씀드리는 거예요. 누군가에겐 추문이 될 수도 있을 거구요. 그런 추문이 퍼지면 평범하던 윤이혜의 일상이 와르르 무너지겠죠?"

"……그러니까 추문을 만들고 싶지 않으면 지금 네 요구를 수락하라? 건방지기 짝이 없군."

태준은 감히 자신의 앞에서 되도 않을 협박을 지껄이는 채린이 가소로웠다. 원하는 걸 얻기 위해 타인을 맘껏 이용하는 그녀의 모습이 꼭 누군가를 생각나게 했다. 제 아버지, 레이든을. 태준의 입가에 서린 조소가 걸렸다.

"남에게 쓸데없이 관심 갖지 말고, 그 시간에 그림이나 더 그리지 그래?"

마지막으로 싸늘히 대꾸한 태준이 곧바로 룸을 나가 버렸다.

나무로 만들어진 문이 '쾅!' 하는 거친 소리를 내며 닫혔다.

복도를 지나 홀로 나온 태준은 친구들과 식사를 하고 있는 이혜를 발견했다. 빨랐던 걸음이 그녀를 발견하자마자 느려졌다. 이혜가 친구들 사이에 둘러싸여 환하게 웃고 있었다. 윤석이 거는 장난에 마주 장난치며 즐겁게 식사를 한다. 순간 태준은 강한 이질감을 느꼈다. 고작 몇 걸음도 안 될 거리가 갑자기 수백 걸음으로 느껴졌다.

"그런 추문이 퍼지면 평범하던 윤이혜의 일상이 와르르 무너지겠죠?"

평범함. 자신은 가져 본 적이 없기에 줄 수도 없는 것. 태준은 유독 그 단어에서 헤어 나올 수가 없었다. 어떤 의미에서든 자신과는 먼 단어였고, 이혜에겐 일상일 수 있는 단어였다. 그동안 계속해서 마음속에 걸렸던 것이 하필 지금 건드려지고 말았다. 울컥 뭔가가 올라오는 것 같아 태준은 주먹을 꽉 쥐었다. 너무 꽉 쥐어 손등의 힘줄이 파랗게 돋았다. 다시 멈췄던 그의 발걸음이 빨라졌고, 이내 그는 그곳에서 사라졌다.

❖　❖　❖

"궁금한 게 있어."

저녁을 먹던 중에 태준이 툭 던진 질문에 이혜가 고개를 들었다. 태준이 쥐고 있던 젓가락을 놓으며 물었다.

"친구들과 있을 때 주로 뭘 하지?"

뜬금없는 질문에 이혜가 고개를 갸웃했다. 갑자기 그게 왜 궁금할까 생각하면서도 그녀는 친구들과 있을 때 하는 일들을 차근차근 풀어 놓았다.

"그냥 밥 먹고 카페 가고, 영화 보고 해요. 어쩔 땐 술도 마시고요."

천천히 그녀의 대답을 다시 입안에 굴려 본 태준이 한 단어에서 멈췄다. 영화. 생각해 보니 그녀와 영화를 본 적이 없었다. 아니, 사실 그는 소라가 죽고 단 한 번도 영화라는 걸 봐 본 적이 없었다. 밖에도 제대로 한번 나와 본 적이 없었으니.

"그럼 영화 보러 보자."

"작가님이랑…… 지금요?"

"나랑, 지금."

태준은 다시 한 번 강조했다. 그의 갑작스러운 제안에 이혜는 기쁘면서도 걱정스러운 맘이 들어 대답을 머뭇거렸다.

"사람들이 많을 텐데…… 괜찮을까요?"

그는 아직 사람들 사이에 있는 걸 힘겨워했다. 특히나 사람들이 많이 몰려 있는 곳은 더더욱. 이혜는 지난번, 그와 밖에 나갔다가 자신이 잠시 사라졌을 때의 그가 떠올랐다. 새하얗게 질린 얼굴로 다급히 자신을 찾던 그. 그런데 과연 괜찮을까.

이혜의 걱정을 눈치챈 태준의 표정이 살짝 굳었다. 남들과는 일상적인 일인데도 자신과는 불안해야 한다니. 이내 그는 곧바로 굳은 표정을 지으며 대신 입꼬리에 미소를 걸었다.

"괜찮아. 많이 나아졌으니까."

"네, 그럼 보러 가요."

태준의 미소에 이혜가 수긍하며 보답하듯 눈꼬리를 접었다. 그와 영화를 본다는 사실에 기대감과 기쁜 감정이 묻어났다.

※　※　※

"작가님, 어떤 영화 보고 싶으세요?"

영화관에 도착한 이혜가 빙글 태준을 돌아보며 물었다. 질문하는 그녀의 얼굴은 잔뜩 상기되어 있었다. 어린아이 같은 이혜의 모습에 태준이 이혜의 뺨을 부드럽게 쓸며 대답했다.

"아무거나. 네가 보고 싶은 거면 돼."

그의 말에 이혜의 고민은 깊어졌다. 한참 동안 팸플릿을 뒤적이던 이혜가 마침내 로맨틱 코미디를 골랐다. 지은에게서 며칠 전부터 재밌다고 계속 추천을 받던 영화였다.

"음, 그럼 이거 볼까요? 요즘 제일 인기 있는 영화래요."

"그래, 그러자."

뭐든 좋다. 단지 그는 지금 이렇게 그녀와 함께 있는 시간이 더없이 좋았기에.

곧, 영화가 시작하고 이혜는 홀린 듯 영화에 빠져들었다. 영화는 쉴 새 없이 진행되었고, 간간이 위트 있는 장면에선 사람들이 웃음을 흘렸다. 하지만 태준의 시선은 처음부터 끝까지 이혜에게 고정되어 있었다.

어둠 속에서도 그녀의 표정만큼은 밝은 빛 아래서 보는 것처럼 환했고, 또 생생했다. 영화에 몰입한 그녀의 표정이 영화의 스토리에 따라 다양하게 변화했다. 웃고, 코끝을 찡그리고, 눈물을 글썽이다 다시 입가에 미소를 그렸다. 그리고 태준은 그런 이혜의 표정을 느긋이 감상했다.

이것으로 자신도 그들과 같은 것을 줄 수 있는 거다. 그래, 그런 거라고 태준은 끊임없이 스스로에게 세뇌했다.

'전혀 다르지 않아. 네가 틀린 거야, 한채린.'

태준의 시선을 느꼈는지 스크린에서 눈을 떼지 않던 이혜가 태준에게로 고개를 돌렸다. 이혜가 어둠 속에서 빙긋 웃으며, 들고 있던 팝콘을 태준의 입에 넣어 주었다. 태준은 기꺼이 그녀가 주는 걸 받아먹으며 마주 웃었다.

영화가 끝나고 밖을 나오던 이혜가 화장실을 발견하곤 발걸음을 멈췄다.

"작가님, 저 잠깐 화장실 좀 다녀올게요."

"그래."

이혜가 잠시만 기다려 달라고 말한 뒤 빠른 걸음으로 화장실로 향했다. 홀로 남은 태준은 북적이는 사람들을 피해 구석으로 향했다. 평일 저녁인데도 영화관은 많은 사람들로 북적거리고 있었다.

아무리 피한다곤 하지만 눈앞을 스쳐 지나가는 사람들, 그리고 사람들의 소음이 태준을 괴롭혔다. 자연스레 태준의 표정이 굳어졌다. 잊고 있던 두통이 다시금 시작된 것이다.

아직은 이렇게 좁은 공간에 많은 사람들과 있는 게 익숙하지 않았다. 본능적으로 불안감에 이혜를 찾기 위해 몸이 움직이려 했다. 또다시 그녀가 홀연히 사라졌을까 봐, 이대로 그녀를 놓치는 것일까 봐 두려웠다. 퍼뜩 그것을 깨달은 태준이 스스로를 제어하기 위해 입술 안쪽을 잘근잘근 씹었다. 얼마나 지독히도 깨물었는지 금세 입안에 피가 가득했다.

잠시만 참으면 된다. 이혜가 나올 때까지만.

"작가님."

화장실에서 나온 이혜가 태준 앞에 섰다. 그제야 긴장감이 풀어지며 불안이 일시에 해소됐다.

"영화도 봤고, 이제 뭐 할까요?"

"네가 하고 싶은 거면 뭐든."

아무 일 없다는 듯 태준이 이혜의 손을 꽉 붙잡으며, 보이지 않게 침을 삼켰다. 입안엔 비릿한 맛이 가득했다.

19

수업이 끝난 뒤, 이혜는 내내 작업실에 틀어박혀 작업 중이었다. 졸업전시 연구작이 형태를 갖추기 시작했다. 마지막 선을 그으며 밑그림을 마친 이혜가 그제야 팔을 내렸다. 얼마나 오랜 시간 집중하여 그렸던지 손이 찌릿찌릿 저려 왔다.

"휴우."

옆에서 작업하던 윤석이 그녀 쪽으로 고개를 돌렸다.

"다 했냐?"

"밑그림까지는. 넌?"

상체를 이혜 쪽으로 쭉 뻗어 그녀의 그림을 들여다본 윤석이 다시 제 쪽으로 몸을 끌어당겼다. 밑그림이 완성된 그녀와 달리 자신은 이제 고작 러프 스케치까지만 끝난 상태였다. 윤석이 머리를 긁적이며 투덜거렸다.

"난 똥줄 타기 시작했다. 아오, 도대체 언제 끝나."

"그러게 누가 집 가서 퍼질러 자래?"

"야! 불난 집에 부채질하냐?"

씩씩거리는 윤석을 향해 이혜가 어깨를 으쓱였다. 시간을 확인한 그녀는 마지막으로 제 그림을 요리조리 훑어본 뒤 화구를 정리했다. 캔버스까지 치운 이혜가 자리에서 일어났다.

"나 먼저 갈게. 약속 있어."

"그래, 가라. 가."

"열심히 해."

여전히 그림에 시선을 고정한 윤석이 손만 흔들었다. 작업실을 나온 이혜는 곧바로 태준의 연구실로 향했다.

같은 시각. 강의일지를 작성하고 있던 태준은 똑똑똑 문을 노크하는 소리에 고개를 들었다. 이혜일 거라 생각하던 그의 표정이 여자의 얼굴을 확인하고 일그러졌다.

"뭐지?"

"너무 대놓고 싫어하는 티를 내시는 거 아니에요? 저 섭섭해요."

채린은 명백한 적의에도 대수롭지 않게 유연히 넘기며 또각또각 연구실 안으로 들어왔다. 오늘따라 유난히 몸에 딱 달라붙은 원피스가 눈에 띄었다. 태준 앞에 선 채린이 싱긋 웃으며 물었다.

"혹시 제가 지난번 말씀드린 것에 대해 생각해 보셨어요?"

태준이 다시 서류로 눈을 돌리며 차갑게 내뱉었다.

"생각할 가치도 없는 것을."

채린이 비음을 흘리며 손가락을 들어 제 뺨을 톡톡 쳤다.

"의외네요. 저희 SY갤러리를 등에 업을 수 있는 절호의 기회인데. 있잖아요, 작가님. 그날 작가님의 반응이 영 심상치 않아서 제가 따로 조사를 좀 해 봤어요. 알아보니 이혜가 작가님의 집에 거의 매일같이 밤낮으로 찾아갔더라고요?"

순간 태준의 움직임이 멎었다. 그가 고개를 들어 채린을 노려봤다.

"하고 싶은 말이 뭐야."

"그냥 궁금해서요. 정말 추문이 돌든 말든 상관이 없는 건지, 아님 그 정도로 이혜한테 관심이 없는 건지요. 사실 전 후자이길 바라지만요."

"그래서 어쩌라는 거지?"

"아시잖아요, 이쪽 세계는 남의 가십거리를 참 좋아한다는 거. 이미 작가님에 대한 평이 좋지 않은 상태예요. 더 이상 작가님의 이름이 안 좋게 오르락내리락하게 만들면 앞으로의 작품 활동에 해가 될 거예요."

채린의 말에 태준이 낮게 실소를 토해 냈다. 듣자 듣자 하니, 계속해서 어처구니없는 말만 지껄이고 있다.

"하. 그 방법이 이혜를 버리고 널 택하는 거고?"

"뭐, 그게 가장 좋은 방법이죠."

"싫다면?"

"그럼 가장 먼저 작가님 때문에 이혜가 다치겠죠."

"뭐라고?"

"생각해 보세요. 간신히 전시회를 열었는데, 알고 보니 몸으로 로비를 해서 그림을 얻은 것이라는 말이 돈다면 어떨지. 그게 얼마나 그 아이에게 치명적일지 감이 안 오세요?"

로비라는 단어와 이혜가 다칠 거라는 말에 태준의 표정이 일순 사라졌다. 이어서 그 위로 짙은 살의와 적의가 흉포히 드러났다.

"뚫린 입이라고 함부로 지껄이는군."

감히 네까짓 게 이혜를 가지고 날 협박해? 참아 줄 수 있는 수위를 넘었다. 그는 당장에라도 채린을 죽여 버리고 싶은 강렬한 충동에 휩싸였다. 그런데 그때, 문을 노크하는 소리가 들려왔다. 똑 ,똑, 똑. 문 뒤에선 태준을 부르는 이혜의 목소리에, 태준의 행동이 멈췄다.

문을 연 이혜는 눈앞에 있는 여자의 존재에 당황했다. 멍하니 그녀의 이름을 입안에 굴렸다.

'채린 언니.'

채린이 이혜를 향해 화사하게 웃었다.

"안녕."

"아, 네. 안녕하세요."

이혜의 인사에 채린의 미소가 더 짙어졌다. 그녀가 문득 뭔가가 생각난 듯 태준에게로 다시 고개를 돌렸다.

"아! 교수님. 저희 할아버지께서 한번 뵙자고 하세요. 나중에 연락드릴게요. 그럼 즐거운 저녁 보내세요."

채린은 마지막으로 태준에게 인사하며 그의 연구실을 나섰다. 이혜는 잠시 그녀의 뒷모습을 지켜보다 태준 쪽으로 다가왔다.

'여길 왜…… 온 걸까?'

그림에 대해 조언이라도 얻으려고? 할아버지가 뵙고 싶어 한다는 건 무슨 얘기일까. 지은 말로는 대형 갤러리 이사장이라던데. 왠지 자꾸 그녀의 말에 신경이 쓰였다. 아니, 더 정확히는 그녀가 이곳에 있었다는 그 자체가 껄끄럽게 느껴졌다.

무슨 얘기를 했을까 싶어 태준을 바라보는데, 왠지 그의 기분이 좋아 보이진 않았다. 조금은 무서운 얼굴이기도 했다.

"작가님?"

그제야 태준의 시선이 완벽히 이혜에게로 향했다. 눈 안 가득 이혜의 모습이 가득 차자 태준의 표정이 서서히 풀렸다.

"왔어? 그림은?"

"밑그림까진 다 끝냈어요. 저녁 먹으러 어디로 갈까요?"

오늘은 외식을 하기로 약속했었다. 하지만 태준은 잠시 생각에 빠지다 고개를 저었다.

"아니, 집으로 가자."

대답하는 그의 눈동자가 어둠에 잠겨 거칠게 일렁였다.

집에 도착하자마자 태준은 이혜를 침대로 밀어붙였다. 지금만큼은 그녀가 배고플지도 모른다는 이성적 사고를 할 수 없었다. 어딘가 조급함이 느껴지는 관계였다. 평소의 부드럽던 모습은 온데간데없었다. 이혜는 제 안으로 강하게 밀어붙이는 태준의 보조를 맞춰 주고자 최대한 노력했다.

"작가님?"

이혜의 부름에도 태준은 대답하지 않았다. 대신 그녀의 소담히 부푼 가슴 중앙에 꼿꼿이 선 유실을 입안 가득 삼켰다. 이로 잘근잘근 깨물다가 어느새 혀로 살살살 핥아 올렸다. 발끝을 저릿하게 하는 감각에 이혜가 허리를 비틀었다.

"아웃!"

그녀의 반응에 태준이 다시 한 번 허리를 강하게 튕겼다. 이혜는 쉴 새 없이 몰아치는 감각 속에서도 그가 무언가를 끝없이 갈구한다는 생각이 들었다. 그리고 그 속엔 미처 숨기지 못한 불안감이 엿보였다.

태준이 좀 더 깊숙이 파고들기 위해 그녀의 다리를 들어 올렸다. 그의 것이 그 어느 때보다도 깊숙이 들어왔다. 이어 그의 몸이 떨리며 그의 흔적들이 이혜 안으로 분출되었다.

"하아, 하아, 핫."

마침내, 집에 들어오자마자 이혜를 몰아치던 태준의 움직임이 멈췄다. 태준이 거친 숨을 몰아 내쉬며 그제야 이혜를 바라봤다. 제어를 잃고 얼마나 괴롭혔던지 이혜의 머리칼이 땀에 젖어 뺨에 잔뜩 묻어 있었다. 태준이 그녀의 머리칼을 떼어 내며 속삭였다.

"거칠게 다뤄서 미안. 늘 부드럽게만 다뤄 주고 싶었는데."

이혜가 천천히 고개를 저으며 그의 이마 위로 흘러내리는 땀을 닦아냈다.

"아니에요. 괜찮았어요."

그저 평소와는 달라 당황했을 뿐이다. 이혜가 걱정스러운 마음을 표현했다.

"무슨 일 있었던 거예요?"

"……아니. 아무것도. 먼저 씻을게."

"네."

태준이 마지막으로 이혜의 이마에 짧게 입 맞추고는 몸을 일으켰다.

태준에 이어서 샤워를 끝낸 이혜가 거실로 나와 태준을 찾았다. 태준은 부엌에서 약을 삼키고 있었다. 오늘따라 그는 뭔가 이상했다. 도대체 뭐가 문제인 걸까? 정확히는 채린과 만난 뒤인 것 같다. 둘이 무슨 일이라도 있었던 걸까?

'말해 주면 좋을 텐데.'

하지만 그는 자신에게 표현하지 않는다. 어느 순간부터 그의 표현이 줄었다는 것이 느껴졌다. 자신에 대한 좋은 감정이 증가한

만큼 최대한 난폭한 모습을 숨기려 한다는 것을 이혜는 본능적으로 알고 있었다.

그녀가 진정으로 원하는 것은 공유였다. 나쁜 것도, 좋은 것도 모든 걸 함께할 수 있는 관계.

'조급해하지 말자. 앞으로 나아지겠지.'

그래, 우리에게 주어진 시간은 많았다. 그녀는 언제든 믿고 기다릴 수 있었다. 이혜가 빙긋 웃으며 태준 쪽으로 걸어갔다. 그의 뒤에 선 이혜가 그의 손을 붙잡았다.

"작가님."

그런데 그 순간, 교수실에서 여자가 했던 말을 곱씹던 태준이 놀라며 이혜의 손을 세차게 쳐 냈다. 사고는 한순간에 일어났다. 태준은 저도 모르게 이혜의 손을 쳐 내며 들고 있던 컵을 놓치고 말았고, 컵이 식탁과 부딪히며 '쨍!' 하고 깨졌다.

"아얏!"

이혜가 짧게 비명을 지르며 팔목을 움켜잡았다. 컵이 깨지면서 튕긴 유리 파편에 긁혔는지, 팔목에서 가늘게 피가 흘러내렸다.

"아."

태준은 순간 자신이 무슨 짓을 했는지 이해할 수 없었다. 그의 시선에 피가 흐르는 이혜의 팔목만이 가득 찼다. 도대체 자신이 무슨 짓을 한 건가. 그녀를 상처 입히고 말았다. 그것이 고의든 아니든, 그에겐 자신으로 인해 그녀가 상처 입었다는 사실만이 중요했다. 순간 채린의 경고가 그의 귓가를 스쳐 갔다.

다시는 소라와 같은 상황을 반복하지 않겠다 생각했었다. 소중히 하겠다고 다짐했는데, 그런 널 상처 입혔어. 태준의 눈동자가 거칠게 흔들렸다. 머리가 깨질 것 같았다. 숨이 막혀 왔다. 모든 현실이 아닌 것처럼 아득해졌다. 눈앞의 이혜의 모습이 흐릿해졌다.

스멀스멀 도망갔던 어둠이 그의 발을 붙잡고 기어올랐다. 어둠은 흉포한 이빨을 드러내며 태준을 삼키기 위해 아가리를 벌렸다. 그것은 순식간에 소라의 모습을 만들어 냈다. 소라. 차라리 아버지에게 자신 대신 맞는 모습이 나을 거라 생각할 정도로 처참한 모습에 숨이 막혔다.

자신을 지키기 위해 결국 죽고 만 소라가 그 사고 그때의 모습으로 자신의 발밑에 쓰러져 있었다. 몸 안의 모든 피를 뿜어내듯 그녀의 몸 아래 피 웅덩이가 점점 몸을 불리고 있었다. 그리고 이내 그것은 이혜의 모습으로 바뀌었다.

'안 돼. 그건 절대 안 돼.'

"작가님! 숨 쉬세요! 전 괜찮아요! 괜찮다고요!"

태준의 상태가 심상치 않음을 깨달은 이혜가 제 상처도 잊고 그의 양팔을 붙잡고 흔들었다. 초점을 잃은 태준의 눈동자가 이혜의 눈물을 담자, 그제야 서서히 초점이 돌아왔다.

"······이혜야."

태준이 머뭇거리며 떨리는 손을 이혜에게 뻗었다. 닿을락 말락 그의 손이 한참을 망설이다 마침내 이혜의 뺨에 서글프게 닿았다.

따뜻하다. 손바닥 아래로 그녀의 뜨거운 체온이 느껴졌다. 이혜가 태준의 손에 뺨을 비비며 간절한 목소리로 그를 위로했다.

"보세요. 저 멀쩡하잖아요. 그러니까 자책하지 마세요. 그냥 실수예요."

이혜의 눈꼬리를 타고 뜨거운 눈물이 흘러내렸다. 태준이 일그러진 표정으로 이혜를 꽉 껴안았다.

"미안해."

그래. 넌, 아직 살아 있어.

쿵, 쿵, 쿵. 가슴을 울리는 그녀의 심장 소리에 태준은 비로소 안도했다. 태준이 눈을 감으며 속삭였다.

"……치료하자."

❖　❖　❖

태준이 침대에 올라타 누군가를 내려다봤다. 그것으로도 만족스럽지 않은지 태준이 제 밑에 깔린 사람의 목을 붙잡았다. 양손 안에 너무나도 쉽게 들어오는 가녀린 목. 그제야 그는 그것이 여자임을 깨달았다.

목을 움켜진 그의 손에 점점 힘이 실리기 시작했다. 여자가 살기 위해 발버둥 쳤다. 그의 다리를 차고, 그의 손을 긁어도 보지만, 태준은 꿈쩍도 하지 않았다. 서서히 여자의 움직임이 느려지더니, 이내 그의 손을 밀어내던 여자의 손이 힘없이 침대 위로 떨어졌다. 그녀의 죽음을 확인한 태준이 손을 떼며 마지막으로 여자의 얼굴을 살폈다. 그 순간, 가녀린 숨을 다한 여자는 이혜의 모습을 하고 있었다.

"아아악!"

태준이 비명을 지르며 몸을 일으켰다.

"허억, 허억."

태준이 거친 숨을 몰아쉬며 제 손을 내려다봤다. 아직도 이혜의 목을 조르던 그 감각이 생생하다. 자신이 이 손으로 그녀의 숨을 빼앗았다. 자신이, 그녀를……!

'아니야. 그럴 리가 없어. 그건 꿈이다. 모두 거짓이야.'

태준이 부정하며 제 옆에서 잠든 이혜를 찾았다. 그녀가 일정한 숨을 내뱉으며 깊은 잠에 빠져 있었다. 거봐라. 그녀는 살아 있다. 내가 죽이지 않았어. 잊어라, 박태준. 잊어, 잊으라고.

태준이 땀에 절은 머리칼을 쓸어 올렸다. 그러던 중 이불 위로 나와 있던 이혜의 팔목이 눈에 띄었다. 살색 밴드가 붙여져 있는 팔목을 보는 그의 시선이 흔들렸다. 태준이 천천히 그녀에게 몸을 숙여, 그녀의 상처 위로 입을 맞췄다. 이것으로 조금이나마 속죄하는 마음으로. 그 모습엔 어딘가 경건함이 느껴지기도 했다.

춥지 않게 이불을 그녀의 턱끝까지 올린 태준이 그녀가 깨지 않게 조심히 침대에서 내려왔다. 어딘가 불안한 발걸음이었다. 곧바로 거실로 향한 태준이 약을 꺼내 입안에 잔뜩 털어 넣었다. 몇 알 남지 않은 약이 약병 안에서 땡그랑 소리를 냈다.

하지만 그를 괴롭히는 두통은 가시질 않는다. 아무리 도망치고 도망쳐도 악몽 속에서 벗어날 수가 없다. 채린의 말이 메아리처럼 그의 귓가에 울려 퍼졌다.

"그럼 가장 먼저 작가님 때문에 이혜가 다치겠죠."

"시끄러워."

태준이 벽에 기대며 어둠을 향해 음산하게 경고했다.

"그 입 닥쳐."

이혜가 다칠 거라고? 아니, 그렇지 않아. 자신이 그렇게 되지 않게 막을 거다. 절대로. 하지만 마음 깊숙한 곳에선 그녀의 말을 진정으로 부정하지 않았다. 꿈속의 그녀는 너무 가녀렸고, 현실의 그녀는 위태로웠다.

그 여자의 경고는 사실 아예 틀린 말이 아니었다. 박태준이란 먹잇감에 득달같이 달려들 인간들은 그 여자 아니고도 많았고, 그럼 곁에 있던 이혜도 다치게 될 것이다.

'다친다. 다친다. 네가, 이혜 네가, 나로 인해 다칠지도 모른다. 그것이 몸이든, 마음이든……'

결국 태준의 몸이 힘없이 벽을 타고 밑으로 허물어졌다.

"하, 하하, 하하하."

허망한 웃음이 흘러나왔다. 어떻게든 갖고 싶었다. 그녀를 놓아줄 수가 없었다. 생에 처음 가져 본 것이기에 그토록 욕심냈었다. 하지만 그러기에 자신은 너무 위험했다.

　이렇게 불안정한데, 정말 그녀를 상처 입히지 않고 지킬 수 있다고 생각하는가? 지켜 주겠다고, 네가 날 지켰던 것처럼 나도 널 지키겠다고 생각했다. 그런데 네게 가장 위협이 되는 게 다른 누구도 아닌 바로 자신이라니.

　네가 깨져 버릴까 봐 두렵다. 내 곁에서 나와 함께 망가지게 될까 봐 무섭다. 그리고 그것이 결국 내 손이 될까 봐……. 그래, 그것만큼은 용납할 수 없어. 난 널 망가뜨리고 살 수 없어. 그래, 그건…… 절대 안 돼.

　물기에 잠긴 그의 목소리가 나지막하게 어둠 속에 스며들었다.

　"……사랑한다."

　태어나 처음으로 입안에 굴려 본 단어. 소라가 죽어 가면서 간절하게 전했던 말. 그 말이 이렇게 아플 줄은, 이렇게나 안타까울 줄 몰랐다. 소라. 너도 이랬나? 이제야 네 마음을 이해할 수 있을 것 같다. 네가 어떤 마음으로 그 순간 날 지켰는지, 네 사랑이 무엇인지를……

　"사랑한다, 사랑한다. 널, 정말 사랑해……."

　어둠이라도 들어 달라, 이 마음을.

　아침이 되어 태준이 눈을 떴을 때, 이혜는 그의 옆에 누워 있지 않았다. 어디로 간 거지? 놀란 태준이 상체를 일으켜 주변을 살피다 마침내 이혜를 발견했다. 그녀는 햇빛이 은은히 들어오는 창가에 앉아 빛 속에 얼굴을 파묻고 작은 스케치북에 무언가를 집중해 그리고 있었다. 태준은 그런 이혜를 바라보다 침대에서 일어나 그녀에게 다가갔다.

　"뭐하고 있었어?"

　그제야 그의 존재를 깨달은 이혜의 고개가 퍼뜩 들렸다. 이혜가 재빨리 그림을 숨기기 위해 스케치북을 가슴에 품었다. 순간 태준의 얼굴에 의구심이 들었다. 도대체 뭔데 이러는 거지?

　"뭔데, 그래."

"아무것도 아니에요."

이혜가 고개를 한 번 잘게 흔들었다. 하지만 그럴수록 태준은 궁금증을 더 참을 수 없었다. 그의 미간에 잘게 주름이 지자, 결국 이혜가 작게 한숨을 내쉬며 대답했다.

"사실은 작가님을 그리고 있었어요."

"나를……?"

생각지도 못한 대답에 태준의 눈동자가 커졌다.

"네. 한 번쯤은 그려 보고 싶었거든요."

"나를…… 네가……."

태준이 작게 중얼거렸다. 한 번도, 그녀가 자신을 그려 줄 거라 감히 생각하지 않았다. 누군가가 자신을 그린다는 것조차 생각해 본 적이 없었다. 그런데 이혜가 자신을 그렸다고 한다. 어쩐지 가슴이 뭉클해지며 빠르게 뛰었다.

"보고 싶어. 보여 줘."

"저…… 아직 그림이 다 완성되지 않았어요. 실망하실 거예요."

"괜찮아. 그냥…… 네가 그린 난 어떤 느낌일까, 그게 보고 싶을 뿐이야."

너에게 있어 나는 어떤 존재인지. 어떤 느낌인지 그게 알고 싶었다. 태준의 말 저변엔 사뭇 간절함이 배어났다. 이혜가 고민 끝에 결국 품에 안고 있던 스케치북을 그에게 내밀었다.

"여기요."

태준이 그녀에게서 조심스럽게 스케치북을 받아 들었다. 손끝이 떨렸다. 그의 시선이 천천히 그림 위로 떨어졌다.

"아."

태준이 탄성 어린 신음을 흘렸다. 그림 속 자신은…… 따뜻했다. 아마, 그건 자신의 온기가 아니라 그를 바라보는 이혜의 시선에 담긴 온기가 아닐까 싶었다. 그럼에도 태준은 가슴이 벅차올랐다. 적어도, 그녀에게 있어서 자신은 고통스럽거나 힘들게 만드는 존재는 아니구나를 깨닫게 되어서.

어제의 감정과 뒤섞여 태준의 감정을 더 요동치게 했다. 태준은 애써 마음을 숨기며 대신 그녀를 향해 웃어 보였다.

"자는 모습 말고, 제대로 모델 할 테니까 다시 그림을 그려 줘."

그의 제안에 이혜의 눈동자가 반짝였다.

"그래도 돼요?"

"네가 원하는 만큼 마음껏 해."

사실은 자신이 그만큼 그녀를 바라볼 수 있는 시간을 원했다. 태준이 그녀 앞에 앉았다. 아주 가까이, 서로를 마주 보며 시선을 교환했다. 이혜가 사뭇 진지한 얼굴로 그림을 그리다 작게 풋 하고 웃음을 터뜨렸다.

"왜?"

"막상 마음잡고 그리려 하니까, 어떻게 그려야 될지 모르겠어서요."

"그럼 내가 도와주지."

그녀의 말에 태준이 그녀 코앞에 다가가 앉았다. 서로의 숨결이 서로의 코끝을 간질일 만큼 가까워진 거리. 태준이 그녀의 손을 붙잡았다.

'어?'

이혜의 눈동자가 커졌다. 갑자기 왜 손을 잡으시는 걸까. 그가 뭘 하고 싶은 건지 도저히 예상되지 않았다.

"작가님?"

이혜의 물음에도 태준은 대꾸 없이 그녀의 손끝을 자신의 눈가 위에 댔다.

"가장 먼저 이 열기를 담아. 널 바라보고 있는 난 늘 이렇게 뜨거울 테니."

그다음은 코끝으로 향했다.

"내 모든 후각은 전부 네 체향에 바짝 곤두서 있을 거야. 그거 알아? 네 취향은 사람을 미치게 한다는 거. 디저트처럼 달콤한 냄새가 나지."

이혜의 얼굴이 살짝 달아올랐다. 그 모습에 태준의 입꼬리가 부드럽게 휘었다. 이번엔 그녀의 손을 자신의 입술 위로 올렸다.

"입술은 애매하군."

"왜요?"

태준은 대답 대신 몸소 시범을 보여 줬다. 그가 유혹하듯 잡고 있던 그녀의 손가락에 일일이 키스했다. 쪽, 쪽. 짧게 입 맞추던 것에 이어 이번엔 촉촉한 혀로 그녀의 손가락 마디 사이사이를 핥아 올렸다.

"아! 이제 그만……."

이혜가 저도 모르게 신음을 흘렸다. 손끝까지 핥아 낸 태준이 비로소 행위를 멈췄다.

"모델이고 뭐고 결국 이런 식으로 널 덮쳐 버리고 말 테니까."

어느새 그의 눈동자가 뜨겁게 일렁였다. 열기를 품은 숨이 흘러나왔다. 그가 그녀를 그대로 소파 위로 쓰러뜨렸다.

"작가님."

그녀 위에 올라탄 그가 그녀의 손을 잡아 마지막으로 자신의 가슴 위에 올렸다.

"느껴져?"

가슴이 빠르게, 격렬하게 쿵쾅거렸다.

"널 안고 싶어. 늘, 너를 보는 매 순간마다 발정 난 것처럼 널 범하고 싶어져."

미친 거라고 생각한다. 어젯밤 널 다치게 해놓고도 이 순간에도 그녀에게 발정하고 있으니. 태준은 안아도 되냐고 묻지 않았다. 묻고 싶지도 않았다. 그저, 지금 그의 머릿속을 잠식한 건, 그녀를 놓고 싶지 않다는 생각뿐. 다 먹어 치워 버리고 싶다는 불온한 생각도 삐죽 고개를 내밀었다.

태준이 그대로 이혜의 치마 사이로 손을 넣어 팬티를 한 번에 쭉 잡아 내렸다. 이어 허리 버클을 풀고, 자신의 발기한 분신만

꺼낸 그가 그것을 이혜의 허벅지에 비볐다.

"아……."

이혜가 저도 모르게 신음을 흘렸다. 이미 그에게 손이 빨렸을 때부터, 아니 처음 유혹 때부터 그녀는 몸이 달아 있었다. 태준이 이혜의 다리를 벌린 뒤, 곧바로 자신의 것을 그녀 안으로 밀어 넣었다.

"아흑."

이혜가 쾌감에 몸을 비틀었다. 태준이 계속 질 안의 성감대를 찌르면서 그녀를 자극했다. 그녀의 신음 소리가 듣고 싶었다. 자신으로 인해 기뻐하는 그녀의 상기된 목소리를 듣고 싶었다. 그가 허리를 움직일수록 이혜의 목소리에 열기가 짙어졌다.

"작가님……!"

이혜가 태준의 목에 팔을 감고, 그의 허리에 다리를 두르며 몸을 더 밀착시켰다. 허리를 움직이는 태준의 속도가 점차 빨라져 갔다. 두 사람만의 교성만이 오래도록 방 안에 가득 찼다.

이른 아침부터 시작된 정사가 끝나고, 방을 나가려던 태준은 핸드폰 진동 소리에 잠시 멈춰 섰다. 모르는 번호. 그의 번호를 알고 있는 사람은 많지 않다. 그대로 받지 않고 지나치려 했지만, 계속해서 끈질기게 이어지는 전화에 결국 태준은 받고 말았다.

—여보세요? 박태준 작가님 전화 맞죠? 저 채린이에요.

순간 태준의 미간에 주름이 졌다. 하, 이럴 줄 알았으면 아예

전원을 꺼 버리는 거였는데. 튀어나오는 목소리가 날카로웠다.

"내 번호는 어떻게 안 거지?"

―그 정도는 저한테는 매우 간단한 일이죠. 있잖아요. 할아버지가 오늘 작가님을 뵙고 싶다고 하세요.

더 이상 들을 것도 없었다. 단번에 거절하려던 태준이 문득 생각난 것에 입매를 비틀었다.

"좋아. 만나지."

―와, 정말요?

"어디로 가면 되는 거지?"

의외로 빠르게 수락하는 태준의 모습에 채린이 웃음기 묻어나는 목소리로 말을 이었다.

―약속 시간이랑 장소는 문자로 보내 드릴게요. 늦지 않게 오세요.

전화를 끊은 태준의 표정은 싸늘하게 가라앉아 있었다. 그 시린 느낌을 이상하게 여긴 이혜가 그의 곁으로 다가왔다.

"무슨 전화인데 그러세요?"

얼핏 여자 목소리를 들은 것 같았다. 그것도 꽤 익숙한 목소리를.

"아무것도 아니야."

"……혹시, 채린 언니 전화예요?"

"그걸 네가 어떻게 알았어?"

돌아오는 긍정에 이혜는 순간 가슴이 '쿵!' 하고 가라앉는 것 같았다. 혹시나 해서 물어본 건데, 정말 그녀의 전화였다니. 어떻게 작가님의 번호를 안 거지? 것보다 그녀가 왜 연락을 한 걸까.

"목소리가 왠지 그런 것 같아서요."

"잠시 자기 할아버지랑 만나자고 하더군."

"아……."

이혜가 말끝을 흐렸다. 지난번 작가님 연구실에서 마주쳤을 때 했던 말이 이거였나. 그래서 그는 그녀를 만나러 갈까? 이혜가 사뭇 떨리는 마음으로 조심스럽게 물었다.

"만나실 거세요?"

태준이 굳은 표정으로 나지막이 입을 열었다.

"잠깐 다녀올게."

"네. 그럼 잘 다녀오세요. 기다리고 있을게요."

이혜는 애써 웃어 보였지만, 사실은 마음은 그렇지 않았다. 만나러 가지 않으실 줄 알았는데……. 어쩐지 그를 붙잡고만 싶어졌다.

❖ ❖ ❖

태준이 식당에 도착했을 땐, 이미 채린과 그녀의 할아버지인 영욱이 먼저 도착해 앉아 있었다. 채린을 향한 태준의 눈동자가 시렸다. 너만 아니었어도 모르고 지나갈 수 있었던 것을…… 결국 깨닫고 말았다. 하지만 그는 곧 속내를 숨기며 표정을 지워 냈다.

"오셨어요, 교수님?"

채린이 퍽 반가운 얼굴로 태준을 맞이했다. 그녀가 생글생글 웃으며 영욱에게 그를 소개했다.

"할아버지. 제가 말씀드린 박태준 작가님이에요. 할아버진 처음 뵙죠?"

"반갑네. 이 녀석 할아비되는 사람일세."

"박태준이라 합니다."

태준이 자리에 앉자, 영욱이 술 한 잔 들이켜며 먼저 입을 열었다.

"그래, 채린이에겐 이야기 많이 들었네. 지금 채린이 수업을 담당하고 있다지?"

"짧은 특강에 불과합니다. 그것도 다음 주면 끝나고요."

"자네가 보기에 채린의 그림은 어떻소?"

영욱의 질문엔 은근한 기대가 담겨져 있었다. 채린이 자랑할 만큼, 영욱이 그녀를 아끼고 있는 것이 고스란히 느껴졌다.

"나쁘지 않습니다. 또래에 비해선 확실히 좋은 실력을 가지고 있습니다."

"허허."

칭찬이 돌아오자, 영욱과 채린의 표정이 좋아졌다. 특히 채린의 표정은 눈에 띄게 환해졌다. 그러나 그것도 잠시, 곧 이어지는 태준의 말에 굳어지고 말았다. 태준이 채린을 바라보며 글자마다 정확하게 내뱉었다.

"하지만 딱 그것뿐입니다. 그림에 욕심이 많은 사람이 재능을 가지고 있으면, 쉽사리 오만해질 수 있습니다. 그것을 경계할 수 있느냐 없느냐가 성공의 척도가 되겠죠. 그림은 스킬로만 그릴 수 있는 게 아니니까요."

바로 자신의 아버지, 레이든처럼 말이다. 박한 평을 내놓는 태준의 모습에 채린은 순간 울컥했지만 꾹 참았다. 영욱이 태준의 솔직한 평에 굳게 다물려 있던 입을 열었다.

"그럼 그걸 자네가 고쳐 줄 수 있겠나? 채린이가 자네에게서 그림 수업을 따로 받고 싶어 하네. 수락만 하면, 내 자넬 전폭적으로 후원해 주겠네."

작가에겐 더없이 좋은 기회. 영욱만큼 화가의 후원자로 적격인 사람은 존재하지 않을 것이다. 그럼에도 지난번 태준은 이 좋은 기회를 일말의 망설임도 없이 거부했었다. 설마 이번에도……? 채린이 태준을 바라보며 마른침을 삼켰다. 굳게 다물려 있던 태준의 입이 마침내 열렸다.

"생각해 보도록 하겠습니다."

"작가님! 잘 생각하셨어요."

전과는 다른 대답에 채린의 얼굴이 밝아졌다. 이제야 제대로 된 생각을 하시게 된 건가. 아마 그도 바보가 아닌 이상 결국엔 받아들일 터였다. 오늘은 꽤 호의적으로 대화를 이어 가는 태준 덕에 식사는 퍽 화기애애하게 끝이 났다. 자리가 파하고 주차장으로 향하는 태준을, 채린이 재빨리 뒤따라왔다.

"작가님."

"무슨 일이지?"

태준이 잠시 움직임을 멈춰 채린을 돌아봤다. 역시, 전과 달라. 전처럼 날 선 반응이 아니었다. 조금 더 부드러워진 듯한 대답에 채린은 제법 만족했다. 드디어 작가님이 제대로 앞을 볼 수 있게 된 건가.

"오늘 감사했어요. 저, 긍정적으로 생각해도 되는 거죠?"

태준은 '무엇을?'이라 부러 묻지 않았다. 채린이 말하는 건 뻔했으니까. 둘의 관계를 의미하는 거겠지. 태준이 잠시 아무런 대답도 하지 않는 사이, 채린이 생긋 웃었다.

"이혜보단 제가 작가님께 드릴 수 있는 게 많을 거예요."

이혜에 대한 무시가 드러나는 말투였다. 그것을 눈치챈 태준의 입매가 위로 끌어당겨졌다.

"그럴 수 있길 바라지."

"그럼 학교에서 뵐게요. 조심히 들어가세요."

작별 인사를 한 채린이 짧게 고개를 숙인 뒤 곧바로 제 할아버지에게로 향했다. 비로소 태준은 혼자 남았고, 거짓말처럼 그의 눈동자가 순식간에 날카로워졌다. 짙은 한기가 맴돌고 있었다.

❖　❖　❖

이혜는 저도 모르게 계속해서 시계를 들여다보고 있었다. 초조

한 감정이 들었다. 그는 지금 채린과 뭘 하고 있을까. 왜 그녀를 만나러 갔을까. 혹시 그녀가 다른 마음이 있는 건 아닐까. 수만 가지의 생각이 이혜를 괴롭혔다.

'가지 말지.'

채린과 함께 있을 그녀를 생각하니 마음이 아팠다. 싫었다. 차라리 그가 아무도 만나지 않고 자신과 이 집에 함께 있길 바라는 마음도 들었다. 그러다 문득 그녀는 자신이 가진 감정을을 깨달았다.

'지금…… 설마 질투를 하고 있는 거야?'

무엇을? 그가 다른 여자를 만나는 것을? 아님, 자신의 손을 떠나 다른 사람들을 만나는 것을? 전에 그가 집 안에 여자를 들였을 때도 아무렇지 않던 심장이 지금은 미친 듯이 아려 왔다.

"뭐야, 윤이혜."

이혜는 이런 생각을 하고 있는 스스로를 믿을 수가 없었다. 그토록 바랐잖아. 그가 스스로 자신만의 세계를 깨고 나가는 것을. 그런데, 이런 이중적인 생각이라니. 이건 완전 모순이잖아.

이혜는 천천히 고개를 들었다. 아무도 없는 썰렁한 공간. 그가 평소 있던 세계. 이혜는 비로소 지금 자신이 태준의 상황이 되었다는 것을 깨달았다.

그는 여기서 어떤 마음으로 자신이 돌아오기만을 기다렸던 걸까? 그도 내가 언제쯤 올까 초조한 마음으로, 다른 이성을 만날까 불안한 마음이었던 걸까? 그게 얼마나 힘든 건지 이혜는 이제야 비로소 이해할 것 같았다.

'도대체 이건 언제부터 시작된 감정인 거지?'

평소의 자신은 전혀 이렇지 않았다. 불과 한 달 전까지만 해도, 그것을 확신할 수 있었다. 그가 안정을 되찾기를, 더 이상 홀로 남겨지지 않기를, 모든 것을 회복하기만을 바랐다. 그때까지 자신은 그의 곁을 지켜 주겠노라고, 그가 무너지지 않게 지탱해 주겠다고 생각했다.

그런데 지금의 자신의 모습은 뭘까. 전혀…… 지탱해 주고 있는 게 아니었다. 오히려 그의 지지대가 되어 주어야 할 내가 이렇듯 잔뜩 흔들리고 있었다. 순간 현관문 도어락이 열리는 소리가 들려왔다. 이혜가 자리에서 일어나자, 태준이 집 안으로 들어왔다.

"기다리고 있었어?"

이혜는 아무런 대답도 못 하고 태준만을 바라봤다. 태준을 마주한 그 순간 비로소 완전히 깨달았다, 자신이 그동안 미처 깨닫고 있지 못했던 감정을.

'채린과 오래 있지 않아서 기뻐. 내게로 돌아와서 좋아. 아아……. 그래, 난…… 이 사람을 좋아하고 있는 거였구나.'

이혜의 눈에서 눈물이 '툭' 하고 떨어졌다. 순간 태준이 놀라 그녀에게 달려왔다. 양손으로 그녀의 얼굴을 붙잡으며 다급하게 물었다.

"왜 그래? 무슨 일 있어?"

이혜가 떨리는 눈으로 그를 바라봤다. 시선 가득 그가 찼다. 자

신을 걱정하는 그의 눈동자, 위로하는 작은 손길. 사실은 어느 순
간부터 그가 자신을 의지하는 게 아니라 자신이 그를 의지하고
있었던 거다. 만약 우리가 헤어지게 된다면? 그땐, 자신은 어떻게
되는 걸까.

'그건 싫어.'

이런 고민을 하는 것조차 싫었다. 그녀는 늘 누군가와 헤어지
지 않을까 노심초사해야 했다. 어머니가 병으로 언제 돌아가실지
몰라서. 아버지의 숨이 언제 멎을지 몰라서.

'그러니 당신만큼은 그러기가 싫어. 내가 살려 냈잖아. 내가 구
해 줬잖아. 그러니까 내 곁에 있어 줘요.'

"……안아 주세요."

"뭐?"

"제발 안아 줘요. 당신을 원해요."

원해. 당신을 원해. 누군가와 당신을 공유하고 싶지 않아. 빼앗
기기도 싫어. 나는 당신을 나 혼자서 오롯이 소유하기를 원한다.

태준이 더 이상 아무것도 묻지 않은 채, 곧바로 그녀의 요구에
응하듯 그녀의 입술을 삼켰다. 그의 향이 서서히 이혜에게 새겨졌
다. 언제 옷이 벗겨지고, 침대에서 서로를 탐했는지 모르겠다. 이
성은 더 이상 거기까지 따라가질 못했다. 다만 이혜는 하나만큼은
알 수 있을 것 같았다.

'이제야 만족스러워.'

만족스럽다. 불안하게 떨리는 마음이 점차 가라앉았다. 마음

한구석의 빈 공간이 그로 가득 차는 게 느껴졌다. 사람의 체온에 매달리던 그를 이젠 이해할 수 있을 것 같았다. 가장 확실한 수단인 걸, 당신이 내 곁에 있다는 걸 확인할 수 있는…….

21

    문득 집을 나오던 이혜의 시선이 달력에 닿았다. 정확히는 빨갛게 동그라미가 쳐진 29일, 한 날짜에. 이혜가 이끌리듯 달력 앞으로 다가갔다. 계산해 보니 이제 그녀에게 주어진 유예기간은 고작해야 3주가량. 저 날짜가 지나면 정말로 더는 작은아버지를 막을 길이 없었다.

    '벌써…….'

    이혜의 입술이 꼭 다물렸다. 잠시 잊고 있던 사이, 시간이 너무 빠르게 흘러가 버렸다. 어떻게 해야 할까. 아니, 이미 자신의 선에서 할 수 있는 방법은 없었다. 모든 건 작가님에게 달려 있었다. 자신은 그에게 약속했다. 독촉하지 않겠다고, 기다리겠다고. 당신을 믿는다고…….

"흔들리지 말자, 윤이혜."

이혜가 스스로에게 나지막이 읊조렸다. 그건 결의였고, 다짐이 었고, 어쩌면 스스로에게 거는 주문과도 같았다. 얼마 남지 않은 유예기간. 만약 시간이 태준보다 좀 더 빠르게 흐르더라도, 그를 원망하거나 하진 말자.

'그는 그 나름대로 최선을 다하고 있으니까.'

오늘은 그의 마지막 강의가 있는 날. 그는 끝까지 잘 버텨 주었 다. 결코 원치 않음에도 불구하고 그가 자신을 위해 학교에 온 것 을 사실 전부터 알고 있었다. 아니, 눈치채지 못했다면, 그게 더 이상할 것이다.

때때로 그가 힘들어하는 걸 엿보면서도 자신은 아무것도 하지 못했다. 그 스스로가 일어서길 기도하는 것밖에는. 그럼에도 그는 포기하지 않고 계속해서 노력하고 있다. 나아지도록, 스스로가, 이젠 자신의 의지로⋯⋯.

그러니 오늘 태준을 만나면 수고했다 말하며 꼭 껴안아 주자. 웃어 주자. 약속한 마지막 날까지 묵묵히 곁에서 믿고 기다려 주 자. 우리에겐 응원이 필요하다. 조금씩 앞으로 전진하는 그에게, 끝까지 그의 곁에 남고 싶은 자신에게.

❖ ❖ ❖

어느덧 대부분의 졸업작품 연구작들이 완성을 향해 달려가고 있었다. 마지막으로 모두의 그림을 봐 준 태준이 강단으로 돌아와 시간을 확인했다. 주어진 시간이 다 끝이 났다. 그가 학생들을 둘러보며 입을 열었다.

"그동안 제 강의를 듣느라 모두 고생 많았습니다. 한 달 동안 고생 많으신 거 압니다. 앞으로도 좋은 그림을 많이 그리시길 바랍니다. 수고하셨습니다."

태준이 말을 마치자, 학생들이 일제히 그를 향해 박수를 쳤다. 그 속에서 태준과 이혜의 눈이 마주쳤다. 이혜가 입 모양으로 '수고 많으셨어요. 감사해요'라고 말하자, 태준의 입가에 미소가 걸쳐졌다. 그리고 그 모든 걸 채린이 지켜보고 있었다. 마치 은밀한 밀회처럼 이어지는 둘의 애정행각에, 그리고 처음 보는 태준의 부드럽게 풀어진 모습에 채린이 입술을 깨물었다.

'어째서?'

분명 며칠 전까지만 해도 자신에게 온다 했던 그였다. 그런데 왜 아직도 저 둘의 관계가 이어지고 있는 것일까. 이혜가 물고 늘어진다 생각하고 싶지만, 그러기엔 태준의 표정이 머릿속에서 떠나질 않았다. 자신에겐 단 한 번도 보여 준 적 없는 미소가……

강의를 끝낸 태준이 마지막 정리를 하기 위해 연구실로 돌아왔다. 그가 입고 있던 재킷을 벗어 옷걸이에 거는데, 채린이 노크도 없이 불쑥 안으로 들어왔다. 채린이 빙긋 웃으며 그에게 다가왔다.

"작가님, 수고하셨어요."

"고맙군."

태준이 짧게나마 응수를 해 줬지만, 채린은 그것으론 마음에 차지 않았다. 평소였으면 그것으로도 나쁘지 않다 생각했을 것이다. 그는 누구에게나 그러니까. 하지만 하필이면 직접 두 눈으로 보고 말았다, 이혜와 태준의 그 짧은 눈 맞춤을……. 채린은 그게 계속해서 꺼림칙했다. 또 한편으론 질투가 나기도 했다. 내겐 왜 그런 식으로밖에 못하는 거지? 내가 도대체 뭐가 모자라서!

"작가님."

"뭐지?"

태준의 코앞에 선 채린이 유혹하듯 태준의 옷깃을 붙잡았다. 갑작스러운 스킨십에 태준이 그녀를 밀어내려던 찰나, 채린이 태준의 어깨에 고개를 묻으며 낮게 속삭였다.

"밀어내지 마세요. 이번에도 또 절 밀어내시면, 그땐 정말 끝일 거예요."

"무엇이?"

"작가님에 대한 제 호의도, 그리고 그동안 침묵해 왔던 것 모두요."

직접적으로 표현하지 않았을 뿐, 의미는 단 하나였다. 만약 태준이 그녀의 말을 듣지 않는다면, 다치는 건 이혜가 될 거라고. 전과 달리 채린의 어투엔 사뭇 표독함이 배어났다. 그녀의 경고가 통했는지 태준의 움직임이 멈췄다.

"……좋아. 원하는 대로 해."

채린의 붉은 입술이 만족스럽게 휘었다. 그래, 바로 이거였다. 이것으로 이혜 그 아이보다 태준과 자신의 관계가 더 깊어지는 거야. 그녀가 들뜬 감정을 비치며 잡고 있던 태준의 옷깃을 제 쪽에 끌어당겨 키스하려던 순간이었다. 태준이 입매를 비틀며 마치 갈고리처럼 한 손으로 순식간에 채린의 목을 낚아채 자신에게서 떼어 냈다. 당황한 채린이 그에게서 벗어나고자 바르작거렸지만, 태준은 그럴수록 더 강하게 움켜잡았다. 채린이 새된 목소리로 소리를 질렀다.

"이, 이게 지금 무슨 짓이에요? 당장 놓아주세요!"

다급한 그녀의 목소리에선 쇠를 긁는 듯한 소리가 났다. 그 순간, 태준의 눈동자가 변모하듯 형태를 바꿨다. 부드러움을 가장했던 눈빛엔 어느새 잔인함과 광폭함이 거칠게 일렁이고 있었다.

"왜? 무서워?"

"컥!"

태준의 손아귀에 힘이 들어갔다. 채린이 어떻게든 벗어나기 위해 손톱으로 그의 손등을 긁었지만, 그는 꿈쩍도 하지 않았다. 숨을 제대로 쉬지 못한 채린의 얼굴이 혈색을 잃어 갔다. 그제야 태준이 입매를 비틀며 거칠게 그녀를 놓았다. 힘이 풀린 채린이 바닥에 쓰러지듯 굴렀다.

"캑, 컥, 컥."

거친 신음을 토해 내며 숨을 들이켠 채린이 제 목을 붙잡고는 태준을 노려봤다. 이 모든 상황을 이해할 수가 없었다. 조금이지만 자상하게 대해 줬던 그가 어째서! 내게로 오는 게 아니었나?

"이게 지금 무슨……!"

태준이 당황스러운 기색이 역력한 모습으로 바닥에 주저앉아있는 채린을 오만한 표정으로 내려다봤다.

"네가 하는 짓이 꽤 재밌어서 잠깐 장단 좀 맞춰 줬지. 천재병에 걸려 잘난 척하던 것이 가상해 몇 번 고개 좀 끄덕여 준 것뿐인데, 도저히 끝을 모르더군. 그래, 그래서 이혜보다 나은 게 고작 이건가? 얼마나 대단할 걸 보여 주나 했더니, 고작 키스라니."

"뭐라고요? 사람 갖고 노는 게 재밌어요?"

기대하게 해 놓고는 이제 와서! 이러려고 태도를 갑자기 바꾼 거였어? 자신이 그의 손에서 놀아났다는 걸 깨달은 채린이 눈을 부릅뜨며 표독스럽게 외치자, 태준이 낮게 웃음을 터뜨렸다. 평소보다 조금 길게 이어진 그의 웃음 끝엔 어느덧 채린을 향한 서늘한 비웃음만 남아 있었다.

"그러게 왜 날 건드려서 이런 상황까지 오게 해?"

너만 내 눈앞에 나타나지만 않았어도, 내 앞에서 쓸데없는 소리만 지껄이지 않았어도 이렇게까지 되진 않았을 거다. 내가 깨달을 일은 없었을 텐데. 태준은 애써 분노를 씹어 삼키며 주저앉아있는 채린에게로 다가갔다. 그녀의 시선과 눈높이를 맞춘 태준의 표정이 이내 싹 지워졌다.

"오늘을 경험 삼아 머릿속에 잘 새겨 놔. 꼬리 치다 패배한 개는 꼬리를 말고 닥칠 줄도 알아야 추잡하지 않는 법이란 걸. 다신 내 눈앞에 띄지도, 네 그 역겨운 입에 이혜를 올리지도 않는 게 좋을 거야."

잠시 말을 멈춘 태준이 어느새 짙은 멍이 든 채린의 목을 툭툭 쳤다.

"만약 내 말을 무시하고 허튼짓을 하려 한다면, 그땐 내가 정말 무슨 짓을 할지 몰라. 아마 이 정도로 끝나진 않겠지."

"괴, 괴물……."

채린이 새파래진 얼굴로 공포와 두려움 속에서 덜덜 떨었다. 목에 닿는 서늘한 체온에 소름이 오소소 돋았다. 본능이 어서 도망가라고 외쳤다. 채린이 다급하게 그의 연구실을 뛰쳐나갔다.

혼자가 된 태준은 책상 끝에 주저앉듯이 걸터앉았다. 그가 천천히 제 오른손을 들어 바라봤다. 여전히 흥분으로 잘게 진동하고 있는 손. 이것은 쾌감인가, 아님 절망인가.

여자의 목을 졸랐을 때의 감각이 아직도 손끝에서 생생했다. 한 손 가득 들어오던 그녀의 목덜미. 새하얗게 질리며 숨이 가늘어지는 건 한순간. 이젠 정말로 확실히 알겠다. 누군가를 다치게 한다는 게 얼마나 쉬운 일인가를. 그게 만약 이혜가 되었다면, 그녀는 더 쉽게 죽어 버리고 말았을 거다.

그녀는 너무 연약해.

너무 가녀려.

마치 한 마리의 작은 새와 같다. 자신 안의 흉폭한 짐승에게 쉽게 당하고 말 그런 약하디약한 존재.

"괴물이라……."

채린이 마지막으로 외친 말이 생각나 그가 피식 웃었다. 맞는 말이다. 이건 고작 짐승 따위가 아니야. 괴물이지. 모두를 잡아먹을 잔인한 괴물.

"작가님, 거기서 뭐 하세요?"

문득 들리는 이혜의 목소리에 태준이 고개를 들자, 어느새 그녀가 연구실 안에 들어와 있었다. 그녀가 책상 앞에 걸터앉은 태준을 보며 고개를 갸웃했다. 태준은 자신에게 다가오는 이혜를 물끄러미 응시했다.

"무슨 일 있으셨어요?"

어딘가 어두운 그의 표정에 이혜가 걱정스러운 표정을 지었다. 순간 그는 이런 제 마음을 들킬까 두려워졌다. 태준이 팔을 뻗어 그녀의 허리를 제 품으로 끌어당겼다. 그러자 그녀의 몸이 다리 사이로 쏙 들어왔다. 그는 그녀를 꼭 붙잡으며 그녀의 가슴에 얼굴을 파묻었다.

"작가님?"

갑작스러운 행위에 그녀가 태준의 어깨를 붙잡으며 그를 불러 보지만, 그는 제 품에 얼굴을 파묻곤 얼굴을 보여 주지 않는다. 아이처럼 얼굴을 비비는 그의 행동에 이혜가 천천히 그의 머리를 쓰다듬었다.

"그동안 정말 수고하셨어요. 끝까지 잘해 주셔서 정말 감사해요."

태준이 그녀의 허리를 강하게 끌어안으며 굳게 다물려 있던 입을 열었다.

"······이혜야."

"네."

"내일까지 수업 듣지 말고 나랑 있자."

"내일까지요? 갑자기 그게 무슨 말이에요?"

태준이 고개를 들었다. 애정이 가득한 그녀의 눈동자를 바라보며 그가 간절함을 토해 냈다.

"너랑 여행을 가고 싶어. 아무도 모르게, 그 누구에게도 방해받지 않고 단둘이서."

❖ ❖ ❖

태준이 이혜를 데리고 간 것은 지난번 이혜가 태준을 데리고 갔던 그 바다였다. 어느새, 저녁노을이 바다 위로 내려 주홍빛으로 은은히 빛나고 있었다.

"작가님, 가고 싶은 곳이 여기였어요?"

묻는 이혜의 목소리엔 웃음기가 묻어났다. 그가 이곳을 기억하고 있었을 줄이야. 빙글 몸을 돌려 자신을 바라보는 이혜를 바라보며 태준의 입가에 희미하게 미소가 그려졌다.

너와 처음으로 함께한 곳이니까.

어느덧 이혜가 신발을 벗어 던지고 옅은 바닷물로 뛰어들었다.

아직은 퍽 차가울 텐데도 이혜는 여전히 어린아이처럼 발로 물을 차며 꺄르르 웃었다.

"작가님! 이리로 오세요!"

이혜가 어서 오라며 태준에게 손짓했다. 지평선 위로 살포시 내려앉은 석양, 부드럽게 찰랑이는 물결, 그리고 그 속에서 작은 새처럼 뛰어노는 이혜. 태준은 그런 그녀를 각인하듯 하염없이 가슴에 새기며 느릿느릿 그녀 곁으로 다가갔다.

❖　❖　❖

태준과 이혜는 늦은 밤, 어둠이 녹녹히 내려앉고서야 호텔로 돌아왔다. 이혜는 바닷가에서 노는 바람에 잔뜩 축축하게 젖은 제 옷을 내려다보며 코끝을 찡긋했다.

"작가님, 저 씻고 올게요."

"같이 씻어."

"네?"

생각지 못한 태준의 제안이 이혜가 당황스러운 듯이 두 눈을 깜빡였다. 태준이 그녀의 팔을 붙잡곤 다시 한 번 의사를 전했다.

"씻겨 주고 싶어, 내가."

그것은 부탁이면서도 어딘가 단호했다. 태준은 그대로 이혜를 데리고 욕실로 향했다. 원풀 형의 큰 욕조는 두 사람이 들어가기에 충분했다. 태준은 부끄러운 듯 자신에게 등을 돌린 이혜를 제 품 안으로 끌어당겼다. 이끌리듯 다가온 이혜의 몸이 태준의 다리 사이로 안착했다.

그제야 만족스러워진 태준이 천천히 이혜의 목에서부터 등까지 척추를 타며 부드럽게 문질렀다. 이어 그의 손이 서서히 그녀의 앞으로 향했다. 소담히 부푼 가슴을 타고 올라 꼿꼿이 선 돌기를 손바닥으로 동그랗게 문질렀다. 그 생생한 감각에 이혜의 허리가 꼿꼿이 펴졌다.

태준이 입가에 미소를 그리며 이번엔 돌기를 빙글 꼬집었다. 그러자 이혜가 신음을 흘리며 허리를 튕겼다.

"앗! 작, 작가님……."

제 신음에 놀란 이혜가 울상을 지었다. 태준은 그런 그녀가 어여뻐 그녀의 목덜미에 뜨거운 입술을 내렸다. 빨아 올리며 살짝 깨물자 그의 흔적이 오롯이 목덜미에 남았다. 내 흔적. 내가 널 안았다는 증거. 그것이 마음에 든 태준이 여전히 그녀의 등 뒤에서 목덜미를 입술로 지분대며 물속으로 손을 내려 그녀의 수풀 안 골짜기를 자극했다.

천천히 물을 가르고, 살짝 벌어진 꽃봉오리 속으로 손가락 하나를 넣었다. 밀어내듯 수축하는 그녀의 여린 살점 사이로 파고들어, 그녀가 평소 예민해하던 지점들을 찔러 댔다.

그러자 이혜가 들뜬 얼굴로 열을 토해 내며 방금보다도 더 짙어진 색스러운 신음을 토해 냈다.

"아앙. 아훗."

태준이 이혜의 귓불을 잘근잘근 깨물며 속삭였다.

"이혜야. 절대 잊지 마."

"……뭐를……요?"

이혜가 열에 들뜬 숨을 토해 내며 물었지만, 태준은 대답하지 않았다. 대신 그녀 안에서 손가락을 빼내며 그녀의 몸을 제 쪽으로 빙글 돌렸다. 이혜가 그의 가슴팍에 팔을 뻗으며 퍽 당황한 기색으로 그를 불렀다.

"작, 작가님!"

"네 모습 하나하나 다 눈에 담고 싶어. 이대로, 네 안에 들어갈래."

이혜는 우뚝 서서 제 배를 찔러 대며 현 상태를 증명하는 그의 것을 느꼈다. 잔뜩 성난 그의 것이 물속으로 흐릿하게 보였다.

이혜가 얼굴을 붉히며 고개를 끄덕였다. 그 모습에 태준이 이혜의 가슴 위로 입술을 쪽 맞추며, 그녀의 몸을 서서히 자신의 것 위로 내렸다. 그의 것이 그녀의 음부 주변을 빙글 돌다 깊은 골짜기 사이를 제대로 찾아 들어갔다.

"아흑!"

이혜가 입술을 깨물며 태준의 목에 팔을 둘렀다. 그의 것이 너무 깊게 들어왔다. 태준이 그녀의 허리를 붙잡고 천천히 자신의 허리를 움직이기 시작했다. 어느새 욕조 안 잔잔하던 물결이 큰 파도를 그리며 일렁였다.

태준이 그녀 안으로 허리를 튕기며, 유혹하듯 위아래로 흔들리는 그녀의 가슴을 입안 가득 삼켰다. 가운에 우뚝 선 돌기를 이로 살짝 깨물자 이혜가 몸을 튕기듯이 흔들었다. 점점 태준의 움직임이 커졌다. 이혜는 제 안을 깊숙이 찔러 대는 그의 것에 두 눈을 질끈 감으며 교성을 흘렸다.

"아, 아아!"

마침내 그가 허리를 강하게 위로 튕겨 올렸다. 제 안에 가득 차오르는 그의 것에 이혜가 태준의 목을 꼭 붙잡았다. 그녀의 상체가 태준의 가슴 위로 쓰러지듯 안착했다. 태준이 긴 숨을 토해 내며 그녀의 등을 쓸었다.

"하아아……."

태준은 여전히 그녀의 안에 제 것을 파묻은 채, 두 눈을 감아 제 가슴에 가득 안긴 그녀의 체온을 음미했다. 쿵, 쿵, 쿵 그녀의 심장 소리가 점점이 태준의 마음속으로 퍼졌다.

태준은 자신의 무릎을 베고 잠에 든 이혜의 머리칼을 부드럽게 쓸어내렸다. 욕실에서 나와 침대 위에서도 그녀를 잔뜩 괴롭힌 탓에 이혜는 지친 듯이 노곤한 잠에 빠져 있었다. 그녀가 힘들어할 걸 알면서도, 어쩔 수 없이 계속해서 그녀를 탐할 수밖에 없었다.

"이혜야."

낮게 그녀를 불러 보지만, 그녀는 깊은 잠에 빠져 아무런 대답이 없었다. 그것을 확인한 태준의 눈동자가 애틋해졌다. 그녀가 곁에 있음을 확인하기 위해 계속해서 그녀를 만지지만, 여전히 목이 마르고 애가 탔다. 분명 눈앞에 있는데도 이대로 그녀가 손가락 사이로 빠져나갈 것 같았다. 그가 안타까운 목소리로 작게 속삭였다.

"사랑한다, 윤이혜."

아마도 그녀는 듣지 못할 말. 처음이자 마지막 고백일 것이다.

"이젠 놓아줄게. 도망가, 내 곁에서 멀리."

내게 다신 붙잡히지 말고 멀리, 내가 닿을 수 없는 곳으로 도망가. 태준의 표정이 서서히 무너져 내렸다.

'모든 걸 잊어. 아니, 잊지 마. 아니, 그래도 잊어 줘.'

그동안 부정하고 또 부정했지만 사실은 잘 안다. 그녀가 어디에 있을 때 가장 빛나는지를……. 아무리 질투하고 부정하더라도 결국 이혜는 미쳐 버린 자신의 곁이 아닌, 평범한 일상이 어울렸다. 평범함을 흉내 내서라도 어떻게든 곁에 붙잡아 놓고 있었는데, 더는 그럴 수 없게 되었다.

'그러니까 놓아줄게.'

이번엔 다짐하듯 내 스스로에게 외쳤다. 그녀가 가고 나면. 자신은 또 지독한 어둠 속에서 가쁜 숨을 토해 내며 살아갈 것이다. 벗어나려 몸부림치고, 혹은 또 전처럼 스스로를 상처 낼지도 모른다. 하지만, 그래도 괜찮다고 생각한다. 이곳은 원래 내 세계니.

태준이 그녀가 깨지 않게 그녀의 눈, 코, 입을 천천히 조심스럽게 쓰다듬었다. 그녀가 원래 있던 세상으로 돌아가 잘 살아가기만 하면 된다. 더 이상은 자신 같은 자에게 붙잡히지 말고 안전하게, 자유롭게.

"사랑한다, 진심으로……."

태준이 천천히 이혜의 이마 위에 입술을 내렸다. 제 마음을 나눠 주듯, 그녀를 음미하듯, 떠나가는 찰나를 부여잡으며 태준은 눈을 감았다. 잠시라도 이렇게 그녀를 온전히 가질 수 있기를 마지막으로 바라본다. 그에게 온전히 주어진 시간이 고작 이 하루뿐이기에.

그로부터 이틀 뒤, 태준은 홀연히 사라졌다. 그녀 아버지의 병실에 그림 한 장을 남기고.

22

이혜가 열리지 않는 현관문을 바라보며 허망하게 두 눈을 깜빡였다.

"작가님?"

아무리 그를 불러 봐도, 목소리를 더 크게 외쳐 봐도 굳게 닫힌 문은 열리지 않았다. 그 어느 곳에서도 그의 모습을 찾을 수가 없었다.

'어째서? 왜……?'

그림 한 장만을 남기고 홀연히 사라진 태준. 이혜는 아버지 병실에 놓인 그 그림을 보자마자 그것이 그의 것임을 단번에 알아챘다. 여태껏 단 한 번도 세상에 공개되지 않았던 미발표작. 그리고 그것은 그의 신작이었다.

그림 밑에 찍힌 낙관을 보면서도 그녀는 이 그림이 불과 며칠 전에 완성된 그림이란 걸 믿을 수 없었다. 태준이 그림을 그렸다니. 슬럼프에 빠져 2년이 넘도록 그림을 그리지 못했던 그가 언제 이렇게……? 아니, 그런 건 중요하지 않아. 그녀가 진심으로 궁금해하는 건 사실 다른 거다. 그는 도대체 왜 제 흔적을 모두 지우고 홀연히 사라져 버린 걸까. 그것도 자신에겐 단 한마디 언질도 없이.

'도대체 왜?'

"작가님, 작가님! 문 좀 열어 보세요!"

이혜가 문을 쿵쿵 두드렸다. 그가 안에 있다면 결국엔 문을 열어 줄 것이다. 잔뜩 화가 난 그를 마주하더라도, 그녀는 꼭 이유를 들어야 했다. 도대체 왜 사라진 것인지. 왜 자신에게서 멀어진 건지.

'이제야 내 마음을 깨달았는데, 어째서!'

쿵쿵쿵! 하지만 그녀의 기대와 달리, 안에선 그 어떤 인기척도 느껴지지 않았다. 허무한 소리만이 존재할 뿐. 그럼에도 이혜는 손이 시뻘겋게 부을 때까지 계속해서 두들겼다. 둔탁한 소리가 사방에 울려 퍼졌다. 그녀의 행동은 해인이 등장할 때까지 계속해서 이어졌다.

"이혜 씨, 이제 그만해요."

문득 등 뒤로 들리는 목소리에 이혜가 그제야 움직임을 멈추고 고개를 돌렸다.

"매니저님……."

해인이 안타까운 얼굴로 이혜의 손을 물끄러미 바라봤다. 어느새 그녀의 작고 여린 손이 빨갛게 부어올라 있었다. 해인이 작게 혀를 차며 입을 열었다.

"전시회 준비해야죠, 이혜 씨. 이제 시간도 얼마 안 남았는데."

해인이 일부러 전시회란 단어까지 언급했지만, 이혜의 귀엔 아무런 소리도 들리지 않았다. 이혜가 해인에게 매달리듯 그녀의 팔을 꽉 붙잡았다.

"작가님이 사라지셨어요. 아무리 찾아도 보이질 않아요. 매니저님은 작가님이 어디로 가셨는지 모르세요?"

"몰라요."

"정말 모르세요? 매니저님이시잖아요!"

밖에 나오는 걸 싫어하던 그가 집도, 학교도, 그 어디에도 없었다. 사람들 속에서 살아가는 걸 꺼리던 그가 자신의 보금자리를 떠났다. 도대체 어디로 가신 걸까. 늘 집에서 자신이 돌아오기만을 기다리던 분이 자신을 두고 도대체 어디로……. 이혜가 불안한 듯 눈동자를 떨며 울먹였다.

"찾아야, 찾아야겠어요. 혹시라도 무슨 일이도 생긴 거라면……."

그를 혼자 둬서는 안 돼. 그는 혼자인 것을 싫어해. 내가, 내가 곁에 있어야……

"이혜 씨."

해인이 이혜의 팔을 강하게 붙잡았다. 그녀는 이혜와 눈을 맞추며 단호한 어조로 그녀를 달랬다.

"이혜 씨, 정신 차려요. 이혜 씨가 태준 씨를 찾아간 이유, 기억 안 나요? 갤러리! 아버님의 갤러리 때문이잖아요. 이대로 갤러리도 놓치고 싶어요? 작은아버지한테서 갤러리를 지켜야 한다면서요!"

"아……."

이혜의 입에서 탄식과도 같은 신음이 흘러나왔다. 결국 그녀의 눈꼬리에서 참지 못한 눈물이 주르륵 흘러내렸다. 힘을 잃은 그녀의 몸이 아래로 허물어졌다.

'갤러리. 우리 갤러리. 내가 여태껏 버텼던 이유. 그래, 맞아. 갤러리를 지켜야 해. 작은아버지한테서 우리 가족의 소중한 갤러리를 지켜야 하는데…… 그런데…….'

이혜가 양손에 얼굴을 파묻으며 중얼거렸다.

"그가…… 보고 싶어요……. 그가……."

어느새 자신도 그를 필요로 하고 있었다. 저도 모르는 사이, 종이가 물에 스며드는 것처럼 자연스럽게 그에게 기대고 있었다. 그는 그녀에게 있어 받침대였다. 태준이 이혜로 인해 견뎠다면, 이혜는 태준으로 인해 무너지지 않았다. 아무리 힘들어도 견딜 수 있다고 생각했다. 그런데 이렇게 그가 먼저 자신을 놓을 줄이야.

'가슴이 아파.'

마음이 뻥 뚫려 버린 것처럼 너무 괴롭다. 죽을 것만 같아.

해인은 무너져 내린 이혜를 바라보며 착잡한 심경을 숨길 수 없었다. 아이는 비로소 원하는 것을 이룰 수 있게 되었는데, 전혀 행복해 보이지 않았다. 그동안 둘의 관계는 이렇게나 가까워졌던 걸까. 해인이 천천히 그녀를 품에 안고는 나지막한 목소리로 달랬다.

"……그에겐 아무 일도 없을 거예요. 그러니까 우선 전시회부터 준비해요. 이렇게 주저앉아 있을 시간 없잖아요. 내가 어떻게 해서든 최대한 도와줄게요. 그러니까 지금은 전시회만 생각해요. 이혜 씨의 소중한 갤러리만."

"그럼 작가님은요?"

"그를 찾는 건 매니저인 내게 맡겨요. 그건 내가 할 일이에요."

"부탁드려요. 그를 꼭 찾아 주세요, 제발……."

이혜가 그녀의 팔을 꼭 붙잡으며 간절히 애원했다. 애절한 눈물 한 방울이 그녀의 뺨을 타고 바닥으로 뚝 흘러내렸다.

어느덧 태준이 사라진 지 2주가 지났다. 이혜의 전시회 준비는 하루가 다르게 순조롭게 진행되고 있었다. 현재는 준비가 대부분 끝난 상태였고, 이제 태준의 그림만 걸면 되는 상황이었다. 그저 문제되는 건, 이혜의 상태뿐이다. 겉으로는 애써 괜찮은 척했지

만, 그녀가 태준에 대한 걱정과 그리움으로 잔뜩 말라 가고 있는
걸 해인이 모를 리가 없었다.

이혜에게 오늘은 늦을 것 같다고 연락한 해인은 차를 끌고 어
디론가 향하고 있었다. 도시 외곽으로 빠진 그녀는 인적이 드문
곳에 위치한 한 작은 카페 앞에 차를 세웠다.

"어서 오세요."

직원의 인사를 받으며 카페 안으로 들어선 해인은 곧바로 카페
안을 쭉 훑다가 구석에 앉은 한 남자를 발견했다. 사람들의 시선
이 닿지 않는 곳에 홀로 앉아 있는 남자는 바로 태준이었다.

'박태준 씨.'

이혜에게 거짓말을 했다. 그녀에겐 그가 어디에 있는지 자신도
모른다 했지만, 사실은 알고 있었다. 그가 모습을 감추기 하루
전, 자신을 찾아왔기 때문이었다. 그날 그는 양심 없게도 자신에
게 부탁만 잔뜩 하고 가 버렸다. 그중 하나가 바로 오늘의 약속이
었다.

전시회 개관을 일주일 앞두고 자신을 찾아와 달라는 그의 부
탁. 어쩔 수 없이 오긴 했지만, 도대체 그는 무슨 생각을 하고 있
는 걸까. 해인은 애써 착잡한 마음을 다잡았다. 일단은 들어 봐야
아는 거겠지. 또각또각 구두 소리를 내며 태준에게 다가간 해인이
그의 맞은편에 앉았다.

"오랜만이네요, 작가님."

그가 그렇게 사라지고, 2주 만에 만난 자리였다. 짧다면 짧다

표현할 수 있는 기간이건만, 어느새 그 역시 이혜와 같은 모습을 하고 있었다. 잔뜩 메마르고 지친 태준의 얼굴에 결국 해인은 참지 못하고 먼저 답답함을 토해 냈다.

"아무것도 안 묻나요? 그렇게 사고 쳐 놓고? 이혜 씨는……."

"전시회는 어떻게 되어 가고 있습니까."

이혜란 이름을 꺼내기가 무섭게 태준이 그녀의 말을 잘랐다. 치고 들어오는 질문에 해인이 깊은 한숨을 내쉬었다.

"순조롭게 진행되고 있어요. 이제 작가님 그림만 걸면 돼요."

"잘 됐군요. 도와줘서 고맙습니다."

그에게서 고맙다는 말을 듣는 게 참 어색하다 생각하며, 해인은 그가 찾아온 날을 떠올렸다. 홀연히 사라지기 하루 전에 찾아와 처음으로, 계약한 지 3년 만에 처음으로 자신에게 고개를 숙여 부탁했다. 홀로 남게 될 이혜를, 그리고 전시회의 성공을 도와 달라고…….

"이혜를 부탁드리겠습니다."

그때 해인은 비로소 그가 다시 그림을 그리게 되었음을 알았고, 동시에 그의 멈췄던 손을 움직이게 만든 이가 이혜임을 깨달았다. 더불어 태준이 그런 이혜를 절절히 사랑하고 있음을 인정했다.

오만하기 짝이 없던 예술가가 사랑하는 사람을 위해 처음으로 고개를 숙이다니. 그것도 철저히 자신밖에 모르던 남자가. 아마 그건 자신의 생에 더없이 진귀한 경험일 것이다.

'정말로 그녀가 뮤즈가 될 줄이야.'

그랬기에 해인은 다시 한 번 이혜의 이야기를 꺼내려 했다. 정말로 사랑한다면, 둘의 마음이 그런 거라면, 그녀로선 왜 그들이 이렇게 떨어져 있어야 하는지 도무지 이해가 되질 않았다.

"태준 씨, 이혜 씨에 대해서는 궁금하지 않는 건가요?"

"마지막 전시작입니다. 이혜에게 전해 주십시오."

태준은 그녀의 질문을 회피하며, 대신 의자 끝에 세워둔 그림을 그녀 앞에 내밀었다. 테이블 절반 이상을 가득 채운 캔버스는 겹겹이 포장되어 있었다. 해인이 물끄러미 그림을 바라보는 사이, 태준이 자리에서 일어났다.

"그리고 제 마지막 부탁, 잊지 마십시오. 꼭 부탁드리겠습니다."

마지막 부탁. 그 말에 해인이 천천히 고개를 들어 그를 올려다봤다. 그녀가 안타까움이 짙게 묻어나는 목소리로 떠나려는 그를 향해 마지막으로 물었다.

"……꼭 그렇게까지 하셨어야 하나요? 작가님답지 않은 일이잖아요. 절대 용납하지 못하던 일이었잖아요."

해인의 질문에 태준은 희미하게 웃을 뿐이었다. 그렇게 해인은 한동안 망부석처럼 그가 사라진 곳을 바라보고만 있었다.

❖　❖　❖

　한적한 골목길을 지나 외진 곳에 홀로 위치한 작은 빌라, 그 안으로 태준이 들어섰다. 이혜가, 아니 그 누구도 찾아올 수 없는 곳에 새로 얻은 작업실이었다. 그는 집 안에 들어서자마자 곧바로 방 안으로 들어가 캔버스 앞에 앉았다. 미열의 눈동자가 캔버스 속 여인을 보고 순식간에 뜨거운 정열을 품는다.

　밑그림만이 완성된 캔버스 속에 아련한 눈동자로 그를 바라보는 여인은 바로 이혜였다. 태준이 잠시 그림 속 여인을 손가락으로 어루만지듯 쓸었다.

　'이혜.'

　그 이름을 머릿속에 담자마자 멈췄던 심장이 다시 뛰는 것 같았다. 혹시라도 해인에게서 그녀의 소식을 들으면, 그 자리에서 그녀에게로 뛰쳐나갈까 봐 번번이 그녀의 말을 잘랐다. 그래선 안 되었기에. 그래선 자신의 모든 노력이 수포로 돌아가고 마니까.

　'이혜야, 윤이혜……'

　달콤한 그녀의 이름을 고작 입안에서만 굴렸을 뿐인데, 간신히 억눌렀던 그녀의 모습들이 하나하나 떠올랐다. 걱정스러움이 잔뜩 묻어나는 얼굴로 자신을 마주하던 그 사랑스러운 눈동자, 제 머리를 쓰다듬던 체온, 가슴을 뜨겁게 달궈 주던 그녀의 따뜻한 심장 소리. 그리고 어쩔 땐 작게, 어쩔 땐 수줍게, 어쩔 땐 환하게 웃어 주던 그녀의 미소…….

'보고 싶다.'

어쩔 수 없다는 듯이 그녀를 향한 그리움이 울컥 올라왔다. 널 만나고 싶다. 널 품에 안고 싶다. 미안하다고, 다시는 널 떠나지 않겠다고 말하며 네게 잘못을 빌고 싶다. 그래서 마침내 네 품에서 잠들고 싶다.

'아니, 그건 안 돼. 그래선 안 된다.'

이성이 고개를 쳐드는 본능을 마지막 힘을 짜내 짓밟았다. 꾹 꾹 밟고 또 밟아, 다시 그 감정을 깊은 독 안에 담아 넣었다. 대신에 그는 잠시 옆에 놓았던 연필을 들었다. 사사삭거리는 소리와 함께 멈췄던 연필이 다시 움직이기 시작했다.

'사라져, 날 괴롭히는 모든 것들아, 그대로 사라져 버려. 이혜, 이혜 너만 있으면 돼. 내 세상엔 오직 너만 있으면…….'

해인이 갤러리 안을 둘러보며 입을 열었다.

"준비는 다 끝난 거군요."

전시회 개관을 3일 앞둔 지금, 갤러리는 예전의 허름한 모습을 잊고 어느새 깔끔하게 재단장되어 있었다. 급하게 준비한 것치곤 꽤 잘 빠진 모습이었다. 이제 태준의 그림만 걸면 모든 준비가 끝이 났다.

'박태준 씨.'

해인은 저도 모르게 그의 이름을 읊조렸다. 이 모든 것을 지시하고, 결국엔 성공으로 이끌 그가 생각이 안 날 수가 없었다. 어쩔 수 없는 거겠지. 그건 그의 선택이니. 해인이 이혜에게 그림 하나를 내밀었다.

"받아요. 태준 씨의 마지막 신작이에요."

이혜가 태준의 그림이란 말에 조심스럽게 받아들며 떨리는 음성으로 물었다.

"어떻게 이걸……. 작가님을 만나신 건가요?"

"……그는 잘 지내고 있으니까 걱정 말아요."

원래는 비밀로 했어야 할 이야기지만, 차마 그럴 수가 없었다. 애초에 이건 이렇게 감춰야 할 문제가 아니다. 서로 이렇게 상대방 걱정만 하고 있으면서.

순간 안도감에 이혜의 눈에서 눈물이 또르륵 흘렀다.

"다행이네요. 정말로…… 다행이에요."

아무 일 없이 그가 잘 지내고만 있다면, 지금은 그것만으로도 충분했다. 눈물을 훔치는 이혜를 묵묵히 지켜보던 해인이 한숨을 내쉬었다.

"이혜 씨, 이번 전시회는 어떻게든 성공하게 될 거예요."

"네?"

그건 단순한 예상이나 기대감이 아닌 확신이었다. 하지만 해인은 더는 설명하지 않았다. 어차피 자신이 말하지 않아도 그녀는 곧 알게 될 터였다. 해인은 몸을 돌려 이제 그의 그림이 걸릴 공간들을 응시했다. 그림을 기다리는 공간 밑엔 이혜가 정성 들여 붙여 놓은 제목들이 보였다. 해인은 애써 씁쓸함과 안타까움을 입안으로 삼켰다. 안 그러면 정말로 입 밖으로 토해 낼 것 같았다.

'그게 그 남자의 사랑이라고…….'

자신의 모든 것을 포기하더라도 단 한 사람만큼은 어떻게든 지켜 내려 하는……. 하지만 부럽진 않았다. 그러기에 그들은 너무나 많은 걸 희생해야 했으니까. 이건 정말 서로에게 못할 짓이었다.

그리고 다음 날, 이혜는 비로소 해인의 말을 이해할 수 있었다. 거짓말처럼 태준에 대한 기사가 연달아 터지며 포털사이트와 SNS 메인을 장식했다. 그리고 그 필두엔 태준이 한 새로운 인터뷰가 있었다.

태준의 유년시절, 동생의 죽음, 트라우마, 슬럼프 그리고 근 2년 반 만에 나오는 새로운 신작까지. 신비주의를 고수하며 자신의 이야기를 꽁꽁 숨기던 화가 박태준에 대한 모든 것이 완전히 해체되는 순간이었다.

그는 매니저인 자신에게도 말하지 않았던, 말하고 싶지도 않았던 비밀과 상처들을 모두 밝혔다. 그것은 완전히 자신의 치부를 드러내는 것과 같았다. 그리고 마침내 태준은 자신이 바랐던 대로, 세간의 많은 눈들을 이혜의 갤러리와 그곳에서 열릴 전시회로 집중시켰다.

그녀의 완벽한 성공을 위해서.

23

　이혜를 떠나기 하루 전, 태준은 해인을 찾아와 정중히 부탁했다. 그건 그에게나, 해인에게나 어려운 말이었다.

　그렇게도 꺼리던 인터뷰를 제 스스로 하겠다 말하면서 세상에 자신의 공백의 이유를 밝혀 달라고 했다. 뭐든 좋다고, 제 모든 것을 말할 테니 이혜가 성공할 수 있도록 최대한 도와 달라고. 그가 그녀에게 해 줄 수 있는 건 고작 그것밖에 없었기 때문에…….

　부탁 끝에 결국 태준은 처음으로 그녀에게 고개를 숙였다. 만난 지 삼 년 만에 처음 보이는 모습이었다.

　"미안합니다."

　"별일이네요. 당신에게서 사과도 들어 보고."

"전시회에 드는 비용, 제 이미지 손상에 대한 손해액 모두 다 제가 배상하겠습니다. 모든 지원을 아끼지 않을 테니, 이혜를 잘 도와주십시오."

미안하다면서도 끝까지 자신의 의견을 관철하는 이기적인 남자. 그가 미안한 건 결국 해인에게가 아니라 이혜였던 게 아닐까. 하지만 해인은 너무나 간절히 부탁하는 태준의 모습에 화 한번 못 내 보고 그저 웃고 말았다.

그날의 회상을 끝낸 해인은 어쩐지 울고 싶어졌다. 그의 말대로, 전시회는 성공적으로 이루어졌다. 평소 30여 명밖에 방문하지 않던 작은 갤러리에 지금은 하루에 오백 명이 넘는 방문객이 다녀가고 있었다.

매스컴에선 연일 태준에 대한 기사가 터졌고, 덩달아 이혜의 갤러리에 대한 관심도 급상승했다. 어느새 이혜의 갤러리에 대한 이야기까지 퍼져 갤러리 매각을 반대한다는 탄원까지 이뤄지고 있었다. 이것으로 이혜의 작은아버지는 더는 건물에 욕심부리지 못할 것이고, 그녀는 비로소 완벽하게 갤러리를 지킬 수 있을 것이다. 하지만 해인은 완벽한 해피엔딩은 아니라고 생각한다.

'박태준 씨. 당신은 이것으로 만족하나요? 뒤에서 지켜 주는 그림자보단 곁에 있어 주는 게 더 좋을 텐데요.'

……그는 과연 전시회에 올까. 해인은 그가 한 번쯤은 왔으면

한다. 모든 걸 포기하고 지켜 낸 것을 단 한 번이라도 그의 눈으로 직접 보길 원하기에.

❖ ❖ ❖

태준은 자신 앞으로 도착한 전시회 초대권을 뚫어지게 응시했다. 아마 해인이 두고 간 것이겠지. 동봉된 쪽지에는 이렇게 적혀 있었다.

그림 속 세계를 창조하는 것은 작가지만, 그걸 대중과 소통할 수 있게 만드는 건 바로 큐레이터입니다. 그래서 큐레이터는 전시해야 될 작품과 작가에 대해 무한한 애정과 관심을 가져야 하죠. 한 번이라도 좋으니, 이혜 씨가 당신의 세계를 어떻게 사람들과 공유하려는지 보러 와 주세요. 기다릴게요.

그의 눈동자가 초대권을 천천히 훑다, 끝자락에 '큐레이터 윤이혜'라고 작게 적혀 있는 부분에서 움직임을 멈췄다.

'윤이혜.'

그는 한동안 홀린 것처럼 그녀의 이름을 읽고 또 읽었다. 고작 이름 하나를 속으로 읊었을 뿐인데도, 가슴이 거칠게 일렁였다. 태준의 눈동자가 슬프게 흔들렸다. 그녀가 미치도록 보고 싶다. 차라리 이걸 빌미로 멀리서나마 그녀를 볼까 하는 충동이 들 정도로.

하지만 태준은 간신히 자신의 마음을 부여잡았다. 전시회를 보지 않아도 그녀가 어떤 눈으로 자신을 보고 있는지 잘 알고 있다. 오히려 그걸 또 눈으로 확인하고 나면, 그땐 정말로 그녀를 외면할 수 없을 것이다. 달콤한 유혹에 흔들려선 안 됐다. 대신 그는 자리에서 일어나 전시회가 아닌 병원으로 향했다.

❖　❖　❖

조용히 병실 안으로 들어가니, 장석만이 홀로 침대 위에 누워 느릿느릿한 숨을 내뱉고 있었다. 말없이 그를 바라보던 태준이 입을 연 건 그로부터 십여 분이 지나서였다.

"사죄하러 왔습니다."

그것은 고해성사와도 같았다. 그의 말은 조심스럽고도 무겁게 이어졌다.

"제가 당신의 소중한 따님을 힘들게 했습니다."

처음 만난 그 순간부터 자신은 이혜를 괴롭혔다. 그녀가 힘들어할 걸 뻔히 알면서, 아니 어쩌면 그걸 즐겼는지도 모른다.

"자극. 내가 다시 창작할 수 있는 강렬한 자극이 필요해."

"자극……요?"

"그래, 자극 말이야. 그러니 내가 원하는 것도 단 하나야. 내 요구가 뭐든 군말 없이 다 할 수 있는 노예. 알아들어? 그게 섹스든, 누드모델이든, 뭐든지 할 수 있는! 네가 침대 위에서 밤

시중까지 들어서라도 내가 창작할 수 있게끔 만들어 준다면, 나 또한 네가 원하는 게 뭐든 다 들어주지."

그런데 포기하고 갈 거라는 자신의 생각과 달리 이혜는 옷을 벗기 시작했다. 그녀가 어디까지 가능할까 싶어, 새파랗게 질린 얼굴로 웃옷을 벗는 그녀를 잠자코 지켜만 봤다. 그리고 그것으로 도 성에 차지 않아 그녀에게 강압적으로 키스를 했다.

"그땐 너무 힘들어서, 아무것도 보이지 않았습니다. 그래서 괴 롭혔습니다. 화풀이를 하듯이, 제 자신만 힘들다고 생각하며 자기 만의 세계에 빠져 있었습니다. 그래서 당신의 병실의 앞에 주저앉 아 우는 이혜를 외면했습니다."

혼자선 감당하기 힘든 슬픔을 홀로 감내하고, 그것이 힘들어 둑에 넘친 물을 토해 내듯 눈물을 흘리는 이혜를 뻔히 보면서도 자신은 그녀의 시선을 외면했다. 그 어떤 죄책감도 없이, 아무런 감흥 없이 그녀를 내 세계에서 지워 냈다.

이혜를 향한 미안함과 애틋함이 순식간에 애정을 담아 변모했 다.

"그런데 이혜는 절 끝까지 붙잡았습니다. 아무런 상관없는 타 인인 저를, 끝까지, 자신을 희생하면서까지."

죽음을 각오한 날, 이대로 모든 걸 끝내겠다 다짐했던 그 순간, 그녀가 나타났다. 난간 위에 위태롭게 서 있던 자신을 끌어 내리 고, 대신 눈물을 토해 내면서도 끝까지 제 손을 놓지 않았다.

"아파? 아파요, 그게? 그러면서 죽는다는 말을 그렇게 쉽게 말할 수 있는 거예요? 남은 사람들은 그 죽음 하나 때문에 무얼 얼마나 짊어지고 살고, 그걸 벗어나려고 필사적으로 노력하는지 알긴 알아요?"

"살고 싶어도 살지 못하는 사람이 있어요! 죽으면 이대로 끝이라고요! 정신 차려요! 내가, 내가 다 해 준다고 했잖아요. 그게 우리의 약속이었잖아요!"

그날 그녀는 처음으로 자신에게 화를 냈고, 마음속 깊숙이 숨겨 놓았던 감정을 토해 냈고, 그러면서도 억지로 안겠다 협박하던 자신을 끝끝내 거부하지 않았다. 그렇게 그녀는 자신을 끌어안았다.

"난 지금 널 안을 거야. 여기서, 널."

"왜? 왜 반항하지 않아?"

"뭐하자는 거야. 이건 강간이야. 알아?"

"아뇨, 제가 동의한 일이에요."

"원치 않잖아. 거부해, 거부하라고!"

"……당신과 약속했잖아요. 당신이 원한 거 다 해 주겠다고, 도망가지 않겠다고."

그때는 그저 그녀가 단순히 그림을 원해서, 우발적으로 내뱉은 말인 줄 알았다. 하지만 그녀는 자신의 말을 증명하듯 꿋꿋이 자신의 옆에 남았다. 어쩔 땐 뒤에서, 또 어쩔 땐 옆에 나란히 서서, 또 때로는 제 앞에 서 자신을 이끌었다.

그녀를 되새기는 그의 입가에 희미한 미소가 그려졌다.

"저를 살게 한 건 이혜입니다. 그녀가 있었기에 전 다시 살 수 있게 되었습니다. 그래서, 그래서 그녀를 욕심냈습니다. 그녀가 그토록 갤러리를 소중히 한다는 것을 뻔히 알면서도 놓아주지 않으려 했습니다. 모든 걸 속이고, 내 옆에 둬 영원히 함께하고 싶었습니다."

널 너무 사랑해서 갖고 싶었다. 소유하고자 하는 마음이 사랑인 줄 알았다. 그런데 그녀가 나로 인해 다친 것을 봤을 때, 심장이 바스러져서 그대로 사라지는 줄 알았다. 숨을 쉴 수가 없었다.

지나고 보니, 사랑해서 놓아주는 것도 사랑이더라.

"나중에서야 깨달았습니다. 그녀가 제 곁에 있으면 망가지고 말 거란 걸……."

소라가 그랬던 것처럼. 이혜는 분명 괜찮다고 할 테지만, 이젠 그가 싫었다. 태준의 고개가 숙여졌다. 안타까운 시선 끝엔 장석이 닿아 있었다.

"갤러리는 이제 무사할 겁니다. 이혜가 기특하게도 너무나 잘해냈거든요. 그러니 이제 그만 깨어나십시오. 이혜를 혼자 있게 하고 싶진 않습니다. 그녀의 곁을 지켜 주십시오. 그녀에겐 아버님이 필요합니다."

이제야 당신의 딸을 돌려 드립니다……. 그 말은 차마 입 밖으로 흘러나오지 못하고 삼켜졌다. 마지막으로 장석을 향해 정중하게 깊숙이 고개 숙여 인사한 태준이 조용히 그의 병실을 나왔다. 그리고 잠시 후, 그동안 단 한 번도 미동 없던 장석의 손가락이 아주 작은 움직임을 보였다.

❖　❖　❖

태준은 다시 그림을 그리기 시작했다. 오늘 하루 그가 지나쳤던 모든 순간들이 흐려지면서, 그는 또다시 세상에 단절된 채 혼자가 되었다.

시간이 얼마나 흘렀는지도 알 수 없는 정적의 순간이었다. 얼마나 지나갔는지도 모르는, 흘려보내듯이 소비한 시간들이 잠에서 깨어난 건 빗소리 탓이었다. 그림에 집중한 탓에 눈치채지 못했던 빗소리가 자신을 알아 달라는 것처럼 폭우로 이어지자, 마침내 어지럽게 움직이던 태준의 연필이 멈췄다.

"비?"

그림을 그리면서 잠들어 있던 사고가 빗소리를 통해 다시금 깨어나기 시작했다. 그가 이끌리듯 창문으로 다가가 창밖의 세상을 지켜봤다. 굵은 빗방울이 창문 위를 세차게 때렸고, 이어서 번개가 어두운 하늘 위에 번쩍거렸다. 창틀을 부여잡은 그의 손에 힘이 들어갔다.

비에 잔뜩 젖어 가녀린 목소리로 무섭다고 고백하던 그녀의 안타까운 모습이 떠올랐다. 애달픈 눈으로 자신을 올려다보며 그녀가 질린 입술로 제 트라우마를 고백했었다.

"어릴 때부터 유독 천둥번개가 무섭더라고요. 커서는 나아져야 하는데, 아직도 어린애처럼……. 뭐가 그리 무섭길래……."

쓸쓸하고도 자조적이었던 그녀의 목소리가 그의 귓가에 울려 퍼졌다. 그는 더 이상 아무런 생각도 할 수 없었다. 이성보다도 몸이 먼저 작업실을 박차고 나가고 있었다.

'이혜야!'

천둥이 울리고, 번개가 내리쳤다. 그럼에도 태준은 우산 하나 없이 온몸으로 비를 맞으며 그녀가 갈 만한 곳들을 찾아서 돌아 다녔다. 갤러리, 병실, 학교, 그리고 그녀의 집. 하지만 그 어디에 도 그녀는 보이지 않았다.

'안 돼.'

태준은 이를 악물었다. 찾아야 했다. 어떻게 해서든 그녀를 찾 아야 한다. 그녀는 도대체 어디로 간 걸까. 또 혼자서 비를 맞고 있는 건 아니겠지. 자신이 문을 열어 주고 나서야 비로소 집 안으 로 들어왔을 때처럼, 바보같이…….

'설마.'

혹시나 하는 생각이 든 건 정말 우연찮게였다. 하지만 그의 발 걸음은 이미 자신이 사라지고 난 뒤 텅 비어 버린 집으로 향하고 있었다.

미친 듯이 뛰었다. 그녀에 대한 걱정으로 가득 차서 그녀에게 달려가는 것 말고는 아무것도 할 수 없었다. 혹시라도 그녀가 혼 자 외로이 있으면 어떡하지? 아무도 없는 곳에서 홀로 울고 있으 면?

태준의 발걸음이 마침내 천천히 느려졌다. 그는 환하게 불빛이 들어온 집 앞에 멈춰 섰다. 누군가가 안에 있었다. 그는 본능적으로 이혜임을 깨달았다. 그리고 그 순간, 그녀에게 당장에라도 달려갈 것 같던 발걸음은 문 앞에서 얼어붙고 말았다. 문을 열려던 그의 손이 안에서 작게 숨죽인 채 들려오는 그녀의 울음소리에 멈칫했다.

꾹꾹 참다 간신히 흘러나오는 그녀의 억눌린 울음소리가 그를 잠식했다. 당장에라도 안에 들어가 그녀를 안고 싶다. 품 안 가득 안아서 그녀를 달래고 싶다. 태준이 손등에 핏줄이 설 정도로 꽉 쥐었다.

하지만 그땐, 그렇게 되면 자신은 다시는 절대 그녀를 놓지 못할 것이다. 그녀가 다치든 말든, 망가지든 말든, 제 손 안에서 산산조각 나는 한이 있어도 영원히 손 안에 쥐고 놓지 않을 거다. 그러면 그녀가 자신 탓에 저렇게 울겠지.

결국 문고리를 붙잡으려던 손이 힘없이 내려왔다. 대신 태준은 곧바로 달려와 줄 수 있는, 아니 그럴 수 없더라도 꼭 그랬으면 하는 사람에게 전화를 걸었다.

"박태준입니다. 죄송하지만 이쪽으로 와 주시겠습니까……?"

다행히 해인은 그로부터 약 이십 분 만에 태준 앞에 도착했다. 그녀는 태준의 상태를 보곤 미간을 찌푸렸다.

"박태준 씨. 도대체 언제부터 비를 맞고 있었던 건가요?"

태준의 혈색은 창백하게 질려 있었다. 어느 순간부턴 거추장스러운 우산을 내던지고 그녀를 찾아다녔으니, 당연하다면 당연한 결과였다.

"그러다 감기라도 걸리면……."

"우선 안에 들어가 보십시오. 이혜를 부탁합니다."

"하아……."

작게 한숨을 내쉰 해인이 졌다며 고개를 끄덕였다. 이런 목적으로 불려 온 거니.

해인이 집 안에 들어가자, 비로소 안도한 태준은 문에 기대어 주저앉았다. 그러면서도 안에서 들리는 소리에 귀 기울였다. 이혜의 목소리, 하다못해 그녀의 발소리라도, 이렇게 해서라도 듣고 싶었다. 그녀가 비에 놀라 비명이라도 지르지 않을까 싶었는데…… 다행히 아무것도 들리지 않았다.

'잘 달래 주고 있는 건가.'

태준은 안심하며 천천히 눈을 감았다. 자신 때문에 우는 그녀에 마음 아프면서도 한편으론 기뻤다. 이기적인 새끼. 자신은 쓰레기다. 그녀를 홀로 두고 도망갔으면서 그녀가 여전히 자신을 잊지 않았다는 것에 기뻐하다니.

'윤이혜, 더 이상 여긴 오지 마. 아니, 와 줘. 날 기억해 줘. 날 잊어 줘. 내게 키스해 줘. 널 안고 싶어. 키스하고 사랑을 속삭이고 싶어. 네 체온을 느끼고 싶어. 널 영원히 곁에 두고 싶어. 윤이혜. 이혜, 이혜, 이혜야.'

수만 가지의 마음이 그의 가슴속에서 치열하게 싸웠다. 태준이 점점 잦아지는 비를 바라보며 거친 숨을 토해 냈다. 너로 인해 이렇게 이혜를 만날 수 있다니, 감사하다. 아니, 넌 그녀를 괴롭게 해. 오지 마. 아니, 제발 와 줘. 또 한 번 이렇게 그녀를 만날 수 있도록……

24

마침내 2주간의 전시회가 성공적으로 끝이 났다. 전시회 마지막 날, 폐장을 끝낸 이혜가 홀로 갤러리에 남아 있었다. 이혜는 마지막으로 갤러리 안을 돌아보며 감회에 젖었다.

'결국 해냈어……'

자신의 손으로 이곳을 지켜 냈다. 이 순간만을 얼마나 바랐는데, 얼마나 기도했는데, 어쩐지 이혜는 행복하지 않았다.

순간 태준과 함께했던 모든 일들이 파노라마처럼 펼쳐졌다. 그에게 찾아가 그림을 달라 매달렸던 일, 그림을 그리지 못해 고통스러워하는 그를 어떻게 해야 될지 몰라서 보고만 있었던 일, 동생의 죽음에 대한 죄책감으로 죽고자 했던 그를 붙잡았던 일, 그와 함께 여행을 갔던 일……. 그 모든 일들이 애틋함을 자아냈다.

'작가님.'

이혜가 울 것 같은 마음을 애써 꾹 누르며 마지막으로 천천히 그의 그림을 처음부터 감상했다. 이곳에 있는 그의 작품은 총 스무 점. 그림 하나하나를 음미하며 감상하던 이혜는 문득 깨달았다. 그의 그림스타일이 변화할 때마다 그의 감정도 함께 변했다는 것을……

'이브'가 거친 선 아래에 튀어나오는 마음을 억지로 가득 담아 놓은 느낌이었다면, 그가 병실에 두고 간 첫 신작 '달무리'는 마음의 해방과도 같았다. 끝없는 검정, 검정, 검정. 이브보다도 더 어두운 어둠이 캔버스 가득 자욱이 깔려 있었다. 그런데 검게 물든 캔버스에, 외곽에서부터 가늘지만 순수한 하얀 빛이 분사되듯 덧씌워졌다. 완전한 어둠이기에, 그 실과도 같은 가는 빛은 무엇보다도 깨끗했고 환했다.

이혜는 어쩐지 울고 싶어졌다. 아무리 어둠이 짙고 무섭다 하더라도, 결국 이긴 건 빛이기에. 거칠었던 감정은 어둠 속으로 자취를 감췄고, 남은 것은 희망이란 미래였다.

이어서 그녀의 발걸음이 마지막 그림에 닿았다. 해인이 전해 준 마지막 작품 '무제'. 유일하게 그의 작품 중에 이름을 갖고 있지 않았다. 새벽녘의 흐릿한 하늘. 어두운 회색빛이 감도는 그 끝과 끝에 하얀 태양과 검게 칠해진 달이 걸려 있었고, 그 위로 끝을 알 수 없는 비가 쏟아져 내리며 모든 걸 뒤덮었다. 한없이 가벼워야 할 물방울들이 무게감을 머금어 탁하면서도 흐린 슬픔을 토해 내고 있었다.

이혜를 찾아 갤러리 안으로 들어온 해인이 그녀에게 다가와 어깨를 토닥였다.

"수고했어요."

"……그는 뭐에 그렇게 얽매였던 걸까요?"

이혜가 마지막 작품을 응시하며 나지막이 물었다. 해인의 시선이 그녀를 따라 그림에게로 향했다.

"……글쎄요. 어쩌면 그건 이혜 씨가 더 잘 알지 않을까요? 그가 왜 그렇게 두려워했는지."

"그는 결국 끝까지 제 앞에 나타나지 않았어요. 그렇게 제 곁을 맴돌면서도 단 한순간도."

"이혜 씨……."

해인이 안타까움에 말끝을 흐렸다. 사실 해인은 비가 오던 날 이혜에게 모든 것을 말해 주었다. 그럴 수밖에 없었다. 비가 세차게 떨어지던 날, 태준의 부탁 끝에 집 안으로 들어간 해인은 거실에 쓰러지듯 주저앉은 이혜를 발견했다. 흐느끼며 그의 흔적을 애타게 찾는 이혜의 모습에 결국 해인은 그녀를 껴안으며 말해 주고 말았다.

그가 저 문 밖에 있음을……. 이혜 씨를 너무나 아끼고 아껴차마 숨지도, 돌아가지도 못하고 저 문밖에서 당신을 달래고 있다고.

해인의 말을 듣자마자 이혜는 그를 만나기 위해 뛰쳐나가려 했다. 그래, 그러려고 했지만 결국 그러지 못했다. 만나고 나면, 그가 또 홀연히 자신을 피해 도망갈까 두려웠다.

그래서 그가 기대고 있다는 벽에 가 자신도 함께 등을 기댔다. 그렇게 해서라도, 벽 사이로라도 그의 체온을 느끼고 싶었다. 그의 존재에 위로받으며 잠들고 싶었다. 거짓말처럼 이혜는 서서히 안정을 되찾아 갔다.

"그가 보고 싶어요."

말끝엔 물기가 배어 있었다. 보고 싶다. 어떻게든 견디려 했지만, 그가 보고 싶어서 미칠 것만 같았다. 참으려 했지만 더는 참을 수 없었다. 그날, 어떻게든 자신이라도 문을 열고 나가 그를 붙잡았어야 했는데…….

"……보면요? 보고 나면요?"

"붙잡을래요. 어떻게 해서든 그렇게 할래요. 그가 다시 내게로 돌아왔으면 좋겠어요. 아니, 이젠 내가 그를 찾아내서 놓지 않겠어요."

흐느낌 속엔 굳은 결심이 들어 있었다. 바보처럼 그가 다시 돌아오기만을 기다렸다. 자신이 먼저 다가가면 되는 건데. 결국 망설임 끝에 해인은 이혜에게 작은 종이 한 장을 내밀었다.

"자요."

이혜가 멍하니 종이를 받아 들며 눈을 깜빡였다.

"태준 씨가 현재 있는 곳 주소예요. 줄까 말까 계속 고민했는데……."

이혜가 갤러리를 뛰어나간 건 그때였다. 해인의 말이 미처 다 끝나기도 전에 이혜가 손안에 종이를 꼭 쥐고선 갤러리를 뛰쳐나 갔다.

"이혜 씨!"

뒤에서 해인이 다급하게 이혜의 이름을 불렀지만, 그녀의 귀엔 더 이상 아무것도 들리지 않았다. 그저 그를 향해 달려갈 뿐이었 다.

갤러리에 홀로 남은 해인은 작게 헛웃음을 터뜨렸다. 저렇게 뛰쳐나가고 싶었던 걸, 그동안 어떻게 용케 참아 냈던 걸까. 역시 답답한 사람들이야. 고개를 절레절레 흔든 해인의 시선이 다시 그 림에게로 향했다. 그의 마지막 그림 '무제'엔 함께할 수 없는 두 존재가 같은 하늘 위에 걸려 있었다. 시간을 되돌리고, 공간을 일 그러뜨려서라도 결국엔 함께하고 싶다는 거겠지.

이혜가 태준을 알고 지낸 것보다 더 오랜 기간 태준과 함께 일 했다. 그가 홀로 한국에 돌아와 작품 활동을 할 때부터 자신은 그 의 매니저로 활동하고 있었다. 그랬기에, 그녀는 그의 변화가 더 가슴에 와 닿았다. 다듬어지지 않은 거친 소년 같은 감성은 어느 새, 사랑을 알아 버린 남자의 향기를 내뿜고 있었다.

"샤갈은 오직 연인인 벨라를 통해서만 사랑을 느끼고, 행동하 고, 그림을 그렸다고 고백했을 만큼 아내를 사랑했다죠."

모든 것을 버리고 그의 뮤즈가 되어 준 여인. 샤갈은 그 보답으 로 변화된 작품세계를 보여 줬다. 어둡고 우울하던 그림들이 그녀를 만나고서부턴 한 줄기 빛을 품기 시작했다.

……마치 박태준, 당신처럼.

"결국 사랑이란 거군요. 대상에 대한 애정. 그것만큼 화가를 자극하는 것도 없죠."

그동안 그런 걸 직접 본 적이 없었기에, 자신도 관념적으로만 생각했던 건데……. 그걸 이혜와 태준이 그녀에게 직접 보여 주고야 말았다.

해인은 역시 어렵다고 생각했다. 그들의 세계를 대중들과 공유하는 중간자 역할을 하고 있으면서도, 그들의 감성을 완전히 이해하는 것만큼은 역시 쉬운 일이 아니라고…….

"아무래도 좀 더 수양이 필요하겠어."

아직 갈 길이 멀었다. 옛날 같았으면 제법 조바심이 날 만도 한데, 어쩐지 해인의 입가엔 기분 좋은 미소가 걸려 있었다. 인생은 기니까. 우리는 아직 그 과정에 있는 것일 뿐.

띵동띵동. 태준의 새로운 작업실 앞에 선 이혜가 계속해서 초인종을 눌러 보지만, 안에선 그 어떤 인기척도 찾을 수 없었다. 고요한 대답에 이혜가 입술을 깨물었다. 이대로 또 그를 만나지 못하고 마는 건가? 정말, 이대로? 여기까지 왔는데?

'그럴 순 없어.'

자신은 꼭 그를 만나야만 했다. 더는 기다릴 수가 없었다. 이혜가 혼란 속에서 '혹시나' 하는 마음으로 문고리를 잡아 돌렸다. 그런데 거짓말처럼 문이 스르르 열렸다. 이혜의 눈동자가 커졌다.

'열려 있어?'

이혜가 침을 삼키며 조심스럽게 집 안으로 들어갔다. 어둠이 눅눅히 내려앉은 집 안. 희미한 불빛이 살짝 열린 방문 문틈 사이로 빠져나오는 게 보였다. 이혜는 마치 한여름 밤의 도깨비불에 홀린 것처럼, 이끌리듯 그곳으로 향했다. 그리고 그녀는 곧 눈앞에 펼쳐진 광경에 스스로의 눈을 의심해야 했다.

방 안 어디에도 태준은 없었다. 그 누구도 있지 않았다. 그러나 오직 자신만은 존재했다. 존재했다. 자신만이 대상이 되고, 그림이 되어 방 안 가득한 그의 하얀 캔버스 위에 존재했다.

발을 디딜 곳이 없을 정도로 윤이혜란 여자가 숨 막힐듯 가득 차 있었다. 그림을 훑던 이혜의 손이 잘게 떨렸다. 그와 함께했던 모든 추억들이 캔버스 위에 그려져, 그 속에서 자신은 웃고, 울고, 콧등을 찡그리고, 어쩔 땐 화를 내고, 또 어쩔 땐 그를 유혹하고, 혹은 구속당해 있었다.

"윤이혜?"

그리웠던 목소리가 그녀를 부르자, 자연스레 이혜의 고개가 그에게로 돌아갔다. 이혜는 믿을 수 없었다. 정말로 눈앞에 그가 존재했다. 환상도 거짓도 아닌, 실재하는 그가 자신 앞에 서 있었다.

눈앞의 여자가 이혜임을 확인한 태준의 눈동자가 커졌다.

"네가 어떻게 여기를?"

잠시 집을 비운 사이, 거짓말처럼 이혜가 자신의 앞에 서 있었다. 그림 따위가 아니었다. 체온을 잃어버린 평면도, 흑백도 아닌 생생히 실재하는 모습으로 숨을 내쉬고 향긋한 체향을 흘리며 그의 앞에 서 있었다.

이혜가 희미하게 웃으며 대답했다.

"문을 잠그지 않으셨잖아요. 마치 누군가를 기다리는 것처럼……."

순간 태준의 표정이 당혹감으로 물들었지만, 그는 곧 표정을 차갑게 바꾸곤 쏘아붙이듯이 물었다.

"여긴 왜 온 거지? 해인이 알려 준 건가?"

"아무리 기다려도 작가님이 오시지 않아서, 제가 먼저 왔어요."

당신이 보고 싶어서 왔노라고, 원망스러운데도 그리운 감정이 더 커서 결국 한 걸음에 달려오고 말았다고 이혜가 떨리는 목소리로 말하고 있었다. 하지만 태준은 외면하듯 그녀에게서 고개를 돌려 버렸다.

"나가."

"……싫어요."

"윤이혜!"

거칠게 그녀를 불렀다. 더는 용납하지 않겠다고, 끌고 나가기 전에 나가라고 하려던 참이었다. 그녀의 흐느끼는 소리에 이끌리듯 그의 고개가 그녀에게로 돌아갔다. 빨간 눈을 한 이혜가 감정을 참지 못하고 외쳤다.

"당신도 내 주변을 돌았잖아. 결국엔 내 곁에서 떠나지 못했잖아! 왜 숨어서 봐? 죄지었어? 그래?"

잔뜩 쏘아붙인 이혜가 태준에게 다가갔다. 그의 코앞에 선 이혜는 그대로 그의 손을 붙잡아 제 뺨에 가져다 댔다.

"봐요. 난 살아 있어요. 저런 그림 따위가 아니라 당신 앞에 존재한다고요. 그런데 왜 날 외면하는 거예요?"

태준이 그녀에게서 손을 빼려 했지만, 그녀가 이번엔 제 가슴 위로 그의 손을 올렸다.

"내 심장 소리가 느껴져요? 당신을 향해 뛰고 있는 내 심장 소리요."

"하지 마."

"왜요? 뭐가 그렇게 두려운데요? 내가 죽을까 봐 그래요? 당신 동생 소라처럼요? 당신을 사랑하기 때문에?"

"그만, 그만해!"

태준이 거친 숨을 토해 내며 그녀의 손을 '탁!' 하고 쳐 냈다. 그가 본능적으로 그녀를 피해 한걸음 뒤로 물러섰다.

"가. 제발 가라고! 그래, 너조차 죽을까 두려워. 나로 인해 네가 망가질까 봐 겁이 난다고!"

그래서 영원히 너를 잃게 될까 봐. 내 안에 난폭한 괴물은 내 스스로도 제어가 안 되는데 어떡하란 거지? 네가 아무리 괜찮다 말해도, 이젠 내가 괜찮지 않은 걸!

그녀가 안 나가면 자신이 나가는 수밖에 없다. 그렇게 결론을 내린 태준이 그녀를 외면하며 지나쳐 나가려는데, 그 순간 '툭!' 하는 소리와 함께 이혜가 입고 있던 옷들이 하나둘 밑으로 떨어져 내렸다. 제 앞에 펼쳐진 새하얀 나신에 태준의 움직임이 멈췄다.

"무슨 짓을……."

"안아 줘요."

이혜는 나신이 된 상태임에도 부끄러워하지 않았다. 그저 처연한 눈으로 태준을 바라볼 뿐이었다. 어느새 가득 차오른 물기가 굵은 눈물방울이 되어 뺨을 타고 툭 떨어졌다.

"제발 날 안아 줘요. 당신에게 안기고 싶어요."

"이혜야."

"날…… 날 버리지 말아요. 망가져도 좋아. 다쳐도 좋아. 당신이 걱정하는 게 그런 거라면 아무런 문제도 없어요. 당신 곁이라면 모든 걸 감수할 수 있어요. 그건 당신의 몫이 아니에요. 그러니까 제발 날 밀어내지 말아요. ……전처럼 안아 줘요…… 제발."

내가 두려운 건 당신이 내 곁에 더 이상 없다는 그 사실뿐이었어요, 이혜는 그렇게 말하며 울먹였다. 눈물이 계속해서 그녀의 뺨을 타고 흘러내렸다. 그 모습에 태준은 숨이 턱 막히는 것 같았다.

"……너의 평범한 일상을 잃을 수도 있어."

"그건 누가 말하는 평범함인가요? 왜 이렇게 몰라주는 거예요. 내가 바라는 일상은 당신과 함께하는 하루하루란 말이에요!"

한 치의 흔들림도 없는 단호한 이혜의 대답. 그것은 마치 주문이라도 된 것처럼 얼어붙은 태준의 발걸음을 움직이게 했다. 간신히 그녀 앞에 선 그가 결국 그녀의 발밑으로 무너져 내렸다.

"난…… 널 영원히 안 놔줄 거야. 네가 싫다고 울어도, 나로 인해 망가지고 산산이 부서진다고 해도 내 품에 안고 시체라도 끌어안고 말 거야."

또다시 널 본다면 못 놓을 것을 알기에, 영원히 보지 않겠다 다짐하며 널 놓았다. 위험한 자신의 곁을 떠나 네가 살던 세계로 돌아가라고 빌었다. 그런데 숨을 내놓은 것처럼 간신히 끊어 놓은 그녀가 제 스스로 돌아왔다.

"괜찮아요. 망가져도, 다쳐도 당신 곁에 있고 싶어요. 그건 내가 감당할게요. 난 당신과 함께 있을 때, 비로소 행복해져요."

결국 태준의 눈에서 눈물이 툭 떨어졌다. 이혜 앞에 무릎 꿇은 그가 그녀의 허리를 꼭 붙잡으며 중얼거렸다.

"이건 꿈인가."

지독하게도 달콤한 꿈, 그러나 깨고 나면 현실을 더 잔혹하게 기억하게 만드는 악몽과도 같은 꿈. 만약 그런 거라면, 날 영원히 깨지 않게 해 달라.

"작가님……."

이혜가 애달픈 눈으로 그를 내려다보며 그의 뺨을 부드럽게 쓸었다. 뺨에 닿는 그리운 체온에 태준의 고개가 비로소 그녀를 향해 들렸다. 그가 날 바라본다. 그의 체온이 마주한 손에서 느껴져. 비로소 그가 내 옆에 존재해.

이혜가 천천히 허리를 숙여 그의 메마른 입술에 제 입술을 맞췄다. 잃어버렸던 온기가 비로소 완전하게 가득 찼다. 촉촉이 제 체온과 숨을 나눠 준 이혜가 입술을 살짝 떼며 속삭였다. 그녀의 입가에 덧없는 미소가 그려져 있었다.

"사랑해요. 사랑해요, 작가님."

당신에게 이 말을 꼭 해 주고 싶었어.

"다시 한 번만……. 한 번만 더 말해 줘."

"얼마든지 말해 줄 수 있어요. 사랑해요. 당신을 진심으로 사랑하고 있어요."

그제야 태준은 울 듯한 얼굴로 이혜의 표정을 따라하듯 간신히 입매를 움직일 수 있었다.

Epilogue

『앞으로는 네가 원하는 그림을 그렸으면 좋겠어.』

소라가 유언으로 내게 남긴 말. 그녀가 죽는 그 순간까지 간절히 원했던 것. 그동안 네 말은 무거운 족쇄에 지나지 않았지만, 이젠 아니었다. 그녀의 염원대로 태준은 마침내 찾아내고 말았다. 자신이 진정으로 그리고 싶은 것이 무엇인지를.

정사 후, 이혜는 아무것도 걸치지 않은 채로 태준의 품에 안겨 있었다. 아무런 방해도 존재하지 않은, 그녀의 부드러운 살결과 체온이 그에게 오롯이 전달됐다. 그녀와 다시 함께하게 된 지 보름이 지났지만, 태준은 여전히 자신이 혹시 꿈을 꾸고 있는 건 아닌가 생각하곤 했다. 그는 자신의 품에 안긴 이혜를 내려다보며 다시금 되새겼다. 환상이 아니라는 것을……

이 모든 것은 그 어느 때보다도 달콤한 현실. 부드럽게 휘어진 이혜의 눈매를 마주한 태준의 눈동자에 점차 열기가 들어섰다. 어느새 그의 눈동자가 뜨거운 생기를 토해 낼 때, 비로소 태준은 무언가를 결심한 듯 입을 열었다.

"이혜야."

"네?"

"우리 계약에 누드모델을 해 준다는 조건이 있었던 거, 기억해?"

갑작스러운 질문에 이혜가 의아한 표정을 하다 고개를 끄덕였다.

"네, 기억해요."

"……그리고 싶은 게 있어. 내 그림의 모델이 되어 주겠어?"

할 수 있다. 네가 내 눈 앞에 현실로 존재하는 지금이라면, 비로소 네 마음과 영혼을 다 알게 된 지금이라면, 너를 완벽히 표현해 낼 수 있어. 분명 캔버스 안에 오롯이 담을 수 있을 것이다.

이혜는 알몸인 상태로 태준 앞에 앉아 있었다. 아무런 말도, 움직임도 없이 오로지 태준만을 응시했다. 그런 그녀를 관찰하던 태준의 손이 움직이기 시작한 건 어느 순간이었다.

주변 환경도, 소리도 모두가 사라지고 어둠 속에서 오직 이혜만이 존재했다. 이혜만이 보였고, 이혜의 숨소리만이 들렸고, 이혜의 체온만이 남아 있었다. 태준은 그 모든 것을 전부 손끝으로 보냈다. 손이 한 번 움직일 때마다 새하얀 백지였던 캔버스가 점차 채워졌다. 그 과정에서 생각은 존재하지 않았다. 그랬기에 '무엇을 그리느냐' 라는 것도 존재하지 않았다.

지금 태준을 잠식한 건 오직 본능뿐이었다. 그녀를 갈구하고, 원하고, 탐하고, 욕망한 본능. 그것은 곧 그가 그토록 갈구했던 것. 자신을 가로막던 모든 것을 치워 내고, 무아의 상태에서야 비로소 드러난 순수한 열정과 지독한 환희. 모든 것이 예비 된 것처럼 태준의 손은 막힘없이 움직였다.

얼마나 많은 시간이 흘렀는지 모르겠다. 밤이 되었는지, 새벽이 되었는지조차 알 수 없었다. 스삭스삭 쉼 없이 움직이던 연필 소리는 어느 순간 자연스럽게 매끄럽게 미끄러지는 붓으로 이어졌다. 처음으로 그림 속 그녀에게 색을 입히는 건데도, 색을 고르는 과정조차 존재하지 않았다. 모든 것은 일렬로 배열된 하나의 과정일 뿐이었다. 이미 모든 것은 다 짜여져 있었다.

마침내 모든 과정이 끝나고 나서야, 태준이 손에서 붓을 놓았다. 비로소 그는 숨을 내쉴 수 있었다. 나른하고도 만족스러운 숨을.

"하아……."

입가에 미세한 경련이 일어났다. 이것을 뭐라 표현해야 될지 모르겠다. 그는 자신이 무슨 표정을 짓고 있는지조차 알 수 없었다. 이혜가 그런 그에게 조심스럽게 물었다.

"끝난 건가요?"

"그래. 다 끝났어."

"잘 그려졌나요?"

이혜의 질문에 태준은 대답하지 못하고 얼굴을 손바닥에 묻었다. 갑작스러운 그의 행동에 이혜의 눈동자가 흔들렸다. 마음에 안 드시는 건가?

"작가님?"

그의 몸이 잘게 떨렸다. 그 속에서 태준이 간신히 한 문장을 입 밖으로 토해 냈다.

"……비로소 널 담았어."

그려 보고 나니, 알겠다. 자신이 여태껏 그렸던 것은 망작에 지나지 않았음을. 그녀의 그 어느 것도 제대로 이해하지 못한 채, 내 상상 속에서 토해 낸 감정의 찌꺼기일 뿐이었다. 진짜는 오직 눈앞의 존재하는 이 그림 하나다.

고개를 든 태준이 천천히 자리에서 일어나, 이혜가 앉아 있는 소파 앞에 한쪽 무릎을 꿇고 앉았다. 갑작스러운 행동에 이혜가 놀란 눈을 했다.

"작가님?"

"그동안…… 네게 하고 싶은 말이 있었어."

오랫동안 가슴 깊은 곳에 묻어 놓았던 말이었다. 차마 단 한 번이라도 입 밖으로 꺼내 볼 수 없었던 마음을 지금에야 토해 놓는다. 잠시 눈을 감았다 뜬 태준이 흔들림 한 점 없는 눈으로 그녀를 마주봤다.

"우리의 계약은 이걸로 끝이야."

이제 우리의 관계도 변화할 때가 되었다. 더 이상 이런 계약에 얽매이지 않고. 태준이 품속에서 반지 하나를 꺼내 이혜의 앞에 내밀었다.

"나랑 결혼해 주겠어? 이젠 아내와 남편으로 너와 평생을 함께하고 싶어."

"작가님……."

그의 청혼에 이혜의 눈매가 금세 촉촉해졌다. 이혜가 눈물을 글썽이며 고개를 끄덕였다.

"네, 좋아요. 영원히 함께해요, 우리."

태준이 이혜의 약지에 반지를 조심스럽게 끼워 넣었다. 그녀의 네 번째 손가락에서 반짝이는 반지를 응시하던 태준의 입가가 기분 좋게 풀어졌다. 태준이 이혜의 손에 깍지를 끼며 그 어느 때보다도 달콤한 목소리로 속삭였다.

"사랑한다, 윤이혜."

내 그림의 전부는 너다.
앞으로 내가 무엇을 그리든,
넌 내 그림 속에 스며들어 있을 거야.
—fin

졸업전시회 준비 때문에 이혜는 학교에 틀어박혀 늦은 밤이 되어서야 집으로 돌아왔다. 이제야 비로소 같이 있게 되었는데, 이런 훼방꾼이 등장할 줄이야. 덕분에 또 의도치 않게 많은 시간을 혼자 있게 된 태준은 그런 그녀의 스케줄이 불만스러울 뿐이었다.

"집에 와서 그려도 될 텐데, 왜 굳이 학교에서 그리는 거지?"

이혜가 그의 앞에 차 한 잔을 내밀며 대꾸했다.

"학교가 편해서요."

"그럼 내가 학교로 갈까?"

"아니요, 그건 안 돼요."

바로 튀어나온 거절에 태준의 표정이 굳어졌다. 이혜도 제 반응에 놀랐는지 당황한 기색이 역력했다.

"왜?"

"아…… 저, 그게……."

"내가…… 학교에 가는 게 싫은 건가?"

태준은 사뭇 상처받은 표정이었다. 이혜는 실언을 했다며 스스로를 책망했다. 의도치 않게 그를 상처 주고 말았다. 그녀가 조심스레 태준을 안으며 속삭였다.

"미안해요, 그런 의도는 아니었어요. 완성된 그림을 보여 주고 싶어서 그랬어요. 졸업전시회 전까지만 꼭 참아 줘요. 부탁할게요."

"……알았어."

태준은 이혜의 등을 마주 안으며 마지못해 동의했다. 하지만 그의 표정은 여전히 의문을 품고 있었다. 그녀는 지금 자신에게 뭔가를 숨기고 있다. 도대체 그게 뭘까. 그리고 그는 전시회 당일이 되어서야 그 이유를 알게 되었다.

❖　❖　❖

태준이 해인과 함께 이혜의 졸업작품 전시회에 참석했다. 원래는 혼자 가려고 했는데, 해인이 자신도 가고 싶다며 따라왔다. 이혜는 준비할 게 많다며 미리 전시회에 도착해 있었다. 태준이 내키지 않은 표정으로 나지막이 중얼거렸다.

"왜 당신과 함께 와야 하는지 모르겠군."

"어머, 둘을 이어주는 데 가장 큰 공을 한 제게 이러기예요? 냉정도 하셔라."

해인의 뼈 있는 말에 태준이 입을 꾹 다물었다. 그녀의 말처럼, 그녀에게 받은 게 있어 차마 더 이상 반박할 수가 없었다. 해인은 그런 그가 재밌어 죽겠다. 까칠하기 이루 말할 수 없는 남자가 요즘 들어 종종 귀여운 모습을 보였다.

'그래, 둘을 이어 준 게 누구인데!'

매니저란 이유로 의도치 않게 중간에서 큐피드 역할까지 해야 했었다. 그때 고생한 걸 생각하면, 이 정도는 충분히 받을 권리가 있었다. 전시회는 사람들로 북적거렸다. 전시회를 연 지 얼마 되지 않아 더 복잡한 것 같았다. 이혜가 저 끝에서 사람들과 대화를 나누고 있는 게 보였다.

"이혜 씬 바쁘네요. 우리 먼저 관람하고 있죠."

전시회는 생각보다 꽤 컸다. 아무래도 학교 전체로 운영하다 보니 더 그런 듯싶었다. 그림을 둘러보던 태준의 발걸음이 문득 한 그림 앞에 멈췄다. 숨을 쉴 수가 없었다.

눈앞에, 자신과 똑같은 사내가 있었다. 몽글몽글 따스한 햇볕 아래서 편안한 모습으로 부드럽게 미소 짓고 있는 자신이.

"어머, 이거 태준 씨 아니에요?"

그의 옆에 선 해인이 놀란 표정을 지었다. 요것 봐라.

"아아, 사랑이네요. 참 젊기도 하지."

화가들이라서 그런가, 애정표현도 참 로맨틱하다. 부럽기도 해

라. 엔간해선 부끄러움을 느끼지 않는 태준이지만, 지금 이 순간만큼은 부끄러워 손으로 입가를 가렸다. 안 그러면 올라가는 입꼬리를 누군가에게 들킬 것만 같았다. 어느새 이혜가 그들을 발견하곤 떨리는 마음으로 다가왔다.

"오셨어요?"

"이혜 씨, 이거…… 어? 박태준 씨!"

순식간에 태준이 이혜의 팔을 붙잡아 전시회장 밖으로 끌고 나갔다. 이혜가 당황스러운 얼굴로 그를 불렀다.

"작, 작가님?"

그가 그림을 보고 어떤 반응을 할지 궁금했지만, 이런 건 생각해 본 적이 없었다. 혹시 마음대로 전시해서 화나신 건가?

태준이 이혜를 데리고 간 곳은 다름 아닌 비상계단이었다. 문을 열고 안으로 들어간 태준이 이혜를 벽 쪽으로 밀어붙이며 곧바로 키스를 했다.

"읏."

뜨거운 숨이 마주한 입술 사이로 넘어와 이혜의 입안을 녹였다. 그의 혀가 이혜의 혀를 말아 올리며 타액을 섞었다. 농밀하고도 진득한 키스였다. 마침내 간신히 그에게서 벗어난 이혜가 붉게 달아오른 얼굴로 항변했다.

"누, 누가 보면 어떡해요."

"미안. 잠시만 이러고 있자. 내게 너무 뭐라 하지 마. 나로선 어떻게 할 방법이 없었으니까."

네가 너무 사랑스러워서 도저히 참을 수가 없었다고. 태준은 이혜를 품 안에 가둔 채 그녀의 어깨에 머리를 기댔다. 이혜가 조심스럽게 사뭇 긴장하며 물었다.

"그림…… 보셨어요?"

"봤어."

그림이란 말에 태준이 고개를 들어 이혜를 마주 봤다. 이혜를 향한 태준의 눈동자가 어느새 뜨거운 열기를 품고 있었다. 그가 퍽 짓궂게 웃었다.

"오늘 집에 가면…… 놓아주지 않을 거야. 시간 많지, 오늘?"

내일부턴 주말이니까. 태준의 농밀한 속삭임에 이혜가 귀 끝까지 붉게 달아올랐다.

"작가님!"

"하하, 하하하."

태준의 기분 좋은 웃음이 비상계단 가득 울려 퍼졌다.

태준은 미리 예고한 대로, 이혜가 집에 들어서자마자 현관에서부터 매섭게 몰아쳤다. 미처 이혜가 집 안에 다 들어오지도 않았는데 기다렸다는 듯이 키스하며, 그녀를 안아 그대로 침실로 향했다. 짙은 신음 소리가 집 안 가득 오랫동안 울려 퍼졌다.

두 번의 관계 후에도 태준은 그녀를 품 안에 안고는 놓아주질 못했다. 태준이 이로 그녀의 귀를 잘근잘근 깨물자, 이혜가 그의 품속에서 꼼지락거렸다.

"간지러워요."

"네가 너무 사랑스러운 게 문제인 거야."

내가 문제가 아니라며 태준이 뻔뻔하게 대꾸했다. 이번엔 그가 이혜의 목을 혀로 핥아 올렸다.

"작가님!"

"네 살냄새가 너무 좋은 걸. 한 번만 더 하면 안 될까?"

"안 돼요. 벌써 두 번 했잖아요. 너무 힘들어요. 그리고 내일 아버지 퇴원도 도와 드려야죠."

태준이 낮게 혀를 찼다. 한 달 전, 장석이 기적적으로 눈을 떴다. 장시간 혼수상태였기 때문에 혹시 몸에 이상이 있진 않을까 걱정했는데, 다행히 근력이 많이 약해져 재활치료를 받아야 하는 것 말고는 큰 이상은 없었다.

그가 깨어난 건 물론 기쁘지만, 그래도 이건……. 역시 이혜는 너무 가녀리다. 자신은 고작 두 번 가지곤 성에 안 차는데. 많이 먹여야겠어. 키워서 잡아먹어야지. 태준이 음흉한 속내를 숨기며 아쉬운 대로 그녀를 제 품에 가득 끌어안았다.

"앞으로 졸업하면 뭐 하고 싶어?"

이혜가 그를 올려다보며 조심스레 오랜 소망을 꺼냈다.

"아버지도 이제 퇴원하셨으니 아버지를 도와 갤러리를 본격적으로 키워 보고 싶어요. 거기서 작가님이랑 같이 그림도 그리고,

전시도 하고, 다른 분들과 이야기도 나눌 수 있는 그런 따스한 공
간으로요."

태준은 그녀답다고 생각했다. 태준이 빙긋 웃으며 이혜의 이마
에 입 맞췄다.

"뭐든 좋아. 네가 원하는 대로."

너와 함께할 수만 있다면, 그게 무엇이든 좋다.

외전 2

"미팅만 하고 바로 올게요. 그동안 보배 좀 부탁해요."

잠시 갤러리에 일이 생겨 나갔다 와야 했었다. 얼마 걸리진 않겠지만, 둘만 놔두고 가기엔 사실 좀 걱정이 됐다. 정확히는 태준이. 하필이면 오늘 아버지도 출장을 나가신 상태였다.

"엄마, 어디가?"

이혜가 나간다는 소리에 보배가 쪼르르 그녀의 곁으로 달려왔다. 이혜가 빙긋 웃으며 보배의 머리를 쓰다듬었다.

"엄마 잠깐 갤러리에 다녀올 테니까, 그동안 아빠랑 잘 놀고 있어. 알았지?"

"응!"

보배가 작은 주먹을 꽉 쥐며 고개를 세차게 끄덕였다. 대답하는 목소리가 어쩐지 들떠 있었다. 귀여운 내 딸. 작게 속삭인 이혜가 고개를 들어 태준과 눈을 맞췄다.

"부탁할게요."

"알았어. 잘 다녀와."

"잘 갔다 와, 엄마!"

태준과 보배의 배웅을 받으며 이혜가 집을 나섰다. 보배와 단둘이 남은 태준은 슬며시 제 무릎에 매달려 있는 보배를 내려다봤다. 괜찮은 척했지만, 사실 좀 당황스럽다. 보배가 태어난 이후, 늘 아이와 함께였지만 때때로 이렇게 둘만 남겨졌을 땐 왠지 모르게 겁이 나곤 했다.

보배는 아직 너무 작고 여리다. 그래서 혹시라도 자신으로 인해 다칠까 봐, 그게 그를 불안하게 했다. 너무 소중해서 늘 조심스럽다. 태준이 보배를 조심조심 안아 올렸다.

"엄마가 나갔네. 그동안 뭐 할까, 보배야?"

보배가 방긋방긋 웃으며 눈을 빛냈다. 그녀는 이미 하고 싶은 걸 정해 놓은 뒤였다.

"그림! 보배 그림 그릴래!"

"그림?"

"응! 나도 엄마 아빠처럼 그림 그리고 싶어!"

보배가 작은 고사리 손을 들어 작업실을 가리켰다. 그동안 내심 부모님이 저 방 안에서 집중해 그림을 그리는 게 부러웠던 터였다. 태준이 보배의 볼에 뺨을 부드럽게 비볐다. 아이의 달콤한 살냄새가 태준의 코끝을 간질였다.

"그래, 그러자."

작업실로 들어간 태준이 안고 있던 아이를 조심스럽게 바닥에 놓자, 보배가 기다렸다는 듯이 자신이 스케치북을 꺼내 와 바닥에 엎드렸다. 순식간에 그림 그릴 준비를 마친 딸의 모습에 태준이 작게 웃음을 터뜨렸다.

"그렇게 그리고 싶었어?"

"응!"

보배가 손에 크레파스 하나를 꼭 쥐며 고개를 강하게 끄덕였다. 늘 봐 오던 일인지라, 보배도 그림을 그리는 걸 자연스럽게 좋아하게 됐다. 태준이 아이의 앞에 앉으려는데, 보배가 고개를 흔들었다.

"아빠! 아빠는 저쪽에 앉아서 나 그려 줘."

"그려 줘?"

"응. 나도 아빠 그릴게!"

생각지도 못한 딸의 제안에 태준은 가슴이 뭉클해졌다. 처음으로 아이가 자신을 그리고 싶다고 했다. 태준이 방향을 바꿔 이젤 앞에 앉았다. 딸의 요구대로 보배의 모습을 가볍게 스케치하면서도 태준의 시선은 보배에게 닿아 있었다.

보배가 꽤 진지하게 그림을 그리고 있었다. 때때로 원하는 모습이 안 나오는지 이혜의 습관처럼 콧잔등을 찡그렸지만, 그러면서도 표정엔 즐거움이 묻어났다. 그 모습에 태준은 자신의 어릴 적 모습을 떠올렸다. 자신도 처음 그림을 그리기 시작했을 땐, 저렇게 기뻐하며 즐거워했었는데. 이젠 딸아이가 그러고 있었다.

벌써 보배가 태어난 지 2년이 훌쩍 지났다. 아이는 하루가 다르게 성장했다. 처음엔 너무 작아서 제대로 안아 줄 수도 없던 딸이, 이제는 자신을 그려 주겠다고 한다. 처음으로 가져 본 완전한 가족. 한 번도 상상해 보지도 못했던 행복. 그래서 딸의 이름을 '보배'라 지었다. 보배가 태어난 이후엔 감격의 시간은 매 순간순간이 되었다.

태준은 시간이 좀 더 느리게 흐르길 바랐다. 그에게 이 모든 것이 처음이라, 지나쳐가는 순간들이 너무 아쉬웠다.

너무 빨리 자라지 말아 주길.

아이의 저 미소를 언제까지고 지켜 주고 싶다.

"여보? 보배야?"

생각보다 일이 늦게 끝났다. 밤이 되어 집에 돌아온 이혜가 그들을 불러 보지만, 아무런 인기척도 들리지 않았다. 주변을 둘러보던 이혜의 시선이 문이 열려 있는 작업실에 닿았다. 저기 있는 건가? 혹시나 하는 마음으로 이혜가 작업실로 향했다.

보배가 지쳤는지 스케치북 옆에 잠들어 있었다. 어쩐지. 깨어 있었으면 분명 달려왔을 딸이 조용하더라니. 보배의 손에 꼭 쥐어진 크레파스를 빼 옆에 둔 이혜가 아이의 스케치북을 발견했다.

조용히 그림을 살피던 이혜의 입가에 미소가 짙어졌다.

'이건……'

아이가 서툰 그림으로 태준을 그려 놓았다. 삐뚤삐뚤 미숙하기 짝이 없는 그림이지만, 그 어떤 그림보다도 사랑스럽다. 이혜가 보배의 이마에 쪽 뽀뽀했다.

"예쁜 내 딸."

누굴 닮아 이렇게 사랑스러운 걸까.

"왔어?"

등 뒤로 들리는 태준의 목소리에 이혜가 고개를 돌아보니, 그가 문가에 몸을 기대고 서 있었다.

"네. 보니까 잘 지내고 있었던 것 같네요."

"생각보다도 더."

덕분에 아주 뜻깊은 시간을 가졌다. 태준이 이혜에게 다가가 등 뒤에서 껴안으며 물었다.

"그림 봤어?"

"네."

"액자에 걸어 놓자. 평생 간직할 거야."

"아아, 아무래도 보배는 나보다도 작가님을 더 좋아하는 것 같아요. 제겐 그림 그려 준 적이 한 번도 없는 걸요."

이혜가 툴툴대자, 태준이 작게 킥킥거리며 가슴을 들썩였다. 이혜의 허리를 껴안은 태준의 손에 힘이 들어갔다. 그녀를 품 안 가득 안은 태준이 그녀의 목덜미에 얼굴을 묻으며 속삭였다.

"사랑해, 이혜야."

"저도요."

이혜가 고개를 돌려 그의 입술에 입 맞추며 빙긋 웃었다.

"사랑해요, 내 남편."

이 순간이 영원하기를.

마지막 이야기

이혜의 사업차 함께 미국에 오게 된 태준은 잠시 중간에 빠져 나와 한 여인의 묘지를 찾았다. 바로 소라의 묘였다. 그의 시선이 묘비 옆에 놓인 국화 꽃다발에 멈췄다. 아직 생생한 걸 보니, 다녀간 지 얼마 안 된 것 같았다.

'······왔다 간 건가.'

자신이 모든 것을 털어놓은 이후, 레이든은 더 이상 전시회를 열지 않고 있었다. 대외적인 활동을 모두 그만두고, 집에 칩거하여 그저 그림만 그릴 뿐이라고 들었다. 그에게 무슨 심경의 변화가 있었는지는 알 수 없다. 태준은 다만 그 과정 끝에 그가 평생동안 그토록 바라던 화가로서의 성장이 있길 빌어 줄 뿐이다.

태준이 그 옆에 준비해 온 꽃을 내려놓았다.

"그동안 못 와서 미안해."

슬럼프에 빠진 이후로 그녀를 처음 찾았다. 이혜가 곁에 있었음에도, 아주 오래된 것이 찌꺼기처럼 가슴 깊숙한 곳에 남아 쉽사리 이곳을 올 수가 없었다. 오랜 시간이 지나고, 지금에 와서야 비로소 소라를 마주할 용기가 생겼다.

태준이 묵묵히 소라의 묘비를 바라봤다. 한참의 침묵 끝에 그의 입이 어렵사리 열렸다. 그녀 앞에 처음 토해 내는 진심이었다.

"나는 사실 그동안 네가 미웠다. 기어코 널 희생하면서까지 날 살려 낸 네가."

견딜 수 없을 만큼 네가 미웠다. 난 그럴 만한 가치가 없다고, 네가 쓸데없는 데 목숨을 버렸다고 생각했으니까. 이제 와 생각해 보면, 슬럼프도 결국 스스로에게 내린 벌이 아니었나 싶다. 가장 화려한 순간, 한순간에 날개를 잃고 추락하도록……. 아마 죄책감과 자기혐오가 저도 모른 사이 누적되다 일순 터져 버렸던 거겠지.

"하지만 이젠…… 네 마음을 온전히 다 이해할 수 있게 됐어. 너에게 감사하고 있어."

태준은 진심으로 감사했다. 그녀가 그때 자신을 구해 준 덕분에 지금 이 행복을 누릴 수 있는 거니까.

"인사가 늦어서 미안하다. 그래도 다행히 네 마지막 유언은 이뤘어."

이제 자신의 손은 더 이상 멈추지 않았다. 강요받지도, 갈등하지도 않아. 지금에 와서 생각해 보면, '원하는 것을 그려'라는 네 말의 진정한 의미는 '소중한 것을 만들어'라는 뜻이 아니었을까. 그렇다면 난 모두 다 이뤘다고 자부할 수 있다.

"아빠!"

언제 왔는지 보배가 그에게 달려와 품에 쏙 안겼다. 태준이 자연스럽게 보배를 안아 올렸다.

"왔어?"

"네, 일 끝내고 방금 도착했어요."

그의 옆에 선 이혜가 빙긋 웃으며 대신 대답했다. 그사이, 보배의 초롱초롱한 눈동자가 묘비에 닿아 있었다.

"고모야?"

"응. 소라 고모야. 인사해야지?"

이혜가 고개를 끄덕이자, 보배가 재빨리 태준의 품에서 내려왔다. 묘비 앞에 선 그녀가 예의 바르게 허리를 꾸벅 숙였다.

"안녕하세요, 고모. 전 박태준 아빠 딸 박보배라고 해요. 그동안 정말정말 보고 싶었어요. 멀긴 하지만, 앞으로 고모 심심하지 않게 자주 놀러 올게요. 헤헷."

태준이 똘망똘망하게 자신을 소개하는 보배를 사랑스러운 눈으로 바라봤다. 이제 여섯 살이 된 자신의 딸은 그가 모른 사이 어느덧 이렇게까지 성장해 있었다. 태준이 보배의 머리를 부드럽게 쓰다듬었다.

"그래, 앞으로 자주 놀러 오자."

"응!"

"이제 그만 가자. 비행기 시간에 늦겠어."

짧은 만남이 아쉽지만, 보배의 말처럼 앞으로 자주 오면 될 것이다. 마지막 인사를 하고 그대로 내려가려는데, 보배가 무언가 생각난 듯 그들을 멈춰 세웠다.

"잠깐만!"

그녀는 그대로 등을 돌려 가방 안에 소중히 넣어 온 종이 한 장을 소라의 비석 위에 올려놓았다. 보배가 그제야 만족하며 태준과 이혜의 곁으로 달려갔다. 보배가 태준과 이혜의 손을 양손에 한쪽씩 잡으며 가뿐한 마음으로 언덕을 내려갔다.

기분 좋은 춘풍이 그들의 귓가를 쓸며 소라의 묘지 옆에 올려진 종이까지 부드럽게 이어졌다. 종이가 가볍게 펄럭였다. 그 안엔 보배가 미숙한 솜씨로 열심히 그린 그림이 담겨져 있었다. 그녀가 '가족'이라 부르는 존재들. 이혜와 태준, 장석과 자신, 그리고 열여덟에 시간이 멈춘 소라까지 그 속에서 모두 환하게 웃고 있었다.

『사랑해, 제이. 부디……네가 행복하기를…….』

　　안녕하세요, 작가 이지안입니다. 종이책으로는 오랜만에 만나 뵙습니다. 우선 이 글을 읽어 주신 모든 독자님들께 감사의 말씀 올립니다. 내용이 어두운 편이라, 혹시 읽으면서 힘드시진 않았을 까 걱정이 됩니다. (뒤늦은 후회^^;;)

　　이 글에서 원하는 건 단 하나였습니다. '태준' 이란 캐릭터 딱 하나요. 사람에게서 잔뜩 상처받아 고통스러운 그가 사람으로 치 유받는 과정을 그리고자 했습니다. 그래서 저 스스로는 태준을 '구원을 갈구하는 남자' 로 표현하기도 했습니다. 처음엔 키워드 도 만들어 보고 그랬는데, 지금 생각해 보니 다 의미 없는 짓이 아니었나 싶네요. 단순히 키워드로 설명하기엔, 태준은 너무 복합 적인 인물이었습니다. 그런 그를 컨트롤하느라 전 글을 쓰는 내내 갈등해야 했습니다. 지금도 제대로 설명이 됐는지 걱정이 이만저만이 아닙니다. 하핫.

글 속에서 이혜는 저의 대변인이었어요. 자신만의 세계에 갇혀 있는 태준을 바깥으로 이끌어 내는 역할을 했죠. 하지만 뜻하지 않게 이 아이도 이리저리 굴려지게 되어 참 마음이 아픕니다. 사실 마음고생은 이혜가 가장 많이 하지 않았을까 싶어요. 아버지 걱정에 갤러리 걱정, 거기에다 태준까지. 그래도 꿋꿋이 잘 해내 줘서 얼마나 다행인지 모릅니다.

혹시 제목이 무슨 뜻인지 눈치채셨는지 모르겠습니다. 러프스케치. 본격적인 스케치에 앞서 대략적인 형태와 구도를 잡는 스케치를 뜻합니다. 우리의 인생은 아직 스케치를 하는 단계가 아닐까 싶습니다. 함께할 누군가가 생기고, 같이 나아가면서 비로소 완성을 향해 달려가는 것이 아닐까요. 중간중간 수정도 하고, 지우기도 하고, 다시 덧칠도 하겠지만, 그러면서 다채롭고도 찬란한 그림이 되어 가는 게 아닐까요? (순전히 제 생각이지만요.^^)

마지막으로 이 글을 완성하기까지 많은 도움을 주신 분들께 진심으로 감사 인사를 전합니다.

우선 이 글의 자문 역할을 해 준 새롬 언니, 융희 오빠. 두 사람이 없었다면 이 글이 이렇게까지 나오지도 못했을 거야. 고마워. 그리고 늘 저와 함께해 주는 우리 작가님들. 지율 작가님, 장현미 작가님, 지혜인 작가님, 박주미 작가님 모두 진심으로 감사드립니다.

편집자님께도 감사 인사를 빼놓을 수 없겠죠. 계속 마감 어기고 덤벙대는 저를 끝까지 기다려 주신 안리라 팀장님. 정말 감사드리고, 또 죄송합니다. 앞으론 성실하고, 더 성장하는 작가가 되도록 하겠습니다.

그리고 엄마. 낮밤이 바뀌어 거의 짐승처럼 생활하는 딸 때문에 많이 스트레스 받았지? 미안해. 그래도 잔소리 안 하고 꾹 참아 줘서 고마워. 고기 먹으러 갑시다. 하핫.

2016년. 모두 건강하고 행복한 한 해가 되길 기도하겠습니다. 전 더 성장한 모습으로 독자님들을 찾아뵐 수 있도록 노력하겠습니다. 감사합니다.

새해 복 많이 받으세요!

www.bbulmedia.com